夏夕集

白谦慎题

李军 著

凤凰枝文丛／孟彦弘 朱玉麒 主编

凤凰出版社

图书在版编目（CIP）数据

夏夕集 / 李军著. -- 南京 : 凤凰出版社, 2023.12
（凤凰枝文丛 / 孟彦弘, 朱玉麒主编）
ISBN 978-7-5506-4038-2

Ⅰ. ①夏… Ⅱ. ①李… Ⅲ. ①中国文学－当代文学－作品综合集 Ⅳ. ①I217.2

中国国家版本馆CIP数据核字(2023)第239375号

书　　名	夏夕集
著　　者	李　军
责任编辑	许　勇
书籍设计	徐　慧
责任监制	程明娇
出版发行	凤凰出版社(原江苏古籍出版社) 发行部电话025-83223462
出版社地址	江苏省南京市中央路165号,邮编:210009
照　　排	江苏凤凰制版有限公司
印　　刷	苏州市越洋印刷有限公司 江苏省苏州市吴中区南官渡路20号,邮编:215104
开　　本	880毫米×1230毫米　1/32
印　　张	9.625
字　　数	177千字
版　　次	2023年12月第1版
印　　次	2023年12月第1次印刷
标准书号	ISBN 978-7-5506-4038-2
定　　价	68.00元 (本书凡印装错误可向承印厂调换,电话:0512-68180638)

舍利弗阿毗曇問分根品第五
問曰幾根答曰廿二根何等廿二根眼根耳
根鼻根舌根身根女根男根命根樂根苦根
喜根憂根捨根意根信根進根念根定根慧
根未知欲知根知根已知根云何眼根眼入
名眼根云何眼根眼界名眼根云何眼根我
分攝四大所造淨名眼根云何眼根眼我分
攝四大所造過去未來現在淨名眼根云何
眼根若眼我分攝已見色今見當見不定若
眼我分攝色光已來今來當來不定名眼根
云何眼根若眼我分攝已對色今對當對不
定若眼我分攝色已對今對當對不定名眼
根若眼無量是眼是眼入是眼根是眼界是
田是物是門是藏是世是淨是界是海是微
眾是迴復是劍是繫是自是入我分是此岸
是肉入眼見色是名眼根耳根鼻根舌根身
根亦如是云何女根若女女性女形女根是
名女根云何男根若男男性男形男相是名
男根云何命根若是名命根云何命根若眾
生住是名命根云何命根諸眾生諸眾生中不
終不退不喪不死將來過行在護持名命根
云何樂根若身樂受眼觸樂受耳鼻舌身觸
樂受樂界名樂根云何苦根若身苦受眼
觸苦受耳鼻舌身觸苦受苦界名苦根云何
喜根若心樂受意觸樂受喜界名喜根云何
憂根若心苦受意觸苦受憂界是名憂根云
何捨根若身心不苦不樂受眼觸不苦不樂
受耳鼻舌身意觸不苦不樂受捨界名捨根
云何意根意入名意根云何意根識陰名意
根云何意根若心意識六識身七識界名意
根云何意根若識過去未來現在內外麤細
卑勝遠近是名意根云何六識身眼識身耳
鼻舌身意識身云何眼識身緣眼緣色緣明緣

图 1　楷书舍利佛阿毗昙问分根品第五卷

是名意根色界繫云何意根無色界繫意
根無色漏有漏意界意識界是名意根无
色界繫云何意根不繫意根聖無漏意界
意識界是名意根不繫
廿二根幾過去幾未來幾現在幾非過去非
未來非現在一切三分或過去或未來或現
在云何眼根過去眼根生已滅名過去云何
眼根未來眼根未生未出名未來云何眼根
現在眼根生未滅名現在乃至已知根亦如
是

舍利弗阿毗曇卷第九

皇后藤原氏光明子奉為
尊考贈正一位太政大臣府君尊妣贈
從一位橘氏太夫人敬寫一切經論
及律莊嚴既了伏願憑斯勝因奉資
冥助永庇菩提之樹長遊般若之津
又願上奉　聖朝恒延福壽下及
寮采共盡忠節又光明子自發誓言
弘濟沈淪勤除煩障妙窮諸法早契菩
提乃至傳燈無窮流布天下聞名持卷
獲福消災一切迷方會歸覺路
天平十二年五月一日記

[illegible]

图 2　原文及费念慈题跋

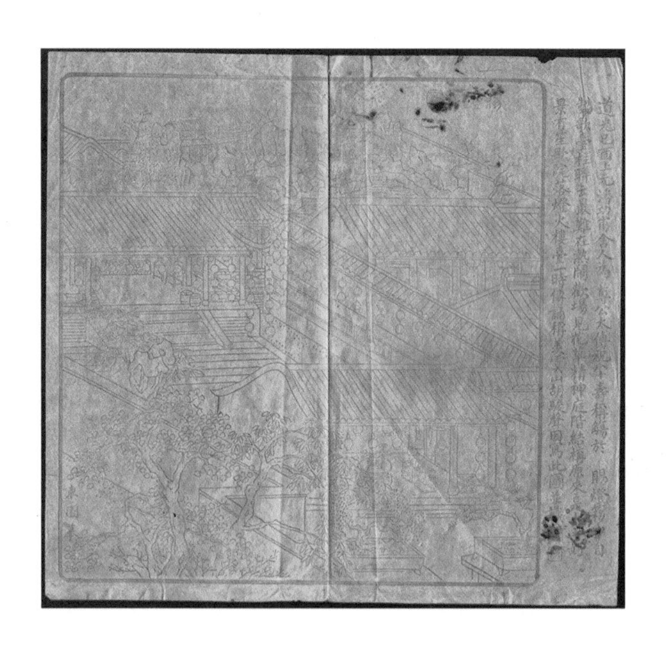

图 3 《赐灯簃图》笺

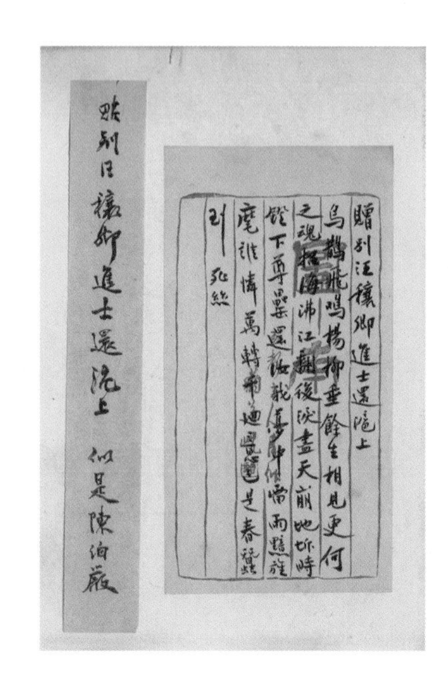

赠别汪穰卿进士还沪上　似是陈伯严

赠别汪穰卿进士还沪上

乌鹊飞鸣杨柳垂余生相见更何

之魂挟海沸江翻后从尽天崩地坼时

馆下尊罍还[illegible]戟梦中僧常雨悬旌

魔诽情万转[illegible]是春蚕

引　三立

图 4　陈三立诗笺

图 5　袁希洛夫妇、吴湖帆等合影（1954 年）

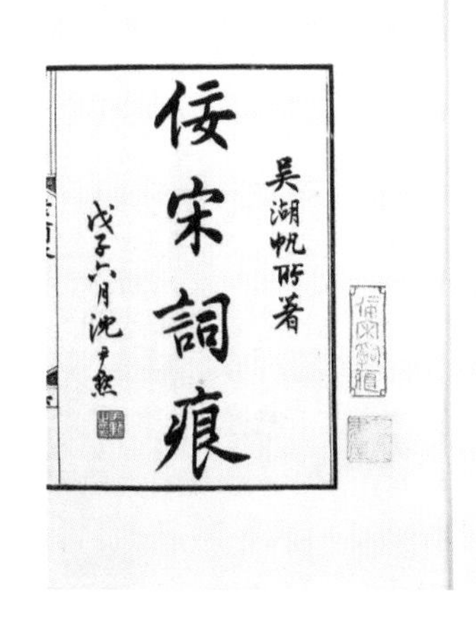

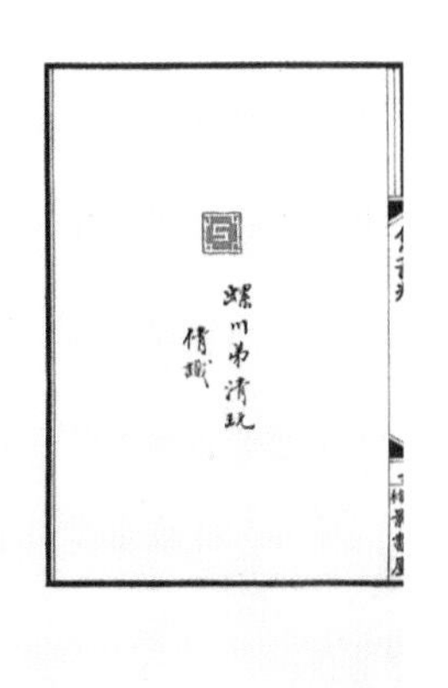

图 6 《佞宋词痕》特装本

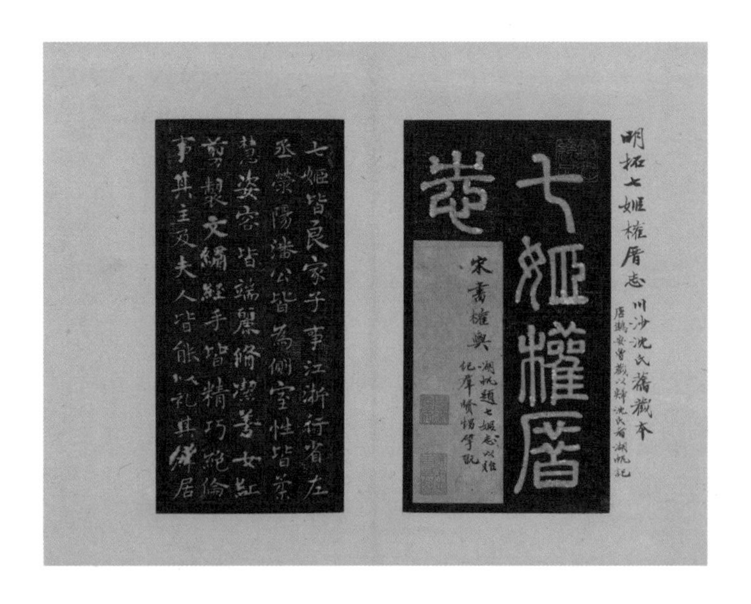

图 7　七姬权厝志

高陽臺　圖卷中有徐子晉書陶[illegible]詞，卽知其讀書于後，歲在壬辰

蘇南吳中文物有保管之會，因以是卷爲贈，冀於久遠焉

北郭連雲，東林[illegible]雨，蘭堂雪快霞晴。飛燕來梁，尋常裁度

曾驚梧桐秋死，銅華委早，塵空絃管無聲。付荒煙何處垂

楊邪裏流鶯。廣園喬木言兵，厭憶輞川畫夢，太白詩盟。吹

到春風重來，拾翠盈盈。平泉花事西州淚，[illegible]闌愁，枉是多情

記年時綫灑滄浪，帶寶吳城。

重陽後日吳湖帆又題

同時余贈文物四事，爲三代王笥、商祖丁鼎、北宋呂公[illegible]題名刻石及是卷，附志

图 8 《兰雪堂图》吴湖帆题词

图 9　三希星聚图

图 10　江山云林阁图（1）

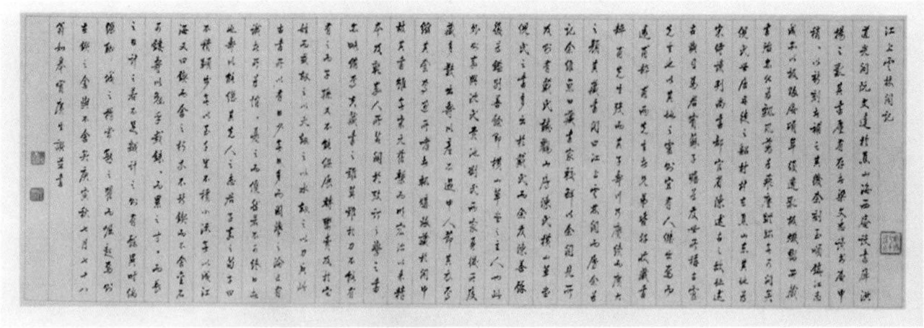

图 11　江上云林阁图（2）

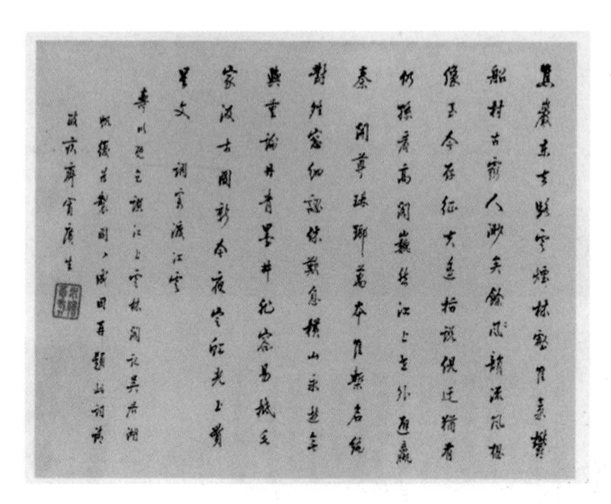

图 12　江上云林阁图（3）

图 13 《西征行卷》稿本（1）

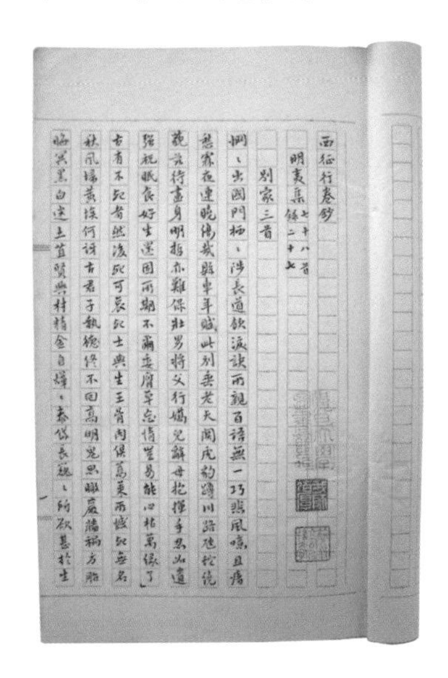

西征行卷鈔

明夷集錄七十八首二十七

别家三首

惘惘出國門栖栖涉長道飲淚訣兩親百語無一巧悲風嘯且[illegible]

愁霧在遠眺傷哉懸車年賦此別妻老天闊虎豹蹲川路虺蛇繞

[illegible]言待盡身明哲亦難保壯男將父行嬌兒辭母抱揮手出山道

猶祝眠食好出送國所期不滿妻[illegible][illegible]忘情豈易能心枯萬緣了

古有不死者然後死可哀死士與生王骨肉保萬[illegible]兩[illegible]死無名

秋風掃蕭條何詩古君子執鞭終不回高明鬼[illegible][illegible][illegible]禍方[illegible]

[illegible][illegible][illegible]自適上首賢與材[illegible][illegible]自[illegible][illegible]泰[illegible]表親親所欲甚於生

图 14 《西征行卷》稿本（2）

柳门世大兄大人[illegible] [illegible]者[illegible]附去[illegible]书[illegible]
[illegible]所[illegible]五十[illegible]亦奇此[illegible]非[illegible]者或以[illegible]
为限请姑[illegible]同[illegible]日送上[illegible]
也[illegible]来以[illegible]金[illegible] [illegible]以[illegible]金
托购[illegible]所购[illegible]用[illegible]请
[illegible]一[illegible]或[illegible]也 此请
台安[illegible]
柳[illegible] [illegible]

兩罍軒書牋

图 15　两罍轩往来尺牍（1）

平斋年伯大人阁下 顷在广[illegible]同年寓
中[illegible]见[illegible]老[illegible]各册[illegible]心[illegible]
册于此[illegible]此[illegible]上[illegible]楼册
一本[illegible]
[illegible]尚有一本[illegible]付[illegible]印[illegible]回[illegible]
上[illegible]印请
大安
小[illegible]心[illegible]手

欲園梅信

图 16　两罍轩往来尺牍（2）

二十七日清晨岳母伤人来招至柳巷，因沈氏房屋口实，嘱为高酌，着嚴至侍其巷程竹君内
娌丈處调處一番，仍回柳巷，饭後回家。作書扎寄岳丈，适岳丈於是日自靖江歸。
下午蔡仲然来，黄梅先来晤。灯下作書寄大兄，封致霖信，托香生寄。
二十八日作書致三弟，復若香生。回家，得庭来，植晋卿同年来，因至催書院小課，嘱代作張愍
朱仁说。晋卿去，香生来小坐片时，与得庭同至吴殿直巷，祝汪少植姨丈寿。饭後偕得庭至
金太史揚吴平翁公馆少憩。謁倪戴轩师，復陸侣松画友於塔儿巷，不值。張佑之姨
丈招飲，即復翁之东人也。二鼓歸家，看薛文清公集。
二十九日清晨为植晋卿作張愍朱仁说。顾潍真姑丈来晤。戴轩师嘱令往謁王晓莲廉访，
很谭吴中风俗，言颇殷勤，乃有心吊治之人，不失读书人本色。戴轩师招饮，直至傍晚始散。
酒食宴會，殊觉无谓，每赴一席，辄废半日之功，甚可畏也。答蔡仲然於嘉馀坊。灯下为
穆九條起稟稿，為煙行議加厘地貨捐呈請緩辦也。平糶局緩辦，為陳子奉觀察小舫先
生之子，各處指局均歸統屬。
十月初一日至柳门處。岳丈为房屋事又伤僕来招至柳巷，往至侍其巷沈宅，再至柳巷调

图 17 吴大澂日记

图 18　吴大澂尺牍

图 19　陆恢《寄意山水册》(1)

图 20　陆恢《寄意山水册》(2)

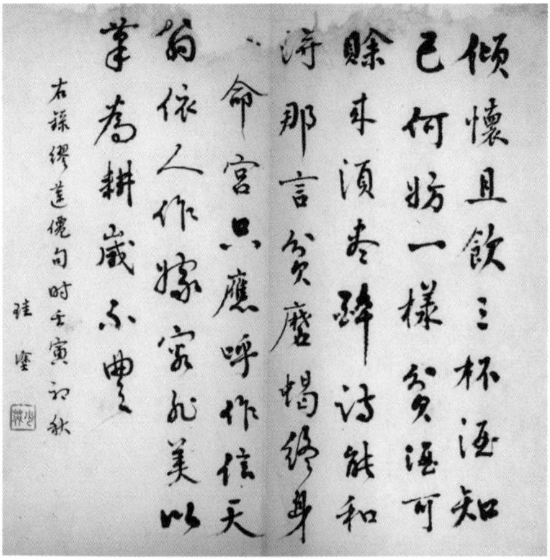

傾懷且飲三杯酒知
己何妨一樣貧酒可
賒來須養醉詩能和
詩那言貧磨蝎終身
命宮只應呼作信天
翁依人作嫁家風美以
筆為耕歲不豐

右録繆蓮仙句 时壬寅初秋
桂鑒

图 21 《余少英遗墨》册（1）

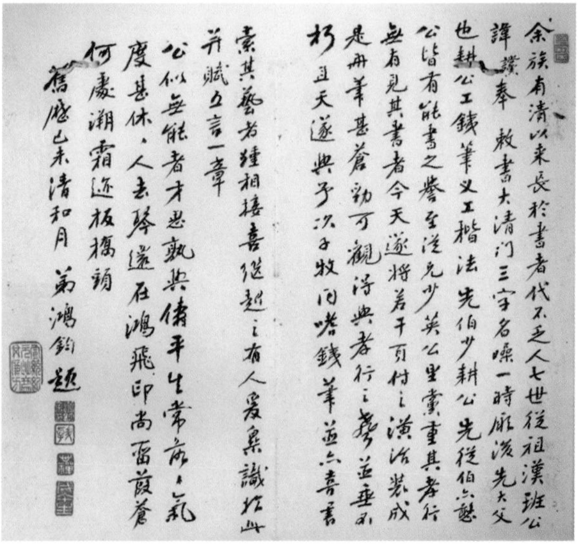

余族有清以來長於書者代不乏人七世從祖漢班公
諱讚奉 敕書大清门三字名噪一時厥後先大父
也耕公工錢筆又工楷法先伯少耕公先從伯亦懿
公皆有能書之譽至從兄少英公里黨重其孝行
無有見其書者今天遂將若干頁付之潢治裝成
是冊筆甚蒼勁可觀得與孝行之譽並垂不
朽且天遂與予次子牧同嗜錢筆並亦喜書
素其藝者殊相接喜從題之有人愛梟識於此
并賦五言一章
公似無能者才思孰與儔平生常落落氣
度甚休休人去琴還在鴻飛印尚留葭蒼
何處溯霜迹板橋頭
旹歲己未清和月 弟鴻鈞題

图 22 《余少英遗墨》册（2）

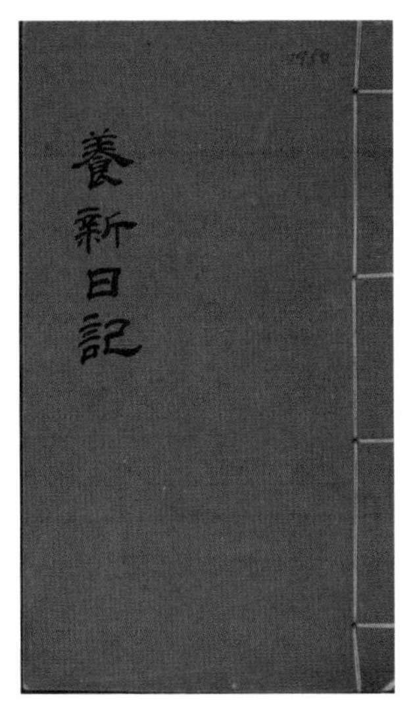

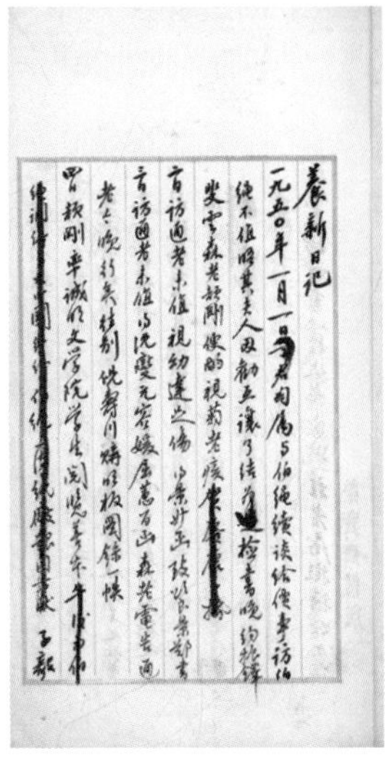

图 23　顾廷龙日记（1）　　图 24　顾廷龙日记（2）

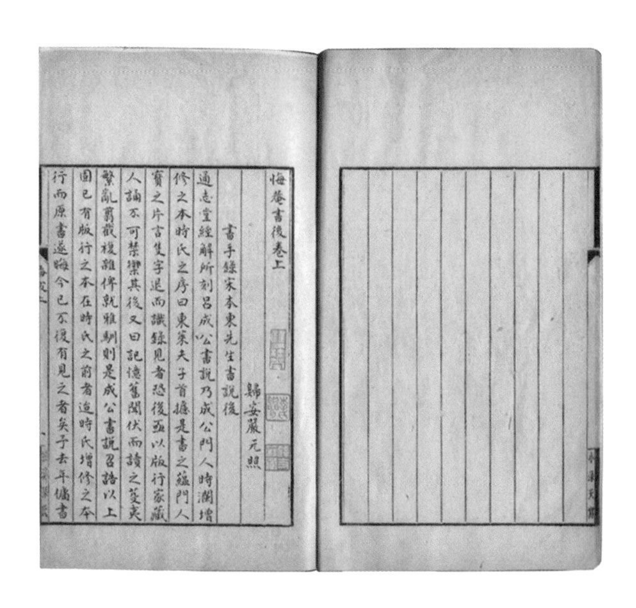

悔菴書後卷上

歸安嚴元照

書手錄宋本東先生書說後

通志堂經解所刻呂成公書說乃成公門人時瀾增修之本時氏之序曰東萊夫子首據是書之蘊門人賓之片言隻字退而識錄見者恐後亟以版行家藏人誦不可禁禦其後又日記憶舊聞伏而讀之茫矣繁亂舊藏複雜併就雅馴則是成公書說呂語以上固已有版行之本在時氏之前者迨時氏增修之本行而原書遂晦今已不復有見之者矣予去年偶書

图 25　孙毓修辑《悔庵书后》稿本

图 26　李军与江澄波、吴格于苏州文学山房

图 27　　顾麟士与顾公柔等合影

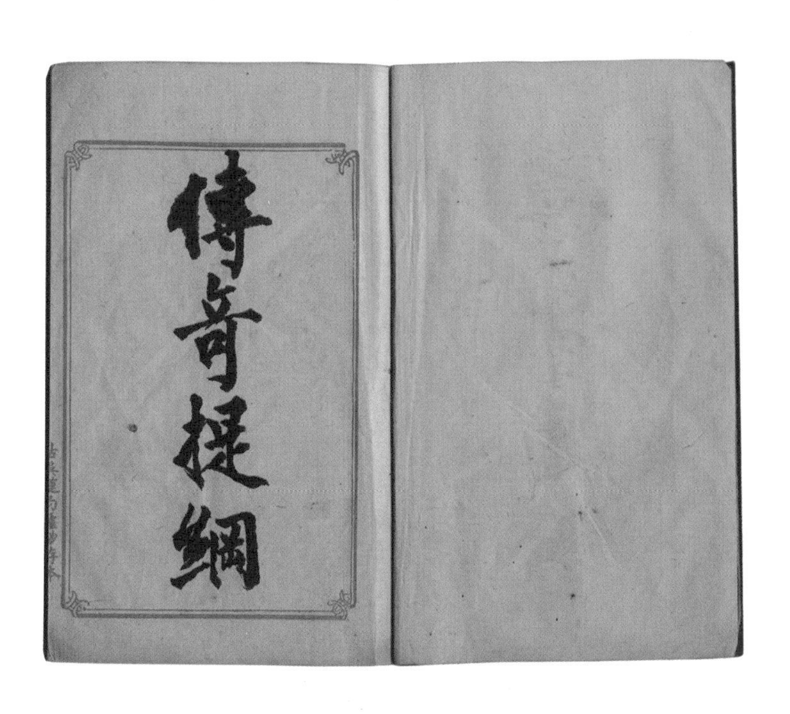

图 28　古吴莲勺庐《传奇提纲》稿本（1）

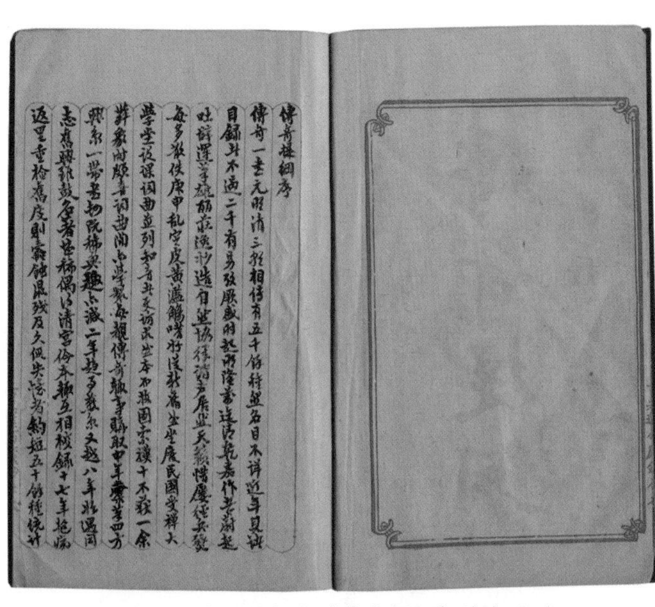
傳奇提綱序

图 29　古吴莲勺庐《传奇提纲》稿本（2）

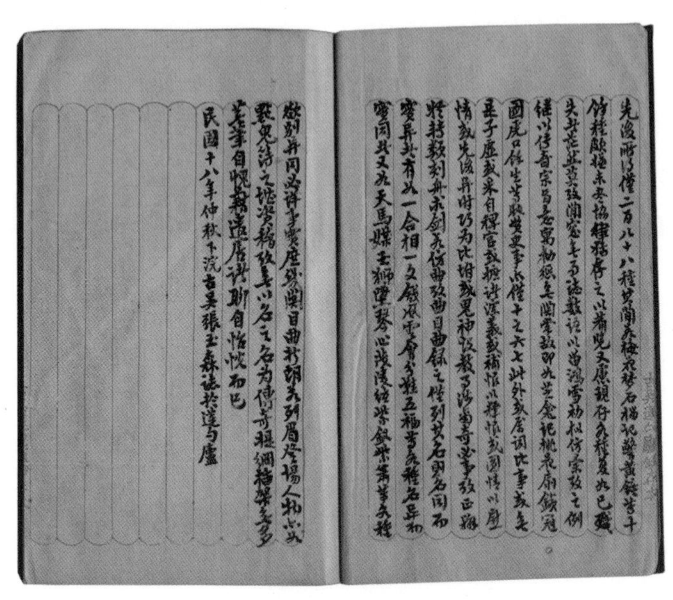
民國十八年仲秋下浣古吳張玉森誌於蓮勺廬

图 30　古吴莲勺庐《传奇提纲》稿本（3）

李军

1982年生，江苏苏州人。2011年毕业于复旦大学中国古代文学研究中心，获文学博士，现任苏州博物馆研究馆员。先后入选江苏省第二期青年文化人才、江苏省第五期“333高层次人才培养工程”第三层次培养对象。主持策划“木石缥缃——苏州博物馆藏古籍碑拓特展”“清代苏州藏家”系列特展、苏州博物馆西馆“纯粹江南：苏州历史陈列”等。著有《访古与传古：吴大澂的金石生活考论》《春水集》《佣书读画录》《秋山集：故纸谈往录》《结古欢：吴大澂的访古与传古》《收藏与交游：清代文献丛考》，编有《题跋古今》《上海鬼语》《二叶书录》《鹤庐画赘 鹤庐题画录》《遐庵清秘录 遐庵谈艺录》《吴大澂日记》《孙毓修辑清人题跋稿本四种》《顾廷龙日记》等。并先后在国内外学术刊物发表论文120余篇。

弁 言

“凤凰台上凤凰游”，是李白《登金陵凤凰台》之诗句，昔年我江苏古籍出版社立足南京、弘扬文史，而更名所由也。

“碧梧栖老凤凰枝”，是杜甫《秋兴八首》所吟咏，今日我凤凰出版社为学林添设新枝，而命名所自也。

30 多年来，凤凰出版社围绕中华传统优秀文化，彰显传承文明、传播文化、服务大众、贡献学术的出版理念，坚持以整理出版中国文、史、哲古籍及其研究著作为主的专业化方向，蒙学界旧雨新知之厚爱、扶持，渐已长大成为“碧梧”，招引了学界“凤凰”翩然来栖。箫韶九成，凤翥凰翔！嘤其鸣矣，求其友声！

“凤凰枝文丛”是本社与学界同人共同打造之文史园地，除学术研究论文外，举凡学人往事、经典品评、学术札记之文化随笔，旧学新知，无所不包。是作者出诸性情而诗意栖息之地，读者信手撷取而涵泳徜徉之处。

“凤凰鸣矣，于彼高冈。梧桐生矣，于彼朝阳。”

愿“凤凰枝文丛”成为我们共同的文化家园。

2019.5.22

序

《夏夕》是继《春水》《秋山》之后，我的第三本学术随笔集，出乎意料之外，《双桂堂随笔》四部曲在短短几年里已经完成了四分之三。不过，五六年间，我已经从庭中植着双桂的忠王府藏书楼搬离，到潘儒巷古籍馆待了两年，庭中换成了岁寒三友，松竹常青，红梅开了谢，谢了又开。梅开二度，再次离开，转到狮子山脚下西馆筹建小组办公，山上有一株野紫藤，春光里，松巅花发，半山尽是紫气。苏州博物馆西馆正式建成开放后，兜兜转转回到忠王府芭蕉槛外，已经是三年之后。

我办公室所处的槛外之地，原是迎春坊张宅东北角，拙政园西花园便是张家的旧产。芭蕉槛则属于八旗奉直会馆，原是一墙之隔的拙政园之南部小厅，北眺可见小飞虹，与玉兰堂相毗邻。如果说玉兰堂是春色，那听雨轩就是夏景。轩南种满了芭蕉，夏日的雨后，暑气慢慢收敛，小轩中凉意逐渐沉淀，瓦上的残雨汇聚成水珠，从檐上稀稀落落地滴下来，掉在长而肥大的芭蕉叶上，在人不经意时，于寂静无声中，发出似有似无的笃笃声，令轩外人心一动。抬头望去，满目绿色透过长窗玻璃侵入轩中来，伴随光线明暗变化而越发酽起来。踩进回潮湿润的青砖地，环顾四周，被浓绿所包围，心慢慢静下来，体感温度似乎也开始变低了。

古人中，苏东坡的从表兄、北宋诗人文同（1018—1079）擅长画竹，他写过一首《夏夕》诗：

池馆萧然夜欲分，满林虫鸟寂无闻。风吹松子下如雨，月照荷花繁若云。泉作小滩声淅沥，笋成新竹气氤氲。清阴正覆吟诗石，更引高梧拂练裙。

文与可的夏夕是生动而紧凑的，略流于感性。六百年后，明末清初思想家王夫之（1619—1692）也写过两首《夏夕》诗：

西清开一曲，明绿半溪深。白鸟回峰碧，青林渡水阴。荷轻初露坠，风定暗香侵。凭几吾生事，萧然不自今。

试暑方前日，重阴疑凛秋。云封双岭合，萤乱一星流。阅化知无尽，为生果似浮。不须多病后，始拟访丹邱。

相较而言，王船山的夏夕，从眼前之景到人生哲理，由实入虚，唯不免有些悲观了。于今又是四百年后，南北风景更殊于前代，在苏州，或许雨后拙政园的夏夕，还能得其古昔之十一，可惜现代化蓝绿色的灯光亮起，便十分煞风景了。

相对于《春水》与《秋山》来说，《夏夕》是短暂的，像它的名字一样，是一天中的一小个片段。夏夕的凉爽，只是夏日里十分短暂的片段。总体而言，江南的夏是溽热而粘腻的，并不像古人诗歌中那样美好。在儿时的记忆中，艳晴半月之后，无论早晚，到处都是热的，浑身都被热风包裹着，令人无所遁形。如果说一天之中，有给人喘息机会的时刻，那就是日落入夜前后，从河里游泳回来，在洒过水的场面上，吃过了晚饭，扇着蒲扇，吮着赤豆或绿豆棒冰，听大人们闲谈，神仙妖魔，古灵精怪，津津有味，浮想联翩。上学后，读了鲁迅先生的《从百草园到三味书屋》，才恍然大悟，小时候听的瞎说山海经，大约就相当于鲁迅先生念念不忘的“美女蛇”了。

当夜渐渐深了，水田里的蛙声忽而稀疏，忽而紧凑，草丛里偶有点点的萤火闪动，月亮从云里露出头来，把它周围的云朵照得分明起来。一阵风吹过，云跟着牵动起来，望天的人们轻呼一声，汇聚起来，就是一个“爽”字。小时候无聊时，喜欢抬头看天、盯着月亮在场面上倒着走，月儿在空中幽幽地发着银光，一动不动，明明知道自己的脚在动，身体却又像是静止的，走了一会儿终究眩晕起来，有点飘飘然了，却并没有东坡词中“何似在人间”的感觉。在一声“蚊子起了”的喊声中，乘凉的人纷纷散了，夏夕至此便告一段落。

繁华都市里，茫茫人海中，松风水月的恬淡景象，大抵已经绝迹。千年自是长久，却一去不返；一夕虽然短暂，然日有一夕，朝朝暮暮，与世轮回，循环不绝。所以，千年与一夕，长久与短暂，并非绝对，烦嚣如盛夏，若得一夕之清欢，于愿足已。所谓“夏夕”即抱如是想，除去季节的符号，希望每一天都有一个平静而恬淡的短暂片段。

最后，感谢浙江大学白谦慎先生宠赐题签，感谢凤凰出版社樊昕、许勇两位先生在此书出版过程中提供的诸多帮助。

癸卯雨水前三日，李军于吴门芭蕉槛外

目录

第一辑

第二辑

第三辑

第一辑

过云楼里的“光明皇后写经”

——杨守敬与顾文彬交往拾补

沈慧瑛的新书《过云楼档案揭秘》里有一篇《杨守敬与顾文彬祖孙的情缘》，记到咸同之际，顾文彬避难湖北时，曾租住在杨守敬（惺吾）家，两人因此结识；辛亥革命后，杨守敬避乱江南，准备在苏州买屋定居，结果房价太贵，遂托顾麟士婉转回绝房东潘睦先。其实，杨守敬与顾文彬的联系，在顾文彬致仕回到苏州后，仍然未断绝。可惜《过云楼日记》最后一段光绪七年（1881）至光绪十年（1884）系摘录本，没有之前详细，否则应该会看到杨守敬到过云楼拜访顾文彬的记录。著有《苏杭日记》的日本人冈千仞，于光绪间来华游历，一度与杨守敬结伴而行，并在苏州勾留期间，拜访了顾文彬、李鸿裔等收藏家。在潘钟瑞的《香禅日记》里，就提到光绪十年闰五月初七日（1884年6月29日）他与秦云一起到胥门外冈千仞船上拜访，见“偕来者有伊一侄（其侄号万里），又有中国两人同来，一宁波王姓，一宜都杨姓（名守敬），王不在船上，杨方发箧取书，多东洋本，刻皆精妙”。杨守敬最让人熟知的应该是那部赫赫有名的《日本访书志》，其中记录了大部分他在日本访查、购求到的中土已佚珍本。同时，为了谋生，他也在中日两国之间，贩售彼此的古物。

过云楼藏品积累的过程，就是一个优胜劣汰的过程。从顾文彬开始，在将家里淘汰的部分藏品售予日本人的同时，也开始留意东瀛回流的精品。因《过云楼书画记》限于体例，仅收录我国古代的书画，不著录异域的作品，故此无法一窥过云楼中所藏海外藏品究竟有多少。目前所见，《过云楼书画记》只著录一件从日本回流的唐人写经，即卷一的《唐写续花严经疏卷》。此卷近年数次现身拍场，后有“万延二年辛酉（1860）仲夏”日本僧人彻定题跋，以及同治十一年（1872）壬申十二月金邠卿题记。据彻定的考证，此《续花严经疏卷》很可能是空海大师从大唐携回日本之物，居中贩售的金邠卿、买家顾文彬均认可其说，所以将之定为中国唐代写经。金氏曾频繁出现在《过云楼日记》中，他游历日本颇久，其叔父金保三在上海业医，同时也贩售古董字画，过云楼藏品中颇有金氏叔侄经销之物。

清末将日本藏品携归国内售予顾家者，除了金邠卿，另一位就是杨守敬。已知最好的证明就是北京故宫博物院藏有一卷日本天平时代（710—794）藤原皇后光明子《楷书舍利佛阿毗昙问分根品第五卷》（图1），卷后有愿文云：

皇后藤原氏光明子奉为尊考赠正一位太政太臣府君、尊妣赠从一位橘氏太夫人敬写一切经论及律，庄严既了。伏愿凭斯胜因，奉资冥助，永庇菩提之树，长游般若之津。又愿上奉圣朝，恒迎福寿；下及寮采，共尽忠节。又光明子自发誓言，弘济沉沦，勤除烦障，妙穷诸法，早契菩提。乃至传灯无穷，流布天下，闻名持卷，获福消灾，一切迷方，会归觉路。天平十二年五月一日记。（图2）

按照分类，光明皇后写经大致可分为“五月一日经”与“五月十一日经”，这一卷属于前者。此卷虽然没有杨守敬的鉴藏印，但卷后有光绪十四年（1888）戊子十二月费念慈题跋，乃应顾文彬之嘱而作，提到是杨守敬从日本带回国内的：

右日本人写经一卷，杨君惺吾得之彼国者也。考日本当唐初，酷慕汉制，灵龟二年（唐元宗开元四年）八月，遣吉备真备、阿部仲麻吕、僧元昉入唐留学。至天平七年（开元廿三年）乃归，献乐律书、佛经等。至十三年，遂下诸州写经造塔之令。盖自庆云和铜以迄天平、神护景云，七八十年所写极盛。至神龟、延历而后，始稍稍衰矣。此卷书于天平十二年，当唐开元廿八年。旧传彼国工书者三人，曰嵯峨天皇、曰橘逸成、曰弘法大师，又有三迹，曰小野道风、曰参议佑理卿、曰大纳言行成。此跋言皇后藤原氏光明子为尊妣橘氏太夫人，其诸逸成之所书欤？又考唐经生书在当时别是一派，虽工拙不同，而千手如一，无笔不转，无转不灵，结体似欹实正，犹可想见齐梁间遗意。宋以后久失传，而日本人自唐以来，传习至今，其法不绝，历代所遗经卷，珍储爱护，视同奇宝。迨明治维新之际，西法代兴，始渐散出，世运升降之感，异域且然，观此不尽长喟矣。艮庵夫子大人命题，谨考之如右。（图 2）

时隔三年之后，光绪十七年（1891）费念慈又为江标跋在日本所得藤原光明子《文殊师利问菩提经卷》，内容与上文近似，自然也就驾轻就熟了。江氏藏卷后愿文日期，与过云楼藏卷相同，并有带杨守敬赴日的黎庶昌题跋，不知江标是否从杨守敬处得来。此卷后归叶恭绰，著录于《遐庵清秘录》，今藏上海图书馆。对于光明皇后写经的地点是在日本还是中国，李际宁《日本的古寺与古经》早已论及，兹不赘述。而今日本国内仍藏有数量可观的"光明皇后写经"，通过杨守敬流入中国的，仅故宫博物院就藏有三卷，除《楷书舍利佛阿毗昙问分根品第五卷》外，还有《楷书题杂阿舍经卷第廿五卷》《楷书出曜经卷》，并有杨守敬藏印。但三卷中均未见顾氏藏印，若非费念慈题跋道破天机，恐怕永远都不知道杨守敬还曾将"光明皇后写经"售予过云楼。

赐灯簃图翻新笺

今夏苏州酷热异常，某日午后去钮家巷文学山房，店里空无一客，坐下来和九十七岁的江澄波先生闲话。他说疫情期间，店门上贴着“暂停营业”的牌子，并无客人，他仍坚持每天到店，无他，只是觉得比较安心。近来巷中渐渐热闹起来，对面的潘氏故居拆得一片狼藉，筑起围墙，开始修葺起来。江先生说，正对书店门口这片，其实是王鸿翥王家的产业，并不是潘家的宅子，文献家王欣夫便是王家的后人。说起潘家，他忽然想起家里还留着几百张老的笺纸，时代有近有远，图案各式各样，有写过字的，有没写过字的，以苏州本地的居多，其中有一张与潘世恩有关，名为《赐灯簃图》笺。我说，记得潘世恩大儿子潘曾沂的《小浮山人自订年谱》里提到过，曾请写真名家、常熟人胡芑香（名骏声）画过一张同名的画儿。两年前，我写过一篇《胡骏声祖孙的生平与肖像画创作考辨》，当时搜集了公私各家所藏胡氏画作，可惜就没能找到《赐灯簃图》，请江先生回家后如能找出来，一定拍张照片给我。没过两天，江先生的孙女就微信发来图片（图 3），梅红色的笺纸，已略有褪色。笺纸左图右文，图案纯为细线勾描，外有方框，右上角有“赐灯簃图”四字，左下角树石空隙处有“东园摹”三字。右侧文字为胡骏声题记三行：

道光己酉上元，潘功甫舍人为尊公太傅祝八十寿，称觞于赐灯簃中，自制歌台柱联云：“最难在热闹欢场，见花草精神，庭阶结构；原来是太平好景，有笙歌院落，灯火楼台。”一时传诵称羡。虞山胡骏声因写此图并识。

据《小浮山人自订年谱》记载，道光二十八年（1848）秋，潘曾沂“重修养云书屋，恭悬御书‘寿’字匾及御赐宫灯，名曰‘赐灯簃’”。次年（1849）正月，称觞于赐灯簃中，开筵宴客。潘曾沂自制歌台柱联云：“最难在热闹欢场，见花草精神，庭阶结构；原来是太平好景，有笙歌院落，灯火楼台。”一时争相传诵，因属虞山胡芑香绘图纪事。

从潘曾沂自订年谱来看，应是请胡骏声绘制了一张在家中悬挂灯彩祝寿场景的图画，并有题咏之属，作为对赐灯簃宴客的纪念。此后，潘家再按照这张图，缩小摹绘，刻了一张笺纸。至于摹绘的人，是否胡骏声本人，没有文献记录，无法确定。而看文学山房收藏的那一张笺纸上有“东园摹”三字，显然图是潘曾沂之子潘仪凤（1826—1876，号东园）所摹。

不过，这只是一个版本，并不能涵盖所有情况。最近在浏览中国国家图书馆藏的潘祖荫书札中，发现同样的图案、文字还有一版，与“东园摹”本几乎相同，最大的差别就是左下角没有“东园摹”三字款。无“东园摹”的这版，能在潘曾玮致朝鲜人李尚迪（1803—1865，号藕船）书札所用笺纸中找到。近人刘麟生《燕居脞语》中一条笔记就源于此：

道光己酉，上元潘功甫舍人为其尊人太傅（潘世恩先生）祝八十寿，称觞于赐灯簃中，自制歌台柱联云：“最难在热闹欢场，见花草精神，庭阶结构；原来是太平好景，有笙歌院落，灯火楼台。”一时传诵称美。虞山胡骏声为写图于自制诗笺中。此事见吴县潘曾玮先生书简，一名《潘孔合璧》，近归绩溪胡氏。

刘麟生说“胡骏声为写图于自制诗笺中”，将胡骏声绘图、潘氏制笺二事混为一谈，或未必确当。不过，刘氏清楚表示，所述内容源自绩溪胡氏新收的一种名为《潘孔合璧》册子。一提到“绩溪胡氏”，自然让人联想到“我的朋友胡适之”。检北京大学图书馆与台湾“中央研究院”近代史研究所胡适纪念馆联合编纂的《胡适藏书目录》，果然发现1831号著录《□雁尺一集》一种，册中钤有“绂庭之藏”白文方印等印记，其附注提及：

此二册为1958年自胡适的美国寓所运送至台湾。第一册题签《□雁尺一集　潘孔合璧　流》，第二册题签《□雁尺一集　张王墨像　水》。胡适将《□雁尺一集》及另两册（原无册名，今暂定名为《与高丽使臣函札》）命名为《道咸同三朝文人与高丽使臣函札》。

《□雁尺一集　张王墨像　水》内页有胡适的手写笔记纸数张，其中一张注记：“张伯谨代我在东京买的。共书札五十七通，两册，价日币乙万元，合美金廿五元。原题《□雁尺一集》，第一字似是‘燕’字，不是‘鱼’字？一册题‘流’字，一册题‘水’字，当是用五言两句编号，原藏至少有十册。受信之人是高丽的一位名士，驻在北京甚久，其字为‘藕船’，姓氏待考。”

按：张伯谨（1902—1988）曾留学美国康奈尔大学，获哲学博士学位。抗战胜利后，任北平市副市长。1948年，与胡适、陈寅恪等同机自北平飞南京。后赴台湾，二十世纪五十年代历任“驻日本军事代表团”专门委员、“驻日大使馆”公使等职。这套《潘孔合璧》册，很可能是二十世纪五十年代初，张氏为胡适从东京购得。显然原属李尚迪家藏清人书札册，已经散落，部分从朝鲜流入日本。

为什么可以肯定只是部分呢？其实，李尚迪生前就曾将清人寄他的诗笺、书札选编为《海邻尺素》。美国哈佛大学燕京图书馆藏抄本《海邻尺牍》，就是摘抄本之一。取《海邻尺牍》摘录潘曾玮、潘祖荫及孔宪彝书札对比原迹，不难发现《海邻尺牍》所收，仅是《潘孔合璧》中的一部分。中、韩两国学者研究李尚迪者，似乎都未注意到胡适旧藏的这两册原笺，以致结论多据抄本而来，不免给人隔靴搔痒之感。

潘曾玮所用《赐灯簃图》笺，与潘祖荫所用“东园摹”本近似度很高，除了这两个版本外，还有第三个版本。喜爱制笺的潘祖荫，不仅用家中现存旧笺，还主动翻刻新笺。潘祖荫翻刻版，构图仿胡骏声而略作修改，如灯笼的形状变长之类，与前版最大的差别在题记，从图右改到图左，内容也与前版不同。

另外值得一说的，是同治十一年（1872）帮潘氏翻刻新笺的两位，绘图者为吴大澂，题字者为赵之谦，堪称一时之选。在顾廷龙先生抄本《潘文勤公致吴愙斋书札》中，有一通提及此事：

家有赐灯簃图笺，今已模糊，拟重刻之。已属㧑叔题字，并恳吾弟照㧑叔所批驳者重绘一纸，以便付刻也。均初信到否？此上清卿馆丈，荫顿首。

在中国国家图书馆藏潘祖荫书札中，就有潘祖荫使用自己翻刻的《赐灯簃图》笺作札的实物例证。

陈三立的字与诗

七月三日那天，朋友圈里频见与陈寅恪（1890—1969）相关的文章，才想起是他130周年诞辰。此前，清华大学艺术博物馆有众筹影印《海宁王静安先生纪念碑拓本》之举，正好于近日印出，亦可视为对陈氏之纪念。惟迩来似乎不大提倡彼时的精神与思想云云，不免让人气短。那一日，刚好南京的友人寄来李开军辑释的《散原遗墨》一册，收录陈三立（1853—1937）的墨迹图片数百件，颇为可观。李教授信手释读，并不抄他自己作的《陈三立年谱长编》，让人钦佩，毕竟个人觉得《陈三立年谱长编》要比《陈寅恪先生年谱长编》好。只不过，对书中那篇“代序”题为《陈三立的写字》不能欣赏，总感到标题读上去有些别扭，然这也只代表个人感受，并不作数的。

浏览《散原遗墨》，发现“移家金陵”一段中第一篇释读的陈三立致梁鼎芬（1859—1919）密札一通三页（第

66 页），所用七行笺有“图南”二大字、“玉声主人属作，藐翁岘”等小字，与昔日所见汪康年友朋诗册中一页相同，那一纸上写有《赠别汪穰卿进士还沪上》一首，却未署名，一旁夹着一张浮签称“《赠别汪穰卿进士还沪上》，似是陈伯严”，当时未敢遽信。顷见《遗墨》，亟以诗笺照片（图 4）托友人向李教授质证，答称为散原手迹无疑，乃大欢喜。因其诗似未见散原集中，爰抄录如下：

乌鹊飞鸣杨柳垂，余生相见更何之。魂招海沸江翻后，泪尽天崩地坼时。灯下尊罍还汝我，梦中雷雨黯旌麾。谁怜万转千回意，已是春蚕到死丝。

李开军在散原致梁鼎芬密札一篇中说：“此札陈三立书写迅疾，急切之情浮于纸上，笺纸图案复有‘图南’二字，可谓文笺相生。”今就笺纸相同推测，《赠别汪穰卿进士还沪上》诗似与密札作于同一时期。不过，揣摩散原诗意，已甚为颓唐，与“图南”笺并不相侔，故而怀疑密札作于谋事将成之前，赠诗写于大事已败之后。殆情随境迁，自然之理，只牵涉胸臆，无关乎笺纸也。

《散原遗墨》中与龙榆生（1902—1966）相关者不少，部分经张晖《陈三立与龙榆生佚函》揭示，“寓居庐山”一段中 1932 年十一月二十五日一札是其一例。此札右侧陈三立题《受砚庐图》引首，其辞已载入龙榆生主编《词学季刊》(1934)第四卷第一号，今黑白图片采自台北“中研院”文哲所编印《近代词人手札墨迹》。见此“图额”，不禁让人想起数年前的一个初春，我因事赴杭，清晨于寒雨中过孤山，入浙江省博物馆观“越中佛传”特展，出门之际，于“残山梦最真”展的长柜中瞥见吴湖帆所作《受砚庐图》卷，陈三立题额，赫然在前，卷后又有陈方恪等题咏，父子二人墨迹前后呼应，堪称眼福不浅。此图之外，夏敬观《上彊邨授砚图》同时展出，方知双卷久已归藏孤山。

李开军说陈三立同年三月十五日答应龙榆生，为其师朱祖谋(1857—1931)撰写墓志，但迟至十月二十五日仍未动手。提到墓志、挽诗，昔在海上曾见一轴，系陈三立手录挽诗一首，署“冕士仁兄先生灵鉴，愚弟陈三立拜挽”，下未钤记，盖原陈于灵前，不宜加朱，其诗似亦不见散原老人集中：

诸沈才名重武康，安西记室更堂堂。社中止酒同坚坐，海角收身故善藏。气短群流尊性海，梦飘斜景背吟廊。一棺戢尔余创在，知挂幽忧百结肠。

按：冕士即绍兴人沈铭昌(1869—1928)，早年入张之洞、端方幕府，入民国后，曾任山东省省长，晚年退居上海，筑容园居之，与陈夔龙、冯煦、陈三立等结社唱和。1926年得肠癌几死，“西医施刀圭，竟愈。丁卯冬，疾复作，遂不治。戊辰正月三日卒，春秋六十”。沈氏卒后，归葬杭州西湖丁家山，其墓志出陈三立之手，即《前山东省长沈公墓志铭》，李开军已辑入《散原精舍文集集外文》。陈三立挽沈铭昌诗，当作于1928年正月，较《墓志铭》早，《陈三立年谱长编》失载，可据此补入。

傅增湘的旧书店

藏书家开旧书店，古已有之，比如清代最著名的藏书家黄丕烈，六十三岁那年在苏州玄妙观西开设滂喜园书铺，卖书的同时仍买书，其癖究不能尽除。未及百年，到了民国八年（1919），撰写《辛亥以来藏书纪事诗》的广东人伦明（1875—1944）为了买书修书方便，出资在北京琉璃厂设立著名的通学斋，交孙耀卿（1894—1958，名殿起）经营，不料由此催生出一部书虫奉为枕秘的《贩书偶记》。然而，受到五四运动波及，主动辞去教育总长一职的大藏书家傅增湘（1872—1949，字沅叔），一度在北海公园里开设旧书铺，之前却闻所未闻。最近看清末遗老郭曾炘（1855—1928）的《邴庐日记》，内中道及此事。

民国十六年七月初四日（1927年8月1日），正值北海公园正式开放两周年之际，郭曾炘与友人"同到北海，入门沿塔山西，至傅沅叔所设书铺及吕威伯骨董铺一览，至漪澜堂”。根据描述，傅增湘的旧书店与古董铺为邻，离漪澜堂不远，那具体地点在哪里呢？据同年重阳节（1927 年 10 月 4 日）郭氏日记，他又与友人相约游公园，“在北海茶棚坐谈甚久，循漪澜堂回廊至蟠青室书铺访沅叔，其西偏精舍三间尚幽雅”，由此可见，旧书店开在琼华岛西岸的蟠青室里。这一年傅增湘五十五岁，十月刚出任故宫博物院图书馆馆长，担任副馆长的许宝蘅在次年（1928）六月四日的日记中也言及“五时，到北海蟠青书室，与沅叔、守和诸君商议图书馆事”。《许宝蘅日记》里的蟠青书室，是否就是傅增湘旧书铺的名字，一时难以确定。

在傅增湘的《藏园群书经眼录》里，我们发现几处提到蟠青书室，看口气似并不是他自己开的旧书店。如卷一四库馆写本《春秋会义》条，傅增湘按语称：“顷检《郡斋读书志》《书录解题》《焦氏经籍志》，均有此书，邹氏未之考耳。己巳三月十六日，沅叔手记。”下有小字括注“徐坊遗书，己巳三月蟠青书室及翰文斋送阅”；卷七明刊本《伤寒明理论》同样括注“徐梧生遗书，己巳三月蟠青书室送阅”；卷十八旧写本《三孔先生清江文集》亦括注“蟠青书室尹辅廷新自南中收得，辛未岁暮见”。按：己巳为民国十八年（1929），辛未为民国二十年（1931）。此处所谓的“蟠青书室”，可能是孙殿起《琉璃厂小志》里记载的那一家，由深县人郭炳文（字仁卿）于民国十八年

（1929）开设的书店，“在北海公园白塔西南隅，一年后，迁徙在小西南园北口外东路南。凡经营数年歇。近易融古山房裱画铺”，因最初的店址在北海，名字与蟠青室又只有一字之差，不免会让人将它误认为是傅增湘开的旧书店。不过，有几条材料可以证明，郭炳文并不是傅增湘的“孙耀卿”。

首先，开业的早晚不同，郭曾炘、许宝蘅到访傅增湘的旧书店时，郭炳文尚未开设蟠青书室。其次，郭炳文的书店在北海的时间并不太久，日本汉学家长泽规矩也《辛未燕京访书记》里有一条记录：“蟠青书室从北海迁至这里，在本立堂和保古斋之间。”表明《琉璃厂小志》所述真实可信，郭氏的蟠青书室在北海公园经营约一年，至民国二十年（1931）搬往琉璃厂。与之相反，傅增湘的旧书店似一直未离开北海，直到歇业。民国二十二年（1933）六月二十一日，张元济致傅增湘函云：

承示北海书肆将歇业，允将底货平价让与东方，曷胜感幸。已先商王君，拟乞开示存书清目，只能购普通之版，馆中现已有者亦拟除出，缘购书之款现尚甚有限也。

三天后，傅增湘回复张元济称“蟠青书多普通者，属即查明开单候择”。然则上函中的王君，所指为商务印书馆的王云五。此前一年，东方图书馆刚经历“一·二八”

浩劫，涵芬楼所藏古籍善本悉烬于战火，损失惨重，商务印书馆因此元气大伤，尽管傅增湘说旧书店的底货多普通书，东方图书馆此时也无力全部收购，故张元济有此一说。最终旧书店底货是否顺利成交，不得而知。但至少可以据此推定，傅增湘的旧书店在北海蟠青室经营六七年之后，于民国二十二年（1933）关门歇业。

陈寅恪的“敝亲”汪孟舒

上月将近两三年所作随笔汇编为《秋山集》，拟付诸梓，校读《表兄汪孟舒》一篇时，忽然想起《古吴汪孟舒先生琴学遗著》一书久束高阁，遂趁此机会翻阅一过。居然发现汪孟舒（1886—1968）不但和过云楼顾氏后人顾公硕、顾公雄为表兄弟，竟与陈寅恪（1890—1969）亦有亲戚关系。殆在《陈寅恪集·书信集》中有一通1929年四月廿一日陈寅恪致中研院史语所徐中舒信札云：

中舒先生：敝亲汪君孟舒，人极好学谨慎，素治中国古乐。前在北平图书馆阅览旧书，今图书馆新章，须学术机构担保，请援上次颜、葛诸君例，转告孟真先生照式填写盖章送下，以便转交为感。匆此奉恳，敬叩著安。

后附保证书式：

径启者，兹保证汪孟舒前赴贵馆善本阅览室研究古琴音律问题，所有开具各项事实均属实情，对于贵馆各项规则之遵守，保证人愿负完全责任。此致国立北平图书馆。

保证人　某机关或学校代表签署盖章

今人论汪孟舒其人，不时援引陈寅恪“人极好学谨慎”之语为证。至于两人之关系，目前未见确解。刘正在《三联版〈陈寅恪集·书信集〉指谬》一文提出：

此信中称汪孟舒为“敝亲”，当即陈衡恪夫人汪春绮的兄弟。故此陈氏信中称其为“敝亲”。《陈寅恪集·书信集》正文无“此事弟对所负介绍之责任”一句，而王汎森《陈寅恪的未刊往来书信》一文中以注释说明。皆误。“此事弟对所负介绍之责任”一句当为此信补写内容，当然应该列入信件正文。

关于“敝亲”的解释，刘正的说法类乎将苏州人汪孟舒说成广东人汪精卫的兄长一般，不免有些离谱。陈衡恪（1876—1923）的继室汪春绮为汪凤瀛（1854—1925）之女，属娄门汪氏一支，而汪孟舒系出吴趋汪氏。二人尽管同姓且同城居住，但严格说来，并非同族，汪春绮的兄弟汪荣宝、汪东（旭初），均为近世名人，刘正对此视而不见，反将汪孟舒当作陈寅恪嫂子汪春绮的兄弟，岂不太过想当然！

那么，陈寅恪与汪孟舒到底是何种亲戚关系？为此曾请教《陈寅恪诗笺释》的作者胡文辉兄，答以只知陈寅恪与汪典存为好友，陈氏有《影潭先生避暑居威尔士雷湖上戏作小诗借博一粲》诗，见《陈寅恪诗笺释》之《巴黎和会与留美学生》一节。汪典存名懋祖（1891—1949，字师许，号典存），与汪孟舒同族，留美期间，受业于杜威，与陈寅恪有交往。惟据这层关系推衍，汪孟舒只能算是他朋友的亲戚，陈寅恪在行文中不会径呼为“敝亲”才对。

再查检陈流求、陈小彭、陈美延《也同欢乐也同愁》，书前“本书主要亲属称谓及关系”表中，似乎罗列的陈寅恪本族、母族俞氏、妻族唐氏数十人中，粗粗看来，未发现有与吴趋汪氏一族发生联系者。不过，令人欣喜的是，在她们回忆母亲的一章中，意外发现唐筼（1898—1969）早年竟曾跟随嗣母潘氏在苏州生活。

根据唐筼的回忆，唐氏籍贯虽为广西灌阳，而常居桂林城内。她原名家琇，为唐运泽长女，其父乃唐景崧（1841—1903，字维卿）第四子，1917年病故于梧州。生母沈氏，浙江杭州人，1935年病逝于桂林。因唐景崧长子唐运溥英年早逝，夫人潘氏年轻守寡，没有子女，唐家琇被过继到长房为女，幼年时由潘氏从桂林带回苏州抚养。不久之后，嗣母赴津门任北洋女子师范学堂舍监，唐筼一度移居天津，并入女子师范学堂就读。1926年，嗣母潘氏因病在苏州去世。1928 年七月，经人介绍，陈寅恪与唐筼在北平订婚，同年八月末二人在上海举行结婚典礼。

按之《大阜潘氏支谱》卷五敷九公支长房蓼怀公支，唐筼的嗣母潘夫人为潘志嘉（1850—1888，字进谟）之女，潘志嘉的父亲潘露系汪孟舒外祖父潘霨之二哥，然则，潘夫人应为汪孟舒的表姐。尽管唐筼与汪孟舒无直接血缘关系，因嗣母的缘故，她便成了汪氏的表外甥女。由于 1928 年陈氏与唐筼喜结连理，妻子的表舅汪孟舒，在 1929 年四月陈寅恪给徐中舒写的信里，自然也就成了“敝亲”。倘若依妻族辈分推算，顾公硕呼为“姨夫”的吴湖帆（1894—1968），岂非与陈寅恪的岳祖父同辈耶？附记于此，聊博掌故家一笑。

扇面、画册与《佞宋词痕》

——吴湖帆与毛泽东交往补证

关于吴湖帆与毛泽东的交往，今年二月，王叔重曾作《最后二十年：吴湖帆与毛泽东的交往片段》（见 2019 年 2 月 19 日《上海书评》）一文加以梳理。纵览全文可知，两人交往过程中，确有实物往来的，有两个片段。一是吴湖帆“委托叶恭绰请周恩来总理将新出版的《佞宋词痕》转赠毛泽东主席一套。不久后，吴湖帆收到毛主席派人送来的诗词手稿影印本作为回赠”，王叔重将此事发生的时间定于 1953 年。对此，刘聪在《〈佞宋词痕〉出版的前前后后》（见 2019 年 6 月 20 日《上海书评》）一文中，通过考察《佞宋词痕》出版始末，已再次确认《佞宋词痕》第一次正式出版是 1954 年，吴湖帆自然也就不可能在 1953 年向毛泽东赠送这本词集。二是吴湖帆拜托老师袁希洛（图 5）向毛泽东转赠自己所画扇面，王叔重称：

同在这一年，吴湖帆就读草桥中学时的老师袁俶畲去北京面谒毛主席，托吴湖帆作扇面一帧作为礼物。毛主席向袁俶畲询问了吴湖帆的情况，当即请来人带回“一口钟”大衣，回赠吴湖帆。继而毛主席又派人送来五百元作为润格。这在1956年十二月十八日黄炎培致吴湖帆信中有提及。

从前文记述看，王叔重将此事发生的时间定在上海中国画院筹备委员会成立的1956年。此前，刘聪已用《佞宋词痕》正式出版的时间，间接辨正了王叔重关于吴湖帆赠送《佞宋词痕》时间的论断，于是他在《〈佞宋词痕〉出版的前前后后》中，换了一个不同于前者的说法：

1954年，吴湖帆将《佞宋词痕》付梓并广赠友朋……在当年广赠友朋后，吴湖帆还陆续将《佞宋词痕》赠送给上海市人民图书馆、南京图书馆、江西图书馆……（见北京匡时2014年秋拍各图书馆给吴氏回函）。后来，吴湖帆更将此书通过表兄黄炎培转赠给毛泽东。（一说是通过叶恭绰请周恩来转赠给毛泽东。）

之所以刘聪会将赠送毛泽东《佞宋词痕》的人改成黄炎培，或许是受到黄炎培1956年十二月十八日给吴湖帆回信的影响。不过，他在这个提法后，仍把王叔重的说法括注于后，很可能是没找到直接证据，故此存疑。

最近偶然看到袁希洛（1876—1962，字俶畬）晚年用蝇头小楷写的一份手稿，包括《北京观感录》与《唯物辩证的宇宙和灵魂》两部分内容，其中《北京观感录》是1955年九十月间，袁氏受邀入京，参加新中国建国六周年国庆观礼的回忆录。与《黄炎培日记》所记相合，且黄氏1955年十月八日有“维代我访问袁俶畬见毛主席情况”的记录，证明袁氏在此之前已见过毛泽东。

检阅《北京观感录》，袁希洛记到，1955年十月四日晚二十一时，在中共中央统战部副部长徐冰陪同下，于中南海颐年堂，会见毛泽东主席：

徐同志引导我俩在厅右客位的丝绒沙发坐下，两个青年同志，穿着整洁的白色制服，敬茶、敬香烟。不一会，毛主席从厅后出来，在电灯光下，面色红润，笑容相接。徐同志介绍了我俩姓名，相互握手。毛主席说：老先生和老太太都很清健。我们说：主席身体康健，托主席的福，我们身体尚好。就座后，我以吴湖帆所作珠穆尔拉峰（下圈去“画扇和其”四字）、所题《沁园春》词画扇，和玻版印画一册，及《佞宋词》一册呈送主席。主席展扇观览，我指珠穆峰顶一红点，说此是红旗在山峰飘扬。主席赞称，画、词都很好，说谢谢吴先生和您。次以我所著的《我的辩证推理唯物史观》六册和《唯物辩证的宇宙和灵魂》四册，呈之主席。说此是拙作，请主席指正。若以为可，即请交新华书局付印。主席略览目录，说现在不比前时，政治首长可以下一条子，须交付主管机关审定，不能即时照办。

在会见过程中，据《北京观感录》的记录，毛泽东并未详细询问吴湖帆的情况。其实，在袁希洛孙子袁哲豫的采访新闻稿《袁希洛——为孙中山大总统授印的“书生”》里，就曾摘录这部分内容，然采访稿件略有差错，关键在赠送毛泽东的东西名称上有讹误，故不惮重复，将袁氏手稿原文抄录如上。

根据袁希洛的回忆，他一共带了三件吴湖帆的东西给毛泽东，一柄吴氏书画扇、一本珂罗版画册、一册《佞宋词痕》。内中第二种珂罗版画册，想来应是吴湖帆新印的《梅景画笈》第二集；至于第一种、第三种，显然就是王叔重认为吴湖帆分别于1953年、1956年通过不同的人转赠给毛泽东的书画扇面与新印的《佞宋词痕》。至此，情况已十分明了，真正把它们一起带进中南海的人就是袁希洛，正式送给毛泽东的时间是1955年十月四日晚上九点多。

此前，一直不知道吴湖帆送给毛泽东的扇子上书画的内容，据《北京观感录》所述，扇子正面画的是珠穆朗玛峰，峰顶上有一个小红点，表示红旗飘扬在珠峰之巅；背面书法写的是《沁园春》词，会不会是十卷本《佞宋词痕》

里那阕《沁园春·珠穆拉玛峰》呢：

万里云山，一片银涛，多是雪封。认玉苍苍里，擎天柱石，白茫茫底，大地蒙茸。悬结冰层，空临绝壑，展季节狂飙撼谷穹。人共道，见草莱沾露，飞走潜踪。　　横虹康藏西东，绾南国屏藩锁钥通。算云梦风流，凭谁管领，朝阳立马，惟我英雄。左挟昆仑，俯提扬子，正带砺山河顾盼中。齐鼓掌，仰红旗飘飏，第一高峰。

可惜目前尚无证据表明，吴湖帆在扇子背面所写就是上面的词句，只能寄希望于未来，此扇若能被发现，问题便迎刃而解了。

此稿写出后，曾请教刘聪兄，承提示《沁园春》词中有“横虹康藏西东”一句，1955 年 10 月西康省撤销，康藏公路改名为川藏公路，可为时间上的旁证。并告上海图书馆藏《佞宋词痕》稿本中收录另一阕《沁园春·三英雄登珠穆拉玛峰绝顶》，小序云“一九六〇年五月廿五日天将明时插上红旗”，则此当是一九六〇年吴湖帆听闻成功登顶珠峰消息后所作。附记于此。

《佞宋词痕》好改字

——以吴湖帆的题画词为例

看到《佞宋词痕》的特印本（图 6），心中的暗喜一闪而过，可以说并不意外，毕竟吴湖帆给过我们太多的意想不到，以致本应惊诧着叫出声来时，反而异常镇静，暗暗告诉自己不要那么大惊小怪，对了，这才是吴湖帆！

最近《佞宋词痕》又出新版，将梅景书屋印本与稿本汇印成全本，前半册采用老版普通本影印。特印本比普通本卷首多一篇吴湖帆的题记，另加盖一个天干的印章作为编号。题记全文如下：

《佞宋词痕》成书有关十家，特印精本十部，分存插架。适十人生年天干巧合齐全，如冒鹤亭丈（癸酉）用癸字，叶遐庵丈（辛巳）辛字，汪旭初兄（庚寅）庚字，冯超然兄（壬午）壬字，钱君匋兄（丙午）丙字，钱镜塘兄（戊申）戊字，周螺川女弟（己酉）己字，俞子才学弟（乙卯）乙字，任书博学弟（丁巳）丁字，梅景书屋自存倩庵（甲午）甲字，因依之编记，增书林佳话。倩庵记。

由此看来，《佞宋词痕》之所以请冒广生、叶恭绰、汪东等作序、题词，以及请学生帮忙料理编印事务，并不能简单地用趣味相投或一时兴起来解释。显而易见，这是吴湖帆事先一手安排的，否则连他在内的“十人生年天干”岂会真的“巧合齐全”，丝毫不差？这种玩法，实非目下以编号居奇、自娱自乐者可以梦见。

不过，转念一想，倩庵题记与十干编号只是《佞宋词痕》特印本的物理表征，这种独有的乐趣，仅在十位收藏者之间流转，尽管痕迹赫然，但不免有些寂寞孤单。除去这部分吴湖帆刻意造成的物理痕迹，回归《词痕》内容本身，也能发现一些隐藏的痕迹。比如《词痕》牵涉到吴湖帆与周炼霞的关系，刘聪兄已有专文考证，兹不再赘述。

单从《佞宋词痕》内吴氏所作题画词看，编订成集时，多经其修改。如卷二《瑞鹤仙·王叔明松窗读易图次周清真韵》一阕，墨迹见于浙江省博物馆藏《松窗读易图》引首前，收入《词痕》时，吴湖帆将“寒枝似弱”改为“寒窗凭弱”，“却寄王孙逸兴”改为“却似王孙雅趣”，“小隐鸥波”改为“小隐沤波”，“繁华又怕路恶。试研朱滴露”改为“繁华还怕路恶。试脂妍露滴”，改动达五六处，却并不是最多的。

《词痕》卷一开篇《念奴娇·敬次先窸斋公用姜白石韵题一蒲团外万梅花图》，见于苏州博物馆藏原图上，比较印本、墨迹本，可以发现字句改动多达八处，《佞宋词痕》本全文如下：

万峰深处，忆升平朝市，往来诗侣。三十余年桑海幻，云梦阴晴难数。古刹依然，危楼无恙，几度经风雨。钟声隐隐，赚人多少新句。　　此地野鹤蹁跹，闲云自在，何日携筇去。寂寂蒲团空影外，一片梅花香浦。展卷题名，凭阑话旧，小作溪山住。留连佳境，几忘寻棹归路。

墨迹本“往来诗侣”作“多少诗侣”，“三十余年桑海幻”缺一“余”字，“云梦阴晴难数”作“苍狗白云难数”，“赚人多少新句”作“还吟旧赋新句”，“闲云自在”作“流云自在”，“寂寂蒲团空影外”作“只尺蒲团空寂外”，“小作溪山住”作“小作溪山主”，“几忘寻棹归路”作“几空寻棹归路”。稍加留意，可知画上所题用字有重复、未稳处，趁收入《佞宋词痕》之际，吴湖帆大加改削。因此，画上的题词墨迹，实非定稿，却也不是初稿。据《一蒲团外万梅花图》上题画词附记称“曩岁旧作，忽忽十载矣，录于旧作图上。衡如襟丈见贻香雪海圹地十余亩，俾余建梅影书屋也。因检此图奉粲，于以见文物因缘之券云”，时在民国三十二年（1943）癸未三月。《松窗读易图》题词后吴氏附记亦称“余收山樵是卷廿年矣，此词亦制成十年。己丑春正十四日，雪窗展卷补书”，吴湖帆分别将这两阕题画词抄到书画上时，距他填词皆有十年之久，这个数字，不由让人想起《词痕》特印本以十干编号的“巧合”。

另外，从附记口吻看，吴湖帆的题画词具有专门针对性，一画一词，但他并不会将每一阕词都抄录到对应的书画上。如《佞宋词痕》中《绕佛阁・沈石田竹堂探梅图次周清真韵》一阕，原画今藏苏州博物馆，今《竹堂寺探梅图》轴上唯见潘博山、潘景郑兄弟题《绕佛阁》各一阕，并无吴湖帆的墨迹。

以上仅以几首题画词为例，比勘印本、题画墨迹本就已发现很多字句被改动的情况。他日若要编印《佞宋词痕》的定本，势必还要将分散在公私收藏各家的《佞宋词痕》草稿、定稿等一同纳入汇校的范围，吴湖帆对《词痕》的改字，届时自然会一一显露，此举虽不免煞风景，让人产生“拆碎七宝楼台”之感，却着实让人期待。

吴湖帆旧藏明翻本《七姬权厝志》书后

梅景书屋主人吴湖帆（1894—1968）的碑帖收藏，在民国间就已名震江南。“吴氏文物四宝”中，有一件宋拓《萧敷敬妃墓志合册》，因其为宇内孤本而为人称道。吴氏一生中，曾使用二十余个斋名、别号，一小部分就与其所藏碑拓有关。如双修阁，源自《萧敷敬妃墓志合册》；四欧堂，源于其所藏宋拓《化度寺碑》《虞恭公碑》《九成宫醴泉铭》《皇甫诞碑》；丑簃，源于其所藏明拓金农本《隋常丑奴墓志》。以上各种，均是隋唐以前的石刻，宋明旧拓本之珍贵，早就为人所熟知。相较而言，宋元以后的碑刻拓本，被人重视者却不甚多，如以研究碑帖著名的张彦生之《善本碑帖录》、马子云之《碑帖鉴定》、王壮弘之《增补校碑随笔》、仲威之《善本碑帖过眼录》及《续编》等书中，所收录的碑帖，时代基本断于唐五代，宋元以后仅选载久负盛名的单刻帖。容庚所编《丛帖目》，著录宋元以来的丛刻帖，也仅收录丛帖，不收单刻的碑志。目前最常见的《七姬权厝志》拓本，是清中期贝墉所翻刻的《宝严集帖》本，但仍只能算作丛帖。究其原因，应是宋元以来，特别是明清两代书家的真迹流传数量庞大，下真迹一等的拓本自然不能与真迹相媲美。

但是，并非没有例外，如元末明初著名苏州籍书法家宋克的《七姬权厝志》，元至正二十七年（1367）刻石后，志石在明代流传了一段时间才佚去。历经明清两代数百年时间，明代原拓本已十分罕见。清道光间，苏州收藏家贝墉曾据旧拓覆刻，之后才稍稍流行于世。贝墉同时搜集明清两代如高启、陈基、文徵明、杨慎、王世贞、厉鹗、翁方纲等诗文、题跋与相关品评，汇编成《七姬咏林》三卷，为研究此志之内容、书法、版本等提供了极大的便利。吴湖帆因此志与故乡苏州有关，且为宋克楷书之代表作，故极力搜罗，终于在购下数种翻刻本之后，获得原拓真本，成为梅景书屋收藏碑帖中屈指可数的精品之一。

对于《七姬权厝志》内容的考察，近年以贾继用《〈七姬权厝志〉考》[①]最为详细，至于版本之考辨，则以王壮弘《〈七姬权厝志〉及其翻刻本》[②]最为精审。目前，

① 台湾《逢甲人文社会学报》2013年总27期，后作为附录收入其《吴中四杰年谱》。

② 《书法》1986年第4期，后收入其《艺林杂谈》一书。

经眼吴湖帆藏明拓真本，并撰文进行系统介绍的，也只有王氏一人。吴氏梅景书屋所藏《七姬权厝志》明拓本，数量不止一件，真伪杂糅，在他身后已经散落四方，大多下落不明。新近在苏州博物馆“梅景传家——清代吴氏的收藏”特展中，就展出了一件吴湖帆赠予女婿吴纪群的明拓旧翻本（图 7），为研究此志的版本提供了新的材料，同时也为研究吴湖帆对自藏《七姬权厝志》的改装，提供了有力的证据。

此种吴湖帆旧藏明拓《七姬权厝志》木夹板原装一册，经其校勘认定为明拓杨慎（1488—1559）翻刻本，二十世纪八十年代由吴纪群、吴思欧夫妇捐赠苏州博物馆。此册共计七开，第一开为扉画，最后一开为题跋，墨拓本身凡五开。吴湖帆所藏碑帖，往往册首装有扉画，此册亦不例外。此帧纯用墨笔，近处一角坡石，树木蓊郁，余皆湖山，波光粼粼，长桥数孔，横跨湖面，高士一人，鹤立桥头，举头望天，夜空之中，明月破云而出，远岑依稀。此种景象，让人想起苏州城南石湖畔的行春桥中秋夜景。吴湖帆题款云：“长桥玩月图。秋水尝为潘元绍作此图，摹其意于《七姬权厝志》册端。庚午六月，吴湖帆。”下钤“吴万”朱文方印。庚午为民国十九年（1930）。元末明初画家陈汝言（1331—1371），字惟允，号秋水。其父陈徵（明善）生于江西清江，后定居苏州。陈汝言曾参加昆山顾阿瑛在玉山草堂举行的雅集，张士诚定都苏州后，他成为张氏女婿潘元绍的幕僚。入明后，担任济南经历，坐法死。在为吴湖帆藏另一明拓本《七姬权厝志》题跋的吴梅（1884—1939）[①] 在1932年四月十六日的日记中提及：

又阅陈惟允《仙山楼阁图》、文徵明《雪赋卷》、戴鹿床《山水小册》，皆精。惟允为张士诚婿潘元绍上客，曾为潘氏画《长桥玩月图》，今已佚矣。拟作南词一套题之。[②]

吴湖帆之所以会在《七姬权厝志》上摹陈汝言的《长桥玩月图》，正如吴梅所述，缘于此图系陈氏为潘元绍所画。清人翁方纲《题七姬权厝志旧拓本》诗，道出了个中缘由：

潘郎作计何匆匆，贩盐九四作妇翁。昆冈一炬玉何罪，至今气吐仍白虹。平江后园石栏畔，程翟徐罗卞彭段。杨廉夫已感金盘，陈敬初来些珠贯。几人北郭摩诗垒，八

① 朱祖谋（1857—1931）有《熙州慢（湖帆属题《七姬权厝志》）》词，据其卒年可知，题跋必在1931年之前。
② 吴梅《吴梅全集·日记卷》（上），河北教育出版社，2002年，页154。

体南宫参隶髓。弹丸走马落花丛，摇荡秋光照江水。冢依禅龛石重勒，东吴好手摹不得（谓杨用修翻本）。跋到升庵又月峰，多少高坟无此刻。绣纹仿佛金薤书，夜凉环佩疑有无。不合陈髯舫子上，为写长桥玩月图（陈惟允《长桥夜月图》为七姬作也）。[①]

翁诗第三句罗列潘氏七位姬妾的姓氏，其后“杨廉夫已感金盘，陈敬初来些珠贯”一句，用杨维桢（廉夫）《金盘美人》、陈基（敬初）《群珠碎》二诗典故，指出潘元绍虐杀侍妾的史实。全诗最值得注意的是翁氏自注，称陈汝言的《长桥玩月图》并不是随手渲染之作，而是专门为潘氏七姬而作。吴湖帆所摹出于其想象，恐陈氏原图或有七姬之影像，亦未可知，惜乎原图已佚，不能取以比勘。

陈汝言除了与《七姬权厝志》撰文者张羽同为潘元绍幕僚兼好友外，他与《七姬权厝志》刻石也有密切的关系。据屠隆《考槃余事·七姬权厝志》条称，志石一度保存“在苏州吴县陈嗣初家”（屠氏《法书考》所记略同，见《七姬咏林》）。陈嗣初即陈汝言之子陈继（1370—1434），号怡庵。明洪熙元年（1425），杨士奇举荐为国子监博士，转翰林院五经博士，预修实录，进检讨。能文善画。沈

① 翁方纲《复初斋诗集》卷四十四《小石帆亭稿》卷下，清刻本。

周的父亲沈恒、伯父沈贞皆从之受业。杨士奇（1366—1444）本人对《七姬权厝志》也颇为关注，在其文集中有两条关于此志的题跋。《东里文集·跋七姬厝志》一条称“《七姬厝志》，张来仪文、宋克温书，余得之姑苏王汝玉”，已收入《七姬咏林》；《东里续集》卷二十一《七姬厝志》一条云“七姬皆死于义，而张之文、宋卢之书皆精妙，其传远无疑。余得此于嗣初”，贝氏《咏林》未收。按：王汝玉即王璲（1349—1415），号青城山人。祖籍四川遂宁，生于江苏长洲（今苏州）。少从杨维桢学诗，后以荐摄郡学教授，改应天训导。永乐初擢翰林五经博士，与修《永乐大典》。王氏去世时，陈继尚未进入仕途，因此可以推测杨士奇从王璲处得到《七姬权厝志》拓本在前，从陈继处再次获得拓本在洪熙以后。贾继用《〈七姬权厝志〉考》谓“杨、王、陈同在永乐朝为官，故杨之跋当作于此时”，似未确。同时，贾氏引明人王佐《新增格古要论》谓此志“今苏州府吴县陈嗣初先生家有碑刻。乃子陈孟文”，并推测陈孟文为陈继之子陈完。那么，《七姬权厝志》石有可能从陈汝言开始，一直到陈孟文，在庐山陈氏传了三代人之后，才没了踪迹。

吴纪群捐赠川沙沈氏本墨拓第一开，左裱边有吴湖帆题“明拓《七姬权厝志》。川沙沈氏旧藏本。唐鹪安曾藏，以归沈氏者。湖帆记”。卢熊所篆首分两行，首行四字，第一字“七”左上角钤“铭心绝品”朱文方印，为吴湖帆鉴藏章。次行仅一“志”字，下装藏经纸，有吴湖帆题记“宋书权舆。湖帆题《七姬志》，以贻纪群贤甥研玩”，旁钤唐翰题“鹪安平生真赏”朱文长方印，吴昌绶“昌绶审定”白文方印。志文改装成册后，每半开五行，每行十二字。最后一开“铭曰”一行下方钤“铁云审定金石书画”朱文长方印，是经刘鹗（铁云）收藏之证。末三行落款，最后“娄江卢熊篆盖”下钤吴纪群“纪群心赏”白文长印。右裱边吴湖帆并题“右拓本缺文大者四十字，又半字二；小者十三字。余用泥金补书，依所藏陆润之藏孤本临入。湖帆记”。

最后一开为吴昌绶、吴湖帆二家题跋，吴昌绶题于光绪三十一年（1905）乙巳四月：

运笔疾徐，着墨轻重，皆能曲为传出，此原石旧拓之可贵也。贝简香重摹本，一律匀称，仅得匡廓，观此乃见风神骀荡，去晋贤标韵不远。

此拓本入梅景书屋以前，从藏印、题记等线索考察，曾经唐翰题（1816—1875）、沈树镛（1832—1873）、刘鹗（1857—1909）、吴昌绶（1868—1924）诸家鉴藏、题跋，而未见乾嘉以前之鉴藏痕迹，颇怀疑此本已经被重新装裱过。这一点，从吴湖帆题跋中得到了验证：

此册《七姬志》明拓本，向称真拓，流传至今，凡数百年。曾藏川沙沈氏，迄民国庚午，余获太仓陆氏旧藏之重墨本后，假得黄小松藏本勘之，始将宋氏所书《七姬志》真面定论。陆氏藏本乃孤拓，翁阁学与黄司马、厉樊榭、丁龙泓等皆未见真面也。此本亦明拓，与黄本同出一源，盖即杨升庵覆刻之初拓本也。向有明遗民沈石天一跋，亦误认为原刻本，今已移入陆氏藏真本之后，盖余先一年得此也。此志为宋书平生第一得意书，在先明中叶已宝如星凤，经杨升庵、文寿承刻意摹勒，得存形似，可在明中叶真本之不经见矣。是册得于外家沈氏，藏余笈者十五年。兹以吾纪群贤甥爱书刻，且其家居苏州谢衙前，距七姬庙仅数十武，因检贻之，亦文字缘中美谈也。右吴印丞跋，亦认为原石。吾乡贝简香千墨庵中所藏一明拓本，不知尚存否。但据贝氏重摹本校勘，亦觉字形稍大，恐亦未原石，或停云馆摹本耳。附记。

时在民国三十二年（1943）癸未冬，从吴湖帆所述，此本系民国十八年（1929）得自外家川沙沈氏，第二年又获得太仓陆氏藏本。通过比勘，吴氏认定陆时化（润之）藏本为原拓真本。据《丑簃日记》1931年四月二十一日记“拈白石词‘柳怯云松，更何必十分梳洗’二句以题《七姬权厝志》，盖谓宋仲温书似欹而正，似疏而浑，真具天然之美也”[1]，这句姜夔的词，应该就题在太仓陆氏本上。按照吴湖帆的记载，至 1930 年为止，他至少已藏有两种明拓《七姬权厝志》。吴梅之所以在 1932 年日记中会涉及陈汝言为潘元绍画《长桥玩月图》，应是此前他曾到梅景书屋赏鉴过吴湖帆所藏的两本《七姬权厝志》，并在陆时化本上题有《中吕·泣颜回》一曲于后，故其看到陈氏《仙山楼阁图》时，便自然记起此段故实，也在情理之中。

不过，王壮弘到吴氏四欧堂看到的原拓真本《七姬权厝志》，既非川沙沈氏本，也不是太仓陆氏本，而是霍邱裴氏本。在《〈七姬权厝志〉及其翻刻本》一文中提到，王氏谈到裴氏壮陶阁藏真伪二本合装一册者，其中钱塘丁敬旧藏系真本，文氏玉兰堂旧藏系伪本（有翁方纲跋）：

> 此册曾归霍邱裴氏壮陶阁，后为何瑗玉蘧厂所有，转归吴县吴氏时，以价值昂贵商议再三。而吴氏压价过半，何氏遂以赝本与之，仓卒间吴竟莫辨，及携归细阅题记，知另有真本，遂复央人以原值得之。此册余于吴氏四欧堂见之，真本白棉纸拓墨黝黑，伪本纸质微黄，前有“玉兰堂图书”一印，拓墨不如真本之浓重，二本合装一红木盒。

① 梁颖编《吴湖帆文稿》，中国美术学院出版社，2004 年，页 4。

解放前昌艺社曾影印，除昌艺社外，文明书局亦曾翻印。文明书局另有一印本，后有沈灏题跋，是伪刻。[1]

霍邱裴氏本出售之际，湖南籍收藏家徐崇立曾亲眼见过此本，《瓻翁题跋·元朝七姬权厝志影本跋》云：

前日消寒第三集，同里郑刁叟携霍丘裴氏壮陶阁藏原拓本，则覃溪所云真本、覆本合装为一册。其前后题咏悉俱，纸墨锋颖，光彩照耀。惜座客已多，竞欲先睹，有不必看者，亦展玩不释。坐是不克澄观谛审，且索值二千金，未可久留。明日，冒寒风走市间，购取此本。则剪裱参差，非复裴本之旧。即翁题亦移易其部居，墨色黯淡，神韵大减，并无虎贲之似，较贝刻犹逊之。原本卢氏篆盖五字已佚，撰、书、篆盖三人题名原裱在文后，三行并列者，此则接铭词后直缀一行。疑别是一本，合装两残本为一，而影翁迹附合。[2]

时在1932年十二月中旬，显而易见，霍邱裴氏本此时还没有入藏吴氏梅景书屋。携壮陶阁旧藏《七姬权厝

① 王壮弘《艺林杂谈》，上海书店出版社，2008年，页102。
② 《湖南近现代藏书家题跋选》第二册，岳麓书社，2011年，页484—485。

志》到消寒会现场的郑习叟，就是长沙人郑沅（1866—1943），霍邱裴氏本还在他手中待售，价格是两千元。王壮弘说先从裴景福（1854—1924）处转归何瑗玉（1815—1889），最后入藏梅景书屋。按：何瑗玉去世时，吴湖帆尚未出生，且从裴、何二人生卒年推断，似应从何氏转归裴氏，更为合理。裴景福去世后，此本散出，却不是马上转入吴家，而是经过吴湖帆好友蒋谷孙之手，最后才进入梅景书屋。据吴氏《丑簃日记》1933 年二月十四日记，"谷孙携示《七姬权厝志》，有翁覃溪跋，黄小松旧藏之物，杨升庵翻本也。后半翁跋已易赝鼎矣，仅存第一页小楷两行耳"[①]。因他一直将自藏太仓陆氏本作为真本，故一见与之不同的黄小松本，便认定为杨慎翻刻本。一周之后，二月二十日吴湖帆又记"夜饭后，与恭甫同谷孙观其新得《七姬志》。此志原拓世间仅存二本，此本拓工较精，字略漫漶，首尾完整，有苏斋、秋盦等题。余一本亦谷孙旧物，今存余处，拓墨较重，且缺篆额五字，末缺题款一行，而字画完整无损，墨采黝黑如漆，真初拓也。二本各有短长，仿佛《华山碑》中山史本与四明本之别耳"[②]，此次则将黄小松本定为真本，是否已发觉此本与吴氏自藏的川沙沈氏本有所不同的缘故？十多天后的三月三日，吴

① 《吴湖帆文稿》，页 23。
② 《吴湖帆文稿》，页 25。

湖帆在日记中再一次提到“蒋谷孙携《七姬志》来，乞栩缘丈题。午后，栩缘丈来，与余藏本细校，知蒋藏黄小松本犹非原石所拓，亦旧翻旧拓之精者耳。翁覃溪、黄小松具被朦过。细校后，方识两本有自然、牵强之别，浑厚、逼仄之分，余藏本殆天壤间孤本欤”[①]，最终的结论，还是认为黄小松本是伪本。

单从吴湖帆日记的描述看，与之后王壮弘所述略有出入。1933 年二月蒋谷孙所新获的《七姬权厝志》应该就是霍邱裴氏壮陶阁所藏真、伪合装本，其中“余一本亦谷孙旧物，今存余处”者，似是王壮弘所谓之伪本——文氏玉兰堂藏本。吴湖帆、王同愈将黄小松本与太仓陆氏本进行比对之后，一致认为黄小松本是“旧翻旧拓”，这在 1943 年题川沙沈氏本时，仍坚信太仓陆氏本是唯一的真本原拓，可以得到证明。从 1933 年至 1943 年十年间，乃至一直到新中国成立后，吴湖帆对蒋谷孙旧藏霍邱裴氏本《七姬权厝志》真、伪两本的认定，恰好与 1949 年后王壮弘的判断是截然相反的。

新中国成立后，王壮弘在吴湖帆家赏鉴其所藏数本《七姬权厝志》，认为“数十年所见者，除丁敬本外，亦皆伪本”，丁敬本就是我们所说的黄小松本。另外他还提到，

① 《吴湖帆文稿》，页 27。

文明书局影印的另一本后有沈灏题跋。这与前文移录吴湖帆跋称，川沙沈氏本后“向有明遗民沈石天一跋，亦误认为原刻本，今已移入陆氏藏真本之后”，沈石天就是沈灏（1586—1661，字朗倩）。这就不免让人狐疑，文明书局影印本的底本，是否就是吴湖帆所藏川沙沈氏本？在将此本与民国间文明书局珂罗版影印本《初拓七姬权厝志》相对勘后发现，尽管行格略有不同，但文字漫漶之处均相同。只是在他将此本赠予女婿吴纪群之前，已拆下沈灏题跋，装入自藏的太仓陆氏藏本之尾，同时对川沙沈氏本进行改装，以致目前此本墨拓五开的裱边上，除了吴湖帆题记、批注外，没有其他任何人的藏印与题记。行格的不同，也可能是由吴湖帆对其重新剪裱后造成的。否则，就是只有一种可能，那就是有两册版本相同的旧翻旧拓存世，且都经沈灏题跋，然目前只知有一种沈灏题跋本传世。

综合上文所述，吴湖帆自1929年开始，陆续收藏的《七姬权厝志》计有川沙沈氏本、太仓陆氏本、霍邱裴氏本等数种。最初通过比对拓本、影印本等，确定后者为传世原拓真本，并将原属于川沙沈氏本的沈灏题跋，移装到太仓陆氏本之后，直接导致沈灏题跋本《七姬权厝志》这一概念，在他收藏期间发生彻底改变。1943年，吴湖帆将重装后的川沙沈氏本赠予女婿吴纪群，认定此本为明杨慎翻刻拓本。这一结论与叶昌炽《缘督庐日记》光绪二十三年（1897）三月二十日所记相合：

午后，同栩缘访蔚若，评印若寄售石刻《邓太尉祠碑》，有瞿木夫、顾千里跋。……《七姬权厝志》，沈韵初跋以为真本，实则杨用修翻本也。徐士恺子静所藏，有王敬美、王元照两跋者乃真本也。[①]

更为巧合的是，当日与叶昌炽一同访吴郁生，赏鉴沈树镛题跋本《七姬权厝志》的人，正是三十六年后和吴湖帆一同比勘黄小松本的王同愈。可是，一般认为贝墉翻刻本所据底本，为杨慎在四川的翻刻本，但以贝氏本与川沙沈氏本相校，却不甚相同。

1933 年，吴湖帆从蒋谷孙处见到霍邱裴氏本，仍以太仓陆氏本作为真本，与之进行校勘，于是将黄小松本（丁敬、黄易递藏）定为翻刻本，这一结论维持了十年以上。让人不得不怀疑，王壮弘记述吴湖帆压价购买《七姬权厝志》的那段往事，很可能事后经过买主本人润饰。或许霍邱裴氏本中的文氏玉兰堂本，与太仓陆氏本为同一系统的翻刻本，故被吴湖帆作为真本购入，后经考斠，乃将黄小松本作为原拓真本收入囊中。目前这只是推测，有待于将太仓陆氏本与文氏玉兰堂本同案比勘，才能最终确认。据上海博物馆编《中国书画家印鉴款识》著录，沈灏

① 叶昌炽《缘督庐日记》（4），江苏古籍出版社，2002 年，页 2509。

名下，有沈灏题跋《七姬权厝志》一种，钤有“朗倩”一印，不出意外，应该就是吴湖帆旧藏太仓陆氏本。据王壮弘《崇善楼笔记》著录所见旧拓《七姬权厝志》三种，第三种四欧堂藏本，后有王时敏等人题记[1]，不知是否就是同一拓本？以上这些推测，都源于吴湖帆赠予女婿吴纪群的川沙沈氏本《七姬权厝志》。相信日后随着其他几种吴氏藏本的出现，对于吴湖帆所藏各个版本，乃至《七姬权厝志》本身版本的研究，将会有更大的发现。

① 王壮弘《崇善楼笔记》，上海书店出版社，2008 年，页 181。

《吴湖帆年谱》失载的一次文物捐赠

——读吴湖帆题画词札记之二

己亥岁末，杜门避疫，读吴湖帆《佞宋词痕》中记梅景书屋所藏文物各首，一时兴起，陆续寻原物相质证之，于窥见字句修饰之外，颇得发覆之乐。关于吴湖帆编印《佞宋词痕》过程中，对词稿多有修改，顷已拈出数例，草成一稿，刊于2020年2月8日《南方都市报》。类似的例子自然很多，没有一一列举，如卷二《高阳台·柳遇画王玄珠兰雪堂图卷》一阕：

北郭连云，东林契水，兰堂雪快霞晴。飞燕巢梁，差池几度曾惊。梧桐秋雨铜驼泣，早尘空、金谷无声。剩荒陵。何处垂杨，那里流莺。　废园乔木言兵厌，怅辋川图咏，太白诗盟。何日重来，春风拾翠盈盈。平泉花事西州泪，洒闲愁、枉是多情。切眸凝。缨濯沧浪，锦绣吴城。

此图今藏南京博物院，吴湖帆题画词在末尾（图 8）。两相比勘，可以发现“东林契水”墨迹本作“东林数雨”，“差池几度”墨迹本作“寻常几度”，“秋雨铜驼泣”墨迹本作“秋苑铜华委”，“金谷无声。剩荒陵”墨迹本作“弦管无声。付荒烟”，“怅辋川图咏”墨迹本作“忆辋川画梦”，“何日重来，春风拾翠盈盈”墨迹本作“吹到春风，重来拾翠盈盈”，“切眸凝”墨迹本作“记年时”，“锦绣吴城”墨迹本作“带宝吴城”，文字修改计有八九处之多。

此卷前有朱彝尊隶书引首“兰雪堂图”四字，隔水有潘奕隽题签。据吴雨苍《陈谷岑先生和苏南文物管理委员会》一文回忆，1951—1952 年间汪星伯、朱犀园等修复拙政园东花园，即据吴湖帆捐赠此图为蓝本。而今一入拙政园，首先映入眼帘者便是复建的兰雪堂，厅堂内悬挂“兰雪堂”匾额，就截取《兰雪堂图》引首中三字制成。

柳遇绘图之后，有宋荦、尤侗、陈学洙、陈学泗、张大受、毛今凤、顾绍敏、惠士奇题咏，沈德潜《兰雪堂记》，潘奕隽、韩崇、王汝玉、毛庆善跋，吴湖帆《吴氏书画记》著录，即第七册之《柳仙期画兰雪堂图咏卷》（见《吴湖帆文稿》页 515—519）。吴湖帆本人分别于民国二十六年丁丑（1937）孟春、壬辰九月（1952 年 10 月）两次题跋。《吴氏书画记》仅录其 1937 年题，而包含《高阳台》一词的 1952 年题跋未录。

其实，《高阳台》一词的异文校勘价值尚在其次，

1952年题跋中涉及吴湖帆主动捐赠文物予苏南区文物管理委员会（下简“苏南文管会”）似更为重要，此事王叔重等新编《吴湖帆年谱》中失载。《高阳台》词牌下有小字注两行：

图卷中有徐子晋书陶凫芗词，即和其韵书于后。岁在壬辰，苏南吴中文物有保管之会，因以是卷为赠，冀于久远焉。

《高阳台》词后有“重阳展日，吴湖帆又题”一句，其后另有吴湖帆补记两段，其一云：“同时余赠文物四事，为三代玉笏、商祖丁鼎、北宋吕公弼题名刻石及是卷。附志。”壬辰为1952年。苏南文管会成立于1949年十月，最初在无锡办公，1951年十一月迁来苏州，以原太平天国忠王府作为办公地。昔年曾向沈燮元丈询问苏南文管会的往事，他谈及在文管会工作期间，曾奉命携沈周《竹堂寺探梅图》轴赴沪请吴湖帆题首，然今原图上并无吴湖帆任何痕迹，前作《〈佞宋词痕〉好改字》已言之，兹不再赘。昨日专门又向沈丈核实吴湖帆捐赠事，今日得答复称：

吴湖帆捐共三件：一、商代玉圭，二、宋吕公弼题名，三、明王心一《兰雪堂图》。这三件东西，谁去拿的，或是谁从上海带来的，因我在图书组，此事归文物组经办，无法知道。

由于沈文非此事经办人，记忆并不完全准确，可供参考。吴湖帆自称捐赠四件文物中，缺了商代祖丁鼎。1953年十月二十五日《新华日报》关于《苏南广泛搜集古代文物图书》的报道，可作旁证：

江苏省苏南区文物管理委员会广泛搜集古代图书文物，三年来已搜集到文物二万四千多件，图书四十五万册。

江苏省长江以南地区文化比较发达，解放后各地接受或从仓库中清理出来的珍贵图书文物很多。同时，各地收藏家也不少。文物管理委员会广泛在文物较多的地区设立专门或兼管机构，负责搜集和保存文物遗产，对散在市场旧书店或古董店中图书文物，也注意选购。到目前为止，江苏省苏南区文物管理委员会在文物方面搜集到石器、甲骨、陶器、铜器、玉器、兵器、乐器、砖石、碑帖、书画、美术工艺等二十类二万四千多件。其中，有商代祖丁鼎，周代郏公䡡钟，唐代杨惠之木雕罗汉，明代沈周和唐寅的山水轴，清代王石谷的《沧浪亭图》等精品一万多件。三年多来搜集的图书中，有唐人写经卷、顾亭林《天下郡国利病书》稿本、柯培元《噶玛兰志》稿本、元本《柳宗元集》、清《赵惠甫日记》（内有大量太平天国史料）及全国省府州县厅志一千一百七十七种。苏南区文物管理委员会搜得这些图书文物后，曾聘请专家鉴定，整理登记，分类编号，存库保管。

"周代邾公牼钟"为苏州光福玄墓山圣恩禅寺镇寺之宝，《佞宋词痕》卷一第二阕《摸鱼儿》小序所言"侍先讷士公游邓尉，宿圣恩寺，与陈子清合拓邾公牼钟"，都指此钟。"顾亭林《天下郡国利病书》稿本"系吴大澂旧藏，民国初年经昆山名士方还（唯一）介绍，吴讷士（本善）以低价让予昆山亭林祠，后一度归昆山图书馆收藏，二十世纪五十年代拨交苏南文管会收藏，此事系沈燮元丈亲手经办，曾听其不止一次道及。另外，"全国省府州县厅志一千一百七十七种"之整理登记，亦由沈丈担任，今南京博物院藏有其亲笔所编《苏南区文物管理委员会方志目录》一册，沈尹默为之题签，顾颉刚作序，内封有"一九五三年十月印行"字样，与上引《新华日报》同年十月二十五日的报道遥相呼应。可惜，该目录当年并未能正式印行，直到2018年，以余建议，始全文影印收入《沈燮元文集》，距其成书已逾六十五年。

1952年十月，与吴湖帆接洽办理捐赠事宜的经手人，沈燮元丈已不记得，而《兰雪堂图》后吴湖帆题跋中却留下了记录：

九月之望，托徐沄秋兄将所赠四文物带苏，交与会中。并附赠故室潘静淑书“绿遍池塘草”稿本放大刻石及所摹松雪《禊帖》刻石，同时带呈会中，并记。

由此可知，经办人是徐沄秋（1908—1978），此次捐赠或许与该年十月六日顾颉刚、汪东、王佩净、顾廷龙、潘景郑、孙伯渊等来吴家开会讨论苏州文化建设事项有关（见《顾颉刚日记》）。除了捐赠玉圭、祖丁鼎、《兰雪堂图》、宋吕公弼题名四件文物外，吴湖帆还将为纪念原配夫人潘静淑所刻两方原石——“绿边池塘草”词手稿放大刻石、潘夫人摹赵孟頫《兰亭序》刻石，一并捐给了苏南文管会。《千秋岁》词手稿拓本，因缩印装入《绿遍池塘草》一书而广为人知，至于潘氏摹赵孟頫《兰亭序》是否即《潘静淑廿五岁临兰亭叙》，在未见原石或拓本前，不敢臆断。

1955年秋，由于机构调整，苏南文管会迁往南京，旋与苏北文管会合并，筹建江苏省博物馆未果，原文管会工作人员及所藏文物、图书分流，分别归入南京博物院、南京图书馆。沈燮元丈调入南京图书馆，顾炎武《天下郡国利病书》稿本等入藏南京图书馆。徐沄秋调入南京博物院，吴湖帆捐赠的《兰雪堂图》卷等入藏南京博物院，与数年后他捐献给南京博物院的窓鼎、宗妇方壶（一对）等聚合保藏，达成了他当初“冀于久远”的愿望。

1952年十月这次文物捐赠，比1955年吴湖帆将窓鼎等捐赠南京博物院，1956年将黄公望《剩山图》卷、王蒙《松窗读易图》卷等让归浙江省文管会（附赠吴大澂《临奚冈戴熙西湖图》卷，今均藏浙江省博物馆），1959年将《七十二状元扇》册、沈贞《秋林观瀑图》轴、王宠《春山图》轴捐赠苏州文管会（今藏苏州博物馆），五十年代末将《四欧宝笈》让归上海文管会（今藏上海图书馆）都要早，很可能是中华人民共和国成立后，吴湖帆第一次向国家捐赠文物，无疑值得大家来铭记。

2020年2月12日

记《三希星聚图》及其他

——写在《涉江诗词集》边上

生小住江南，横塘春水蓝。

回首望长安，暮云山复山。

这是沈祖棻1937年秋避乱屯溪时所填《菩萨蛮》四阕中的两个断句，让人想起四十年后暮年的女词人殁于江城，最终没能回到她诞生的江南。倏忽又四十余年，新版《涉江诗词集》近日由江苏凤凰出版社出版，增加了一篇新发现的曾缄（1892—1968）序言。作者生平介绍中，对其家世描述一如既往，未出《程千帆沈祖棻年谱长编》的范围，不曾言及沈父的谱名。苏州是女词人的出生地，如今城南老宅里“四时读书乐”砖雕门楼如故，大石头巷里却几乎没留下沈祖棻祖孙一家的痕迹。

庚子新年前夕，笔者在怡园湛露堂参加“须静观止”特展活动后，依照1919年怡园会琴诸家合影的模样，随众人在面壁亭前合影。场景如故，只是日期变成了2020年，时光如水，百年一瞬，物是人非，感叹巧合之余，沧桑之感油然而生。这让我想起那天午后在旧书店偶得的《三希星聚图》，确切来说它并不能算图画，更像书前铜版纸印的黑白照片插页（图9）。之所以定名为《三希星聚图》，缘于合影的背景上题着“三希星聚图。癸丑中秋，沈”及“退庵，丙午。实甫，甲辰。絜斋，壬寅”等字样。合影框外，右上角有“沈文节公三子”朱文印，左下角有“廉吏可为”朱文印，从印色本身和纸背相同位置留有朱砂印渍看，显然二印是后钤。按：癸丑为民国二年（1913），沈文节公名炳垣。三叟既为沈炳垣之子，则絜斋为沈守廉，实甫为沈守诚，退庵为沈守谦无疑。三人别号下的干支，应是三人的生年。拍摄《三希星聚图》时，沈守谦本人六十八岁，未及古稀，仲兄守诚七十岁，伯兄守廉七十二岁，三人年龄相加正二百一十岁，人均正七十岁，故曰“三希”，颇有取巧处。

其实，清代嘉兴地区有两个沈炳垣，眭骏兄有《清代浙江两沈炳垣考》一文辨之。桐乡沈炳垣（1784—1854，晓沧）乃沈宝禾之父、沈善登之祖，海盐沈炳垣（1819—1857，紫卿）乃沈守谦之父、沈觉生之祖。两位父辈不但同名，籍贯、去世时间也相近，难怪后人不小心会将两人混为一人，或者张冠李戴。两家后人中，沈宝禾、沈守谦都有流寓苏州的经历，沈宝禾的室名是忍默恕退之斋，沈守谦自号退庵，不约而同谨守退让之义，用为斋号，不得不说也是一种巧合。

沈氏三兄弟除了拍摄合影，印成《三希星聚图》外，于同年还曾石印过一册《三希图题咏》。书前配有《三希图》一幅，系广东南海人黄璟（小宋）应沈守廉之嘱而作。图中近处树木葱郁，或为棠棣之属，中部有曲廊相隔，内有翠竹，环绕高楼，楼阁之上，依稀可见三人聚谈，面目不可辨，远处归鸟雁行，大抵意在表现弟兄融洽之状。图后附载吴昌硕、刘承幹等数十家题咏，可窥见沈守谦兄弟彼时之交游。奇怪的是，目前所见几册《三希图题咏》中，并未附入《三希星聚图》，尽管这张沈氏三兄弟合影单页，当年极有可能与《三希图题咏》册一同分赠亲友。

《三希星聚图》印行的同年，沈守谦还有《临兰亭序》一种石印出版，扉页亦配有沈氏照片，比较两张照片，他的面目相似，只是一为半身像、一为全身像为小异耳。沈守谦生有四子，在1908年他主持续修的《沈氏宗谱》中，记录谱名依次为：葆滋、葆潜、葆澄、葆源。葆滋之子沈树模，即沈祖棻常提及的堂兄沈楷亭；葆澄有二子，长子沈祖楙（一作懋）出嗣葆潜后，次子名祖森；独其季葆潜无子。依此推测，沈祖棻父亲可能是沈守谦的幼子，然则沈觉生（一作菊生，吴语中觉、菊二字音同）的谱名即葆源。据云沈氏族人有续修宗谱之事，不知对此有无考订。

行文至此，蓦然想起，博物馆有一副清代书家陈鸿寿（1768—1822）于嘉庆十九年（1814）途经苏州时，在胥江船上所书的对联，语句与旧时沈宅里的“四时读书乐”砖雕门楼遥相呼应。陈氏联语曰：“新得园林栽树法，喜闻子弟读书声。”这正是沈祖棻捐赠苏州之物，至此可谓又生一层巧合。

顺德本《华山碑》的两次抵押

容庚与李棪（1907—1996）因李家祖传的顺德本《华山碑》发生纠葛，《容庚北平日记》的整理者夏和顺曾写过一篇《琉璃厂故事之九十二·顺德本华山碑》（《深圳商报》2019年5月8日），引用《邓之诚日记》与容庚日记对读，但未加深入讨论，依然存疑。此事不仅涉及顺德本《华山碑》的流转，还涉及容庚的个人名誉，因此有必要重新审视。

一

1932年，李棪到北平辅仁大学读书，就陆续拜访同乡，容庚自然也不例外。《容庚北平日记》1934年十一月三十日首次出现“访李棪，与同至老馆”的记录，从口气看，此前两人已经有接触，颇为熟悉。纵览容庚日记，除了朋友聚餐、互访聊天，由于个人经济出现问题，李棪从1936年一月开始，向容庚借款，这直接催生了顺德本《华山碑》的抵押。容庚日记中对李棪借款记录颇为简明：

一月十一日：李借款三百元。

六月十六日：六时，李棪来，借五百元，以《华山碑》作抵。

七月十六日：李劲厂借百元去。

八月一日：晚十时，李棪来，以铜剑二易其《史晨碑》，还余百元。

十一月二十四日：李劲厂来，赠余《郙阁颂》，借五百元。

1936年李棪从北京大学研究生毕业，恐一时未找到合适工作，长安毕竟居不易，有时不得不告贷，本年他先后向容庚借款四次，计一千四百元，还款一次，一百元，算下来尚欠一千三百元。顺德本《华山碑》是六月第二次借款时，李棪送到容家抵押的。同年五月二十八日，容庚日记有“标点李棪《华山碑考》”的记录，应该是在审定李棪的《玲珑本汉西岳华山庙碑考》一文，此文稍后刊于1936年燕京大学考古学社出版的《考古社刊》第四期。在文中，李棪将家藏宋拓《华山碑》称为玲珑本，因其旧藏扬州马氏小玲珑馆耳。

已经向容庚借了一千三百元的李棪，过年后不仅没能偿还宿逋，反而于1937年六月八日又向容庚借了四百元，所欠数额遂增至一千七百元。直到1939年十一月田洪都代李棪赎回顺德本《华山碑》前，两年多时间里，容庚日记中都没有收到还款的记录。显然，李棪的经济状况并无改善，很可能在继续恶化。殆在此之前，他就已经陆续抵押或出售祖父李文田的手稿及泰华楼藏书，有一个旁证见诸《顾廷龙致叶景葵论书尺牍》第十七通：

今日有书友送来两种甚好，一为沈学子批《韩昌黎诗集》，工楷，似为手笔，亦通学自南得来，索价四十元；一为《四库表文注》，无撰人名氏，察其笔迹，乃李仲约手稿，迹其所自，知由李劲庵（仲约孙）押出，今已逾限矣。

顾廷龙此函作于1939年三月二十七日，尚在李棪批量出售泰华楼藏书之前，若非万不得已，他不会对抵押在外的祖先手稿置之不理。据此可知，此前两三年时间里，除了容庚，李棪通过抵押携带到北平的先人藏书与手稿，向各处借款，最终入不敷出，债台高筑，抵押之物逾期无法赎回，流入市肆。这直接导致1939年八月李棪决定出售一批藏书，用来清偿债务，而从旁协助他的人正是容庚。

《容庚北平日记》1939年八月十四日称“晚八时，

李棪来”，李棪此来，应该就是和容庚商量售书还债一事。第二天中午十二时，容庚“与李棪进城，至张园，看其所藏书”。这里的张园，是另一位广东籍学者张次溪（1909—1968）父亲张伯桢（1877—1946，号篁溪）于1919年所营建的私宅，位于今龙潭湖公园内袁督师（袁崇焕）故居旁，距离袁督师庙南一里许，据张次溪《龙潭袁迹志自序》所述，张园“三面环水，时唱渔舟，虽僻静而不孤寂。春日潭水频积，萦绕左右。雉堞隐于后，法塔耸于前。清波漠漠，朝飞白鹭；高树隐隐，时躁昏鸦”。顾颉刚、陈垣、余嘉锡、伦明等，曾来拜谒，并与张次溪、李棪在袁墓前留影。1958年八月，张次溪在征得兄弟同意后，将张园捐献国家。

李棪从广东北上时，择泰华楼中所藏古籍善本、碑帖携至北平，寄放在张次溪家中。1939年八月十七日下午一时，容庚“乘大汽车至张园，为李棪运书”。二十天后，九月六日容庚听说“李棪售书籍一批与燕大图书馆，得洋四千元”，言之凿凿，似无疑问。其实，交易进行得并没有想象的那么顺利，至少李棪没有拿着燕京大学图书馆的购书款来赎回顺德本《华山碑》。原因在于有人居中抢购，九月十一日上午容庚遇见主持燕京大学图书馆事务的田洪都，交谈之下，“乃知李棪之书，顾子刚与燕大争买。下午，李棪来，与同进城，至邃雅斋”。至此，终于明白售书一事，并不是李棪直接与燕京大学图书馆接洽，而是委托邃雅斋出售，燕京大学图书馆田洪都遇到了有力的竞争者——北平图书馆的顾子刚（1899—1984），他曾受馆方之命，开设大同书店，经营图书邮购业务，抗战期间为本馆及美国各图书馆采购大批图书。

为了尽快促成燕京大学购买泰华楼藏书，九月十二日，容庚就“与李棪同往访顾子刚”，三天后，九月十五日中午十二时，容庚又“与李棪同进城，请顾子刚在同和居午餐，调停购书事”。次日上午八时，容庚再次“进城，与李棪同至北海蟠青室，访顾子刚”。与顾子刚面谈了三次，才基本解决个中纠葛，到了九月十八日中午十二时，容庚第四次“与李棪进城，至同和居，请田洪都、顾子刚便饭”，在饭桌上将售书事谈妥。

出售部分泰华楼藏书予燕京大学图书馆的事既已谈妥，李棪却没有马上用卖书款将抵押在容庚处的顺德本《华山碑》赎回。直到同年十一月二十九日，容庚日记才出现“以《华山碑》交田洪都，李棪还余美金二百二十二元”的记录，距其售书已逾两月有余。

容庚以为田洪都给的美金二百二十二元，是燕京大学图书馆付给李棪的卖书款，但事实并非如此。邓之诚1939年十一月三十日记（据《邓之诚文史札记》，下同）道破天机：

田洪都来，见示《华山碑》，已自容庚处取得。由洪都代垫美金二百二十二元，合准备票三千。前李棪已交千五百元，共四千五百元。李假于容者不及千元，乃必欲折合港币一千（合美金如上数），另加利息一千五，可谓无赖。

邓之诚之所以说容庚“无赖”，主要依据是索要的利息太高。这就涉及借、还款项之间的不同币种的换算。邓之诚所说的准备票即联银券，是 1938 年三月至 1945 年八月间由日伪扶持的“中国联合准备银行”发行的钞票，此币种自发行以后，就一直在贬值。若 1939 年十一月二百二十二元美金相当于联银券三千元，加上《容庚北平日记》未提到的李棪曾经归还联银券一千五百元，共计四千五百元，暂且不说。李棪向容庚借款的数额，从上文所述，却并不止一千元，而是一千七百元。按贾秀岩、陆满平的《民国价格史》统计，北平 1936 年的 100 元，相当于 1939 年的 226.7 元，那李棪往年所借一千七百元此时约为联银券三千四百五十元，归还容庚二百二十二元美金后，若加上李棪此前已偿还一千五百元（容庚日记中未见此项还款记录），总额为四千五百元联银券。邓之诚所谓容庚索利息一千五百元，并不能得到落实。不过，从李棪继续与容庚保持往来，间接证明两人的关系并未因此恶化，邓氏“无赖”一说似不过徒逞口舌之快而已。

二

顺德本《华山碑》在容庚处抵押近两年半时间，终于由燕京大学图书馆的田洪都代李棪赎回，邓之诚为之松了口气，却不知这是《华山碑》第二次抵押的开始。据邓之诚日记载，时隔一年多，1941年三月十三日邓氏“与王和之父至图书馆观《华山碑》”。可见，田洪都从容家取回拓本，给邓之诚过目后，并未立刻归还李棪，而是将之存放在燕京大学图书馆。是李棪托其代为保管，抑或如之前一样抵押，此时尚不清楚。直到1943年四月十一日，邓之诚日记才出现“李棪来，田洪都来，以前日李棪所交五千元交田手”的记录，之后四月十四日又有“李棪来交两千，是转交田者”，次日晚间“田洪都来，以昨二千予之。本约以碑来，竟不果”。至此，方知李棪当日除了售书燕京大学图书馆，还将顺德本《华山碑》第二次抵押，同样时隔两年多，才从田洪都处以七千元（借款恐不止此数）的联银券赎回。

邓之诚此番更是作为直接见证人，为李棪向田洪都交款，原期四月十五日货、款两清，却因田洪都的一再拖延，令他担忧。一周后，四月二十二日下午，田洪都先来邓家告知“星期六当携《华山碑》来”，到了星期六却未见田洪都归还《华山碑》的记录。直到一多月后的五月三十日，邓之诚才终于在日记中提到归还碑拓：

田洪都来，交还李棪《华山碑》，并云前日命人送来之毛边纸一刀，系赠予者。又允为予及李棪卖书，李寄藏之书皆可取出，何其前倨而后恭也？予为此碑萦怀数年，自前月交款七千后，久不还碑，偶一思及，辄觉衷心不安，盖恐其干没也。今始一块石头落地，快慰万状。予为李氏保此碑，此为第二度矣。其实与予无涉，特不免好事，遂引出多少麻烦耳。不知李氏对予以为如何，其他之人闻此事者，又以予为如何。

邓之诚刚一块石头落地，赶紧约李棪来取。1943年六月四日晨，李氏如约而至，乃“以《华山碑》还之，如释重负。复以五元托其购笺纸，备书赠田洪都”。从邓氏主动让李棪买纸写字赠田洪都看，他已将之前田洪都一再拖延的不满置诸脑后，毕竟他顺利将李氏泰华楼的镇库之宝这个烫手山芋完璧归赵。但顺德本《华山碑》第二次抵押一事，尚未完全结束。六月十六日邓之诚又“使人以电话叩李棪不来之故，云旅行证已满期，居住证未领得，故不能来。此君真童骀，尚欠人三千金，独不虞因此而致人之责言乎”，足见，李棪此前所偿抵押款项并不足够，还欠着人家三千联银券，找他一时又没了踪影，岂不让人“捉急”。

然尚令人庆幸，李棪顺利留在了北平，同年七月四日，邓之诚就应李棪之邀，到傅增湘家中聚会，参加者有田洪都、陈公穆、余嘉锡、崇彝等。此前，他还“为李棪改《影印华山碑缘起》，累甚。改毕即邮致之”（六月十九日）。之后，邓之诚曾“代李棪草《上海粤人广肇山庄改葬记》成，适孝贤裴估至，托带入城交之”（七月十四日）。彼时李棪仍逗留在北平城中，大约半年之后，他可能就携带着顺德本《华山碑》等有限的几种家传珍品，离开北平，返回故乡。邓之诚获悉李棪离开的消息，必在1944年一月五日傅增湘、李棪招饮于傅宅以后。而《容庚北平日记》1943年十月二十八日之后，就再无李棪的踪迹了。

三

李棪南归后，一度任教于香港圣斯蒂士提反中学，其父李渊硕（1881—1944，字孔曼）即于1944年去世。程焕文《李文田与泰华楼藏书》一文称，1950年代初，回广州任教的容庚与周连宽曾赴多宝坊27号访李棪，周氏并先后数次为岭南大学、中山大学图书馆选购泰华楼藏书，这部分书现同藏中山大学图书馆。程氏又说：“李渊硕卒后，其子李棪斋（劲庵）曾将华山碑宋拓本押于北京某教授。三年后赎出，又转押于某银行，不久劲庵复取回，带往香港。”其事似即上文所述李棪先后两次抵押顺德本《华山碑》向容庚、燕京大学图书馆（田洪都）借款，但时间应在1936年至1943年，李渊硕尚健在，程氏之言显然有误。所谓北京某教授，应该就是容庚，不知为何没有直接指出，岂程氏为尊者讳而不言明耶?

1952年，李棪离粤，远赴英国，历任伦敦大学、伯明翰大学任中文教授，顺德本《华山碑》可能由他随身携带出国。1964年，李氏回乡，改任香港大学、香港中文大学教职，终将此宋拓出售，由北山堂利氏购得，于1973年捐存香港中文大学文物馆，保存至今，为“北山十宝”之首，楚弓楚得，可谓得所矣。

王献唐《吴愙斋先生年谱校记》书后

——顾廷龙、王献唐两先生交往事迹拾补

顾廷龙（1904—1998），字起潜，江苏苏州人。是我国近现代著名的目录版本学家、古文字学家。著有《吴愙斋先生年谱》《古匋文舂录》《顾廷龙文集》等。在顾先生百年诞辰之际，由沈津先生编成《顾廷龙年谱》，对其一生学行作了详尽的记述。顾先生治学严谨，其成名作《吴愙斋先生年谱》，从1929年立志撰写，至1935年三月由哈佛燕京学社正式出版，费时六年之久。年谱出版后，在当时曾引起巨大的反响，备受赞誉。顾先生却并没有因此停止研究的脚步，而是仍一如既往地搜集相关材料，准备续编补订年谱。他的知交友好对此事也都十分热心，凡是有关吴大澂的资料，一经发现都尽量提供给顾先生。近年在整理顾廷龙先生所搜集的续编《吴愙斋先生年谱》材料中，就发现很多友人提供的资料，其中就有王献唐先生所作的《吴愙斋先生年谱校记》。可惜数十年间，经历了多

次动乱，顾廷龙、王献唐两先生往来的书札丧失殆尽，《顾廷龙年谱》[1]中对王献唐竟不一及，思之令人慨叹。兹利用有限的资料，对个中因缘略加介绍，以存学林之掌故。

王献唐(1896—1960)，名家驹，号凤笙，以字行，山东日照人。我国近代著名的学者。生前曾历任山东省图书馆、山东省博物馆馆长等职。他幼承家学，酷爱读书，潜心经史，著作等身。山东省图书馆百年馆庆期间，为王献唐、屈万里诸先生举行了隆重的纪念会。山东省图书馆李勇慧女士则方从事于《王献唐年谱》的编纂工作，对其一生行事作深入的爬梳清理，用功甚勤。昔杜泽逊先生来沪，惠赐《王献唐师友书札精选》一册，内中收录了唯一一通顾、王两先生往来书札。此札乃顾先生致函胡道静，请代向王先生求山东省图书馆藏《尚书》汉石经残石拓本，胡道静以顾先生信附寄王先生，殆当时顾先生正为编订《尚书文字合编》搜集资料，书札有云：

道静吾兄左右：前奉手书，迟未作答为歉。承示《西藏大记》一书，学会查尚未备，倘蒙慨赐，感激莫名。龙近为校印《边疆丛书》，第二种《哈密志》即日可以出版，甚碌碌也。前有恳者，比闻山东图书馆藏《尚书》汉石经

① 沈津编《顾廷龙年谱》，上海古籍出版社，2004年。

残石，颇欲得其拓本。因念吾兄与王献唐先生订文字交甚久，倘能为吾索致一份，感幸无似。如必须价购，亦当照缴也，拜托拜托。贵馆期刊查有缺者，敢烦吾兄与慎吾兄设法觅赐配补，俾成全璧，不情之请，统祈亮察。慎吾兄须补《禹贡》已照寄。匆上，祇请著安，并颂侍福，叩贺年禧。弟龙顿首。十二月廿五日。[①]

按：顾廷龙先生为禹贡学会编印《边疆丛书》(即《禹贡丛书》)始于1936年,《哈密志》正式出版于1937年，则此札当作于1936年十二月，同月三十日胡道静先生即致函王献唐先生，向他介绍顾先生，是为两先生交往之始。此后他们往来渐密，惜当日书札今多不存。承杜泽逊先生见告,《王献唐师友书札》现存八百余通，其实王家旧藏者数倍于此，不幸多罹劫火，顾先生手札或在其中耶？杜泽逊先生另携示李勇慧女士所搜集王献唐致顾廷龙书札两通，其中三月二十九日一通有云：

前承景郑兄赠大著《愙斋年谱》，竭两夜之力拜读一过，博瞻缜密，谓百年以来之编年谱者莫若此也。读时臆度所及，随手札记，寄景郑兄，作芹曝之献。初无当于大

① 山东图书馆编《王献唐师友书札精选》，2009年。

雅，不意俯承采录，愧荷无已。弟处存愙斋书画间有可补入者，容俟一并钞寄。咸白先生为弟舅氏，卧病数月，须俟愈，检出各札再录，伊藏清末各家手札最夥也。至伯弢兄（即少山长孙），为弟中表，且为外兄，孩提相交，最称莫逆。其抄寄各项材料与兄，曾与弟言之，悉由颉刚兄为介。惜于前年逝世，不得见尊著出版为可惜也。

从书札内容可知，此乃王献唐先生以所作《吴愙斋先生年谱校记》寄顾廷龙先生收到覆函后，答复顾先生者。其中提到的景郑兄，即顾先生内弟潘承弼（1907—2003），他酷嗜藏书，并好金石碑版，与王献唐先生往来颇密。而伯弢兄，即丁惟枞（1888—1935），王献唐于1940年除夕为之撰《亡友丁伯弢别传》记其生平颇详。据“惜于前年逝世”一句，可知此札作于1937年三月。《顾廷龙年谱》中未及丁氏，据《吴愙斋先生年谱》后《征引书目》[1]知，丁惟枞曾向顾先生提供吴大澂致丁艮善书札，王献唐书札所言，当即指此。

在获读王献唐先生复函之后，顾廷龙先生悉其有《齐鲁陶文》之拓，乃将新作《古陶文舂录》附函寄赠王献唐先生。王先生接信后，即于四月四日作覆云：

① 顾廷龙编《吴愙斋先生年谱》，哈佛燕京学社，1935年。

承惠大著《古陶文舂录》，百朋之锡，感纫无量。刻下尚未读毕，展籀首卷，矜慎通明，搜采之博，审识之密，前无古人矣。弟亦夙治此业，只限山左一区，皆以出土地域分别研肄，迄未汇成一书。今读大著，益增愧汗。陶文多以印文钤成，簠斋求钤陶器印多年未获，弟幸收数纽，具为临淄出土，陶质，手下适存拓本二纸，今以奉鉴。

从其内容看，此札与前札相连贯，当同作于1937年。

王献唐先生作这两通书札时，抗战尚未爆发，顾廷龙先生正任职于北平燕京大学图书馆。未几，抗日军兴，王献唐先生一心护书，避乱入蜀。顾廷龙先生则于1939年七月，南下上海，出任私立合众图书馆总干事。抗战胜利以后，王献唐、顾廷龙两先生虽分居鲁、沪两地，但均掌馆务，必有业务交流。据张书学、李勇慧《王献唐先生日记稿本述略》[1]一文称，日记稿尚存十数年，惜今未能寓目，无从论定。

《吴窓斋先生年谱校记》虽仅为王献唐先生阅读年谱时“臆度所及，随手札记”之作，但颇可见其学问之精博，兹全文移录如下：

① 张书学、李勇慧《王献唐先生日记稿本述略》，《藏书家》第16辑，齐鲁书社，2009年。

1. 谱十二叶　遂启諆鼎……今已付之劫火……

案：此鼎今尚在金山寺中，余数见之。

2. 谱二十六叶　为伯寅师校写《说文》。

案：《潘文勤公年谱》同治七年四月，呈进篆写《说文》四函，盖即当时愙斋诸人所书者也。

3. 谱三十六叶　连或作廉，王懿荣字也。

案：初作莲，后作廉。

4. 谱四十三叶　"太货""六铢"。

案：太货六铢，总为一泉之名，非二泉也，标点当改。

5. 同上　焦山僧寄到拓本遂启諆鼎，尚有原字，显然可睹，留此作证据。

案：遂启諆鼎，原止九字，为"遂启諆作庙叔宝尊彝"，陕贾从其四面伪刻字三百，售之叶东卿，东卿不察，为作考释，辇置金山，并以考释刻石。陈簠斋知为伪刻（刘燕庭、鲍子年亦皆知之）多字，曾告京友，为东卿所闻，甚怒，后簠斋出燕庭所藏鼎文原拓九字证之，人无间言，而东卿怒仍不解也。此事颇为当时一掌故，愙斋函中云云，即指此事。

又案：此事亦见《捃古录》金文，陈、鲍书中记得亦有，未暇遍查也。

6. 谱四四叶　为潘祖荫钧摹侯获碑。

案：侯获碑当时已刻行，今有印本。

7. 谱四五叶　钱献之《十六长乐堂款识》，传本甚少……可重刻之否？

案：许印林原本，后归丁少山，前岁又为北平开明书局购去，开明据以重刻，颇佳。

8. 谱四七叶　为瞿氏《集古官证考证》作序。

案：瞿氏《考证》原刻本甚希见，山东图书馆藏陈簠斋手批一本，上虞罗氏又有排印本。罗本稍有更张，瞿书前后序跋，可增补此谱之处，当有数点。

9. 谱四八叶　著《区鋘释文》，陈簠斋覆书云，釜字甚是，唯器形似钟，而不似釜，不可烹煮……

案：陈说非是，器明是釜，器文可证，釜即䈅，乃量器，非烹煮之釜。《论语》"与之釜"，岂以烹煮之釜量粟耶。区，别是一物，与釜大小器制均不同，陈氏固曾藏瓦区矣。

10. 同上　广武将军碑，竟未访获。

案：广武碑入民国后已出见，当时皆谓已佚失矣。

11. 谱六十二叶　李祖贤卒。

案："祖"当作"佐"，山东利津人。即著《古泉汇》者，所著他书尚多。

12. 谱六十六叶　案为古陶文考释者，先生而外，未之或闻。

案：同时尚有陈簠斋，均释注拓本上，山东图书馆藏有原本，共八册，原无名，题为《簠斋陶文释存》。又有山东益都孙文楷（模山）著《木庵古陶文释》，亦就所藏陶文拓本题识，其书现经献唐编入《山左先哲遗书》中。木庵藏陶片，虽不及簠斋之多，精则过之，其全部陶片，现藏山东图书馆。

13. 谱一五三叶　八字真鉩，已由郭家归至愙斋。

案：八字鉩，即潍县郭申堂《续齐鲁古印捃》冠首之易向邑鉩，其真鉩现仍在潍县。愙斋所得者，乃诸城尹祝年嘱潍县刘学诗伪造者，非真品也。尹为愙斋搜罗金石，著述甚多，子即伯圜，《十六金符斋印存题辞》所谓穆父与伯圜是也。祝年人甚无品，到潍后，托学诗之弟子孙海屏，求其仿制此鉩，既成持去。迨后海屏以售古物见愙斋，愙斋出此巨鉩示之曰，此尔潍县之物，竟到余手矣。意甚得。海屏视之，即祝年持去者，不得已，向愙斋恭维曰，此大帅宏福耳。现此八字真鉩，屡向献唐处求售，索数千金，见之数矣。

十六金符斋所收古鉩，伪制甚多，巨者尤甚，类为济南刘氏物，经祝年转售于愙斋者，今刘氏印谱尚存，皆可覆按，此书最为愙斋盛名之累。然吾东郑叔问批《古玉图考》，谓所藏古玉印，伪者居多，实大不然。以献唐所见，《图考》玉印均可靠，叔问于金玉甚非当行，故有此误。

以上各案，可备笑资，不必著之书中，当为先贤讳也。任何精鉴家，无一不买伪物者，非独愙斋为然，不过有多有少耳。

14. 谱一五七叶　书登岱题名……

案：泰山尚有愙斋大篆书一“虎”字刻石，相传其地有虎故也。旧游泰山，曾见之。忘其题记为何，或在此时，或在其游泰山时，不可知矣。

15. 谱一八七叶　与丁少山论中字

案：少山对此有覆书，札藏丁戚白处，凡数通，甚长。

16. 谱一九一叶　愙斋藏镉。

季鼎镉文字全形，近友人商锡永著入《十二家吉金图录》，记得原器似归叶誉虎，俟查之。

17. 谱五十六叶　寿翁秦前文字之□。

案：□之空处，当作语，即簠斋论古手札及题跋诸作，非专著一书也。簠斋并嘱王西泉为刻此文印记，遇有题跋手札，或钤记于上，其家中长房，现尚存此书汇集抄本。

18. 谱五十六、七两叶　为陈簠斋刻瓦文。

案：此瓦文刻本，山东图书馆藏有一本，共两册，无书名叙目，盖未成之书，每幅多有愙斋考释题记，亦锓木。瓦文名数，较《年谱》所载多数倍，乃吴氏刻成，随时寄簠斋者也。

前覆景郑兄书，以此即《秦汉专瓦录》，书既无名，仍当存疑不敢定也。

廿六年三月二日晨起写记。

献唐。（钤“海西王君”白文方印）

在《校记》后有顾廷龙先生题记云：

越四十有七年，重读一过，采入《年谱》案语中。一九八五年三月十一日，顾廷龙于沈阳，时年八十又二。

按:《顾廷龙年谱》1985年下未系此事，可据之补入。从这十八条校记内容来看，王献唐先生着重于对金石学及山东文献方面的考订，如王懿荣、李佐贤名字之辨正，对陈介祺、孙文楷等人的收藏与著述的揭示，以及对山东省图书馆馆藏之介绍，为补订《年谱》提供了可贵的线索。至于对古人在鉴定上的失误，王献唐先生虽然直截了当地指出，但认为“任何精鉴家，无一不买伪物者”，“可备笑资，不必著之书中，当为先贤讳也”，足见其品德之纯正，自非一般小有所得，即沾沾自喜辈所能比者。《校记》被顾廷龙先生珍藏了数十年，不仅为《吴窸斋先生年谱》的续编工作提供了参考，更为顾、王两先生昔日的友情作了很好的见证，于今看来，也就显得弥足珍贵了。

东方蝃蝀家的礼髡凳

我不是“张迷”，故无论“东方蝃蝀”是1940年代上海洋房里的俊朗青年，还是1990年代北京小楼里的老先生，都对他没什么印象。实际上，李君维先生（1922—2015）自己也坦言，“东方蝃蝀”这个笔名，在他的一生中，使用的时间并不算长。对于他的生平与文学创作，吴福辉、陈子善、陈学勇等先生已有颇为详细的介绍，毋庸门外汉如我辈来饶舌。之所以关注他，是因最近在校阅顾廷龙先生的日记，其中1946年三月三十一日提到“李英年偕子君维来”一句，不由让人对此产生好奇，跟随父亲到合众图书馆来的李君维，是否就是“东方蝃蝀”呢？为此，我冒昧询问陈子善先生，他一时也无法确定。

李君维晚年所写的散文，2005年结集成《人书俱老》出版，其中不乏回忆往昔的文字，如记中学时代的老师王蘧常、徐燕谋等，可惜未多谈及自己的家世。在没有来得及收入《人书俱老》的《缘结〈开卷〉三故事》一文里，他提及自己的“外祖父周惠南先生其时饮誉上海建筑业。他少年时代从江苏常州农村来到上海，在英国人开的建筑公司当学徒，自学成才，成为当年在十里洋场中开设‘打样间’（即建筑设计室）的第一名中国人”。生于上海的李君维，祖籍是浙江慈溪。而《顾廷龙日记》中的李英年同样也是慈溪人，他早年毕业于美办上海万国函授学校土木科及钢筋混凝土科，在马礼逊洋行练习满期后，任职沪宁、沪杭甬两路总绘图处及沪杭甬建筑工程处，一度担任“周惠南建筑师顾问工程师”。若以李君维与周惠南的关系推断，极有可能，李英年与周氏是翁婿。1935 年，李英年经童寯等推荐，加入中国建筑师学会，后入浙江兴业银行服务。他曾先后参与上海四维村、渔光村、美琪大厦等的设计工作。

1941 年三月，合众图书馆长乐路馆舍设计、建设期间，李英年由浙兴派为建造监理，并为设计书架，由此与顾廷龙结识，渐成莫逆。之后《顾廷龙日记》里频繁出现李英年，“孤岛”时期，他仍不断搜藏历代名家书画，并曾向合众图书馆捐款，足见家境甚为优渥。据李君维好友吴承惠在《君维周年祭》中回忆，“君维从前的家境是很优裕的。上海永嘉路近襄阳南路有幢小洋房就是他家的老屋，楼下的客厅可以跳舞”。在李家客厅开舞会这一点，从董乐山《话说冯二哥》中得到了印证，有一次开舞会，冯亦代在红纸上写了“风楼雅集”四字贴在门框上，“正好李老伯听到楼下音乐悠扬，笑声人语，下来看看热闹，猛抬头看到这四个大字，不禁感到奇怪，怎么自己也不知居处已有了这么一个风雅的楼名”。殊不知，很可能是董乐山小看了李老伯，“东方蝃蝀”家原就有一个风雅的斋号——礼髡龛。《顾廷龙日记》1942 年十一月二十九日记：

访英年，示烟客、石谷、廉州轴。廉州最精。又石溪一幅亦精。渠崇拜石溪，欲取一室名以为纪念。余为题“礼髡龛”，似极切当。

李英年虽是工科出身，却爱好书画，因与顾廷龙、潘博山等颇为投缘，他们不时小聚，或同到孙伯渊的古董店集宝斋，鉴赏书画。正如顾廷龙所述，李英年酷爱“四僧”中的髡残，又用别号“止溪”，大有以石溪为观止之意。随后在《顾廷龙日记》中，“止溪”与李英年频繁交替出现。如 1944 年五月一日，顾廷龙曾应浙江兴业银行金任钧之约，“偕止溪”同往魏廷荣家中看画：

首见厅事所悬沈石田丈四巨幛，山水，浅绛；衡山丈二匹临山谷，实父丈匹《右军书扇图》，六如丈匹山水，设色极工。胡时德仿云林、王忘庵、石涛、八大山人等立帧。又出石田临米小卷，自题一绝，有朱大韶跋；六如山水卷，墨笔自题诗，后装文诗二首。又新罗松石卷。又《参竹斋图》，衡山画，可泉引首，有范唯一、范唯否、王宠、王穀祥、文嘉、文彭、蔡羽等题诗，末有参竹张隐君传。张，吴人。最后引往内室，观天下第一王叔明，纸白，背新，墨气浑厚，令人有深远之致。壁间恽香山斗方四帧，戴文节斗方一帧。外间有恽南田山水，女史戴佩荃、周禧二帧。新罗画菜，遐庵为之题句。

当时，魏家大厅里悬挂的是一套吴门四家巨幅立轴，内有今归上海博物馆的仇英《右军书扇图》。之后，又看了沈周、唐寅、华嵒、文徵明四家手卷，最后被带入内室，才欣赏到魏氏新得的王蒙《青卞隐居图》轴。魏家收藏书画之富，似并不像郑重《与友人谈收藏家》所说的那样，只有一件《青卞隐居图》值得称道。

礼髡龛所藏书画，没有像魏廷荣那般悬之厅堂，让人欣赏，故知者无多，似乎连李君维也未提起自己家的收藏。不过，礼髡龛却也并非没有留下痕迹，北京故宫博物院藏髡残《雨洗山根图》《垂竿图》《仙源图》《秋山幽静图》、上海博物馆藏髡残《苍山结茅图》等均为李家旧物，图上留有李英年的藏印——“止溪真赏之宝”“李家世珍”“礼髡龛珍藏印”“人间至宝”，确可见他对髡残之偏爱。他也曾选编家藏书画数十种为《礼髡龛收藏山水画册》，用珂罗版印行，所收之物，只是礼髡龛藏品的极少一部分。仅《顾廷龙日记》所载名目，即不啻数倍于此矣。

此外，李英年与合众图书馆还有一层因缘，即《合众图书馆丛书》的编印，他是主要捐资人。2016 年上海科学技术文献出版社重印该丛书，黄显功撰《重印前言》称：

丛书采用社会筹款、捐资代印的方法印刷出版。……如李英年捐资印行《吉云居书画录》《潘氏三松堂书画记》；礼髡龛主人捐资出版《吉云居书画续录》《李江州遗墨题跋》《朱参军画像题词》《余冬琐录》《凫舟话柄》《寒松阁题跋》；李氏拜石轩助印《闽中书画录》；袁鹤松、潘炳臣、冷荣泉、杨季鹿四人合作资助《里堂家训》；陈文洪赞助《论语孔注证伪》《东吴小稿》《归来草堂尺牍》。

李英年捐款印《合众图书馆丛书》，缘起于一次顾廷龙的拜访。《顾廷龙日记》1942 年十一月十二日提及“访李英年……告以本馆藏未刊稿欲印，一时费绌不能办。渠允资五千元为之。此君从事建筑工程，而能有兴于文化事业，亦可异也”。随后即有“止溪来，捐印书费五千元”的记录。需注意者，黄氏《重印前言》中列举的李英年、礼髡龛主人、李氏拜石轩，实际上系同一个人。礼髡龛主人为李英年，据上文所述，似已毋庸论证。李氏拜石轩，据《闽中书画录》后叶景葵谓“慈溪李君止溪笃好书画，尤愿表章先哲遗著，因选《闽中书画录》捐资印行”，可知拜石轩的主人是李止溪，显然拜石轩与礼髡龛一样，俱是李英年的斋号，旨在表明他对石溪的崇拜。

据《顾廷龙日记》所载，李英年晚年一度迁居北上，这应与李君维 1950 年代调往北京工作有关。至于礼髡龛中的书画收藏，当年是否随着李家的北迁而有所流散？于今已不得而知了。

清晖朵云旧墨痕

——陈中凡致祝嘉书札浅析

十年前，记得刚到博物馆上班，偶然看到民国旧平装书里有一册《愚盦书话·愚盦碑话》，封面上题有“仲谋兄”字样，应该为祝嘉先生送给谢孝思（1905—2008）者。当时翻阅了几页，觉得颇有重印的价值，为此与叶莱兄说过，也联系了上海的陆灏先生，当时想纳入“海豚书馆”中，可惜由于我的懒惰，最终未能做好此事，至今念及，仍不免有些惭愧。不过，听闻《祝嘉书学论著全集》不久就能面世，除了祝老已刊的各种著作外，未刊部分终于有机会与大家见面，令人翘企。

其实，祝老遗物中，除了大宗著作手稿外，还有一批师友写给他的信札，时间跨越从二十世纪三十年代到九十年代半个多世纪，包括胡兆麟、陈公哲、沈子善、吕凤子、陈中凡、郭沫若、顾颉刚、郭绍虞、林石庐、蒋吟秋、郑逸梅、陈大羽、萧娴、徐利明、黄惇等凡数十家。虽历经离乱，间有散失，仍十分可观，值得汇印成书。昔年叶莱兄赠祝老相关出版物数种，选录了一部分师友书札，当时适逢《顾颉刚全集》出版，取《书信集》翻阅后发现，1964年九月一日顾颉刚写给祝嘉的书札未收入。与此类似的情况，在祝嘉友朋书札中颇不少见。

二十世纪四十年代后期，祝嘉虽然与顾颉刚同在苏州，且都任教于社会教育学院，但一开始并不相识，可能是在陈中凡（1888—1982）的介绍下，方才见面。在祝嘉师友书札中，存陈中凡手札七通，内有九月十二日一通言及：

适奉惠书及大作《书学史》，翻帋一过，见搜罗宏富，论断平允，至佩精审。比在社教学院担任何种？友人顾颉刚君任目录学，沈勤庐君任考古学，想时时见及。两君并通赠有词，希与纳交，见时并恳代致拳拳之忱也。家梧近通书未？他近著《艺术论》及《西南文化》等书，以商务、中华不能继续收稿，不可付印，与世人见面，如有他处收稿，祈为加意是幸。

按：祝嘉《书学史》初版于1947年八月由上海教育书店印行，此札当作于该年。其中提到家梧，是海南籍学者岑家梧（1911—1966）。从岑氏著作印行困难，可见彼时学术著作初版之不易。未几，祝嘉复函陈中凡，谈及自己尚未与顾颉刚见过面，这让陈氏颇感惊讶，即于九月十九日回信：

奉九、十六大札，知与颉刚兄共事年余，尚未谋面，可谓憾事。他在贵院系任目录学课，足下本学期亦担任该课，岂他以事忙去职，抑别任他课耶？勤庐与之有旧，可以转询。如不在院，可约勤庐偕到颜家巷顾家花园（附函作介）见访，闻其收藏犹大都葆存，必大有可观也。

应该是陈中凡的信件不久便起了作用，祝嘉随后于1947年十一月四日首次出现在《顾颉刚日记》中。这是两人开始交往的明确记录。次年五月《祝嘉书学论丛》、七月《愚庵书话碑话合刊》、十二月《怎样写字》《书法三要》先后出版。其中《怎样写字》一书，便由顾颉刚题签。1948年八月二日，祝嘉将刚出版的新书寄给陈中凡，数日后收到八月五日回信：

顷奉八、二日损书及大著《书学论丛》《书学格言》《愚庵书碑话合刊》三种，皇皇巨制，惠我实多，中间《碑话》一卷，尤所心折。以弟于书学为门外汉，曾读包慎伯、康长素论书之著，亦曾于李梅庵、曾农髯诸先生许见过拓本不少，寒斋在战前亦略有搜藏，今虽半付劫灰，披览宏论，如见故人也。

紧接着不到一星期，八月十一日陈中凡又致函祝嘉，讨论《愚庵书话》中关于《石鼓文》的时代问题，倾向于马衡、马叙伦主张的秦代说：

承示《书话》，至佩卓识，惟第一则谓为周宣时物，似不如近人马衡、马夷初两君认为秦碣较确，以两周只有铜器，秦人方有刻石也。质之卓见，以为如何。陆达节兄现住何所，尚希示及。兹附上挽先师石遗老人诗，祈郢政，并为转达节兄是荷。

舍间藏清人手迹几种，得暇愿为评定。

进入五十年代，陈中凡与祝嘉保持书信往来，并互赠书法作品。1950年一月三十一日信中称赞“令郎九龄，即能悬肘作书，逸少所叹为‘后当有大名’者也”，可惜祝谦于1967年夏不幸溺水身亡。进入六十年代，陈氏双目受白内障影响，阅读、书写均与此前的小字有所不同，在七通手札中，就有一通字大行疏者，谈及篆书用笔问题，信中明言“两眼生白障，不能多书”云云，此后两人的交往情况，因资料缺乏，无法继续讨论。2000年，吴新雷等编纂的《清晖山馆友声集》出版，收录陈中凡友朋书札百余家，但未收祝嘉信札，想来应该仍完好保存于南京大学，希望有一天能公布，为我们了解陈、祝两家交往提供更多的细节。在《祝嘉书学论著全集》即将付梓之际，期待祝老的书札也会在不久的将来结集成书。

山上高亭

——记倪寿川与如皋冒氏父子的交往及其他

冒效鲁（1909—1988）的《叔子诗稿》又重版了，不过作为《屠格涅夫论·漫话雄狮——托尔斯泰·浅谈屠格涅夫·叔子诗选与知非杂记》一书的组成部分，改了书名，夹在冒氏几种著作中，未必会引起太多读者的注意。尽管封面上不能再用钱锺书的题签，无论如何，重印毕竟是令人高兴的事。惟翻阅之下，略感失望，殆《叔子诗稿》中换行、文字错误不少。如作于1953年的《倪寿川嘱题〈江山云林图〉》：

富人好聚书，满架不满腹。宋元夸一廛，射利转眼鬻。书成至富资，北面久受辱。翻笑昔人迂，武康山鬼哭。亦有江湖士，游谈矜狗曲。朝陪富儿饮，暮入马厩宿。倘来五乘赏，舌在万事足。倪君趣独殊，善本辄过录。手抄付佳儿，绳绳书种续。黄金散垂尽，抱书甘仰屋。丑簃为写图，云林宛在目。图成索我题，语拙手屡缩。他年献僧寮，一继阮（芸台）梁（节庵）躅。

此诗系冒效鲁应倪寿川之请，为其题吴湖帆所绘《江上云林图》。图作于1950年中秋，吴氏款署：“《江上云林阁图》。庚寅中秋，取意于赵松雪、唐子畏两家之间，戏作小图，为寿川先生雅属，吴湖帆画识。”（图10）冒氏诗中有“丑簃为写图”之句，与之呼应。此图早已流散坊间，今不知归于何处？原图后拖尾，素来只知有1950年七月冒广生（1873—1959）《江上云林阁记》一篇（图11）、《渡江云》词一阕（图12），词尾冒氏附注称“寿川既乞撰《江上云林阁记》，吴君湖帆复为制图，图成因再题此词请政”云云，则请冒广生作《记》在前，稍后请吴湖帆绘图，尔后冒广生再题词。至于冒效鲁继其父之后为图题诗一事，因原卷后未存其墨迹，长期不为人所注意，也就有了《叔子诗稿》中《倪寿川嘱题〈江上云林图〉》误成“江山云林图”而未引人注意。冒广生《江上云林阁记》开首便说“道光间，阮文达于焦山海西庵设书库。洪、杨之乱，其书廛有存者。梁文忠读书庵中，稍稍以新刻者补之”，显然就是冒效鲁诗末句的典故所自。

与冒广生、冒效鲁父子有交往的倪寿川，作为收藏家逐渐已淡出大众的视野。刘振宇兄在《上海成都民间收藏曾熙信札选注》中考释曾熙致倪氏十五通，对“倪寿川

（1898—1975）”生平介绍里也提到《江上云林阁图》，惜未参考民国续修《丹徒倪氏族谱》，记倪氏生年有误，且未及倪氏原名。按之《族谱》，倪文涛生于光绪二十五年（1899）七月十五日，字寿川，号墨憨，原籍江苏镇江，久寓上海。其族伯倪思宏（远甫）曾任上海盐业银行经理。倪氏早年毕业于上海复旦公学，《学生杂志》1916 年第一期“文苑”载倪文涛集句诗：

前人矩步后人师（严允肇），妙语雷同自不知（张船山）。举世诗人宗李杜（柴云），不知李杜又宗谁（方孝孺）。

他一度入支那内学院学习内典，曾熙晚年创建衡阳书画社，倪寿川与朱大可、张大千、张善孖、马宗霍等从之游。倪寿川从事金融行业，而和艺林学界中人多有交往。郑逸梅在《艺林散叶》中说：“倪寿川喜搜集书画文物，与吴湖帆相稔，辄以古人书画易吴作品，因此藏湖帆画颇多。十年浩动，湖帆所作被诬为‘黑画’，讽刺新社会，打成‘反革命’。倪恐怖之余，将湖帆作品悉数毁去，惜哉惜战！”所述虽有夸大之嫌，却可视为他与吴湖帆交往的旁证。据《吴湖帆年谱》所载，1943 年冬吴氏曾为倪寿川作《白云在望图》，1951 年夏又为之作《海岳云山图》，其所藏吴画，必不止此数量。唐云曾为之作《素盦图》，素盦很可能是倪氏的斋号。

其实，早在二十年代，倪寿川就与过云楼顾氏有交往。1928年花朝日，顾麟士为之绘《风木图》。未几，此图在乱中失去，倪氏百觅不得。幸而被顾麟士之子、倪氏好友顾公雄购回。1935—1939年间，顾氏先后请冒广生、蔡晋镛、张鸿、庞树阶、杨无恙、李宣龚、庞元济、陈陶遗、夏敬观、谭泽闿、沈觐安、吴华源、袁思亮、陈祖壬等题咏，至五十年代由其遗属捐存上海博物馆。其中，李宣龚所题二诗即《硕果亭诗》卷下所收《西津先生为倪寿川作〈风木图〉，乱后流落，公雄世兄以重金收归，心善其事题两绝句》，题目系编入集子时所加，可与1946年夏敬观《为倪寿川题所藏顾西津画沈乙庵〈海日楼图〉》诗参看：

埭角危阑日易收，百年潮汐此沧洲。画图今属君家有，陈迹谁寻沈隐侯。前身合是倪原道，翰墨缘深顾仲瑛。百念不忘金粟影，端因曾为记佳城。

夏氏自注云："寿川先得西津为绘《风木图》，经乱遗失，乃百计求之不得，而获沈图。顾仲瑛《玉山璞稿》有题倪原道《黄氏佳城图》。"是倪寿川遗失《风木图》后，又得顾麟士为沈曾植绘《海日楼图》，稍弥其憾。尝见倪氏致顾公雄手札，论画、求画之外，另有二札答顾氏询如何调合旧印泥事：

昨询据鄙友张君云，前次两种印泥，虽有等差，尚可合并，至后一种在新制中为最精者等语，敬乞察洽。

鄙友张君面云，干湿成分系以旧泥为标准。又云朱性重而下沉，油性轻而上浮，稍侵湿气，必至于滋，须常使翻动，如攒宝塔，虚其四畔，为油沟洫，否则色黄，似乎油多朱少。上次之泥，为时非久，似可不加硃，拟请先生且用上项办法一试，何如？

说到“鄙友张君”，让人联想起十余年前在海上经眼一部1937年张鲁庵辑拓的《黄士陵印存》，原装原套，内封有张咀英墨笔签题，即鲁庵赠倪寿川者。张鲁庵之师赵叔孺《二弩精舍印谱》中有1921年所镌“倪文涛印”“文涛”一白一朱二印，似为倪寿川作。倪氏很早就对书画、印章发生兴趣之外，于古籍、碑帖也富收藏。或有以“藏书家”目之，如范祥雍《养勇斋诗钞》中有《赠倪寿川并谢贻碑帖》一诗，范氏后人作注亦称倪氏为藏书家。郑逸梅《艺林散叶》称，倪氏藏董其昌《云台集》有王时敏藏印，并藏有“郑大鹤手批之《花间集》，樊樊山手批之《花月痕》及《彊邨词》”，“又藏有姚惜抱手批之《归震川集》，且有改易字句处”，曾以任立凡绘赛金花像照片、褚德彝装裱清人名片册、《四家藏墨图录》等赠郑逸梅。其所藏碑帖不乏精善之本，张彦生《善本碑帖录》、王壮弘《增补校碑随笔》《崇善楼笔记》均留其名。倪氏晚年，藏品历乱多有毁失，乃举劫余之物赠之友人，范祥雍《胡荄甫篆书直幅被人剪割，残存十二字，又失去名款，倪君寿川所贻也，取粘于纸感而赋此》诗所记，即一例也。其去世后，范氏有《悼倪寿川》，诗云：

故人骑鹤去，江上失云林（君斋名江上云林阁，冒鹤高尝为之记）。对坐空惟尘，登楼不复琴。论文期夕秀，赉帙起幽沉（余失书之后，君馈赠书帖颇多）。回首苏斋会，凄然再湿襟。

回顾前文，诗中“冒鹤高”应是“冒鹤亭”之讹。古有“鲁鱼亥豕”，今有“山上高亭”，冒氏夫子、吴湖帆、倪寿川等俱已作古人，若得睹此四字，想来尴尬之余，或许并不会发怒，反而可能会付之一笑吧！

中国古物上的外文品题

——从约翰·杜威跋廉泉旧藏《渡海罗汉图》卷说起

1919年四月三十日，五四运动爆发前夕，日本熊野丸号轮船停靠在上海吴淞口码头，胡适、陶行知、蒋梦麟等相约一起赶来，迎接老师约翰·杜威（John Dewey，1859—1952）一家，自此开启这位美国实用主义哲学大师为期二十六个月的中国之旅。直至1921年七月离华，杜威的足迹遍及小半个中国。胡适作《杜威先生与中国》一文为老师送行，称“自从中国与西洋文化接触以来，没有一个外国学者在中国思想界的影响有杜威先生这样大的”，诚然。近数十年来，对杜威的研究成果甚多，惟目前所知，对于他在华期间的日常生活未见太多细致的记述，如对于中国古代书画艺术的欣赏与品评，似乎当时没有留下太多的痕迹。

距杜威来华倏忽已逾百年，新近在浏览书画时，偶然于一卷佚名绘《罗汉渡海图》拖尾，见到四行钢笔书写的题记，恰如传统的东方美人，尝试施以西洋粉黛之初，给人一种一开始诧异，既而惊艳的感觉：

> It seems impossible to suggest the
> movement and evanescence of life
> with greater delicacy and certainty.
>
> John Dewey

谛审之，当为约翰·杜威亲笔。此卷外签“龙眠居士白描罗汉渡海图”由王揖唐（1877—1948）题，卷前署名“芝瑛”的“龙眠罗汉渡海图”七字引首，从字迹看恐系孙揆均（1866—1941）代笔。画芯绘十八罗汉渡海场景，前由力士相送，后有观音接引，卷后有云门佛弟子王元甡书《摩诃般若波罗蜜多心经》，另有明崇祯十四年（1641）王建章题跋：

> 十方苦恼何艰险，相见交芦性即真。哀愍海鱼不知淡，白衣居士现龙身。
>
> 紫玄进士出示龙眠《罗汉度海》卷子，率赋似教，浮沤大千，安得尽如白衣者引诸沉冥也。崇祯辛巳浴佛日，砚田庄居士。

并钤“王建章印”白文方印、“仲衣父”朱文方印。此卷纯用白描，人物如生，衣带飞动，描摹精整，但无落款，王揖唐、吴芝瑛（1867—1933）等定为宋代李公麟（龙眠）作，显然受到卷后王建章题跋影响。杜威的英文题记，就位于王氏跋文前方。此卷中除了王元甡、王建章两家印记早至明代外，其余鉴藏章如“泰州宫氏珍藏”“泰州宫氏鉴藏金石书画之印”“宫子行玉父共欣赏”“小万柳堂收藏金石书画印记”“小万柳堂”“南园”“吴芝瑛印”“写经室”“万柳夫人”“帆景楼”“金匮廉泉桐城吴芝瑛夫妇共欣赏之印”等，主要为清末泰州宫本昂（子行）、宫昱（玉父）昆季和廉泉（1868—1931）、吴芝瑛夫妇所加。

王建章系明末画家，清顺治间东渡日本，擅画佛像，著名于海东，国内反而鲜为人知。据姚茫父《题画一得》（三笔）“己巳开岁，廉南湖见访，以王砚田先生画属题”条记述，廉泉藏王建章作品甚夥，王氏自作《砚田山庄图》也在小万柳堂中。王氏题跋中的紫玄即宫本昂的祖上宫伟镠，与梁清标、魏裔介、恽向、陈维崧等交好。宫紫玄富收藏，传数世不散，家有春雨草堂，王建章为绘《春雨草堂图》。至清末宫本昂兄弟时，藏品始陆续散出，大多归于廉泉。端方（1861—1911）在《小万柳堂藏画记》说：

其戚宫先生子行精鉴赏，与廉有同好，为海内收藏大家。尝汇集名人扇面凡千余叶，编为书画扇存六集……宫先生病卒时，遗嘱将扇册归廉氏。……先生殁后，南湖如约购归，即《明清两朝名人书画扇存》六集，凡一千零五十三叶也。……宫氏自明紫元（即宫紫玄）太史即精鉴古，所藏书画世世子孙保守勿失，有泰州宫氏珍藏印，只其流传有自。子行兄弟所最欣赏之件，所钤小印有二，曰“宫子行同滴玉甫宝之”、曰“宫子行玉甫共欣赏”，志此以备考证。宫氏兄弟相继殁，箧中精品强半归小万柳堂矣。

这卷《罗汉渡海图》无疑就是归小万柳堂的“强半”精品之一，它既是明末清初王建章、宫伟镠交往的见证，也是宫本昂、廉泉两家藏品递相授受的例证。那么，杜威的英文题记是为何人所作，写于何时呢？从时间上推测，这四行无年月的题记必作于杜威来华期间，此时《罗汉渡海图》为廉氏小万柳堂藏品。在王建章题跋之后，有罗瘿公题记可作参照：

黄山谷为冯当世题王右丞画《渡水罗汉》云，罗汉皆具神通，何至拖泥带水如此。使右丞作罗汉画如此，何处有王右丞耶？伯时此卷极游戏欢喜，入上乘禅矣。伯时独不令山谷见之，何耶！南湖得此，亦是夙缘，赞叹无尽。庚申正月，顺德罗惇曧。

庚申为民国九年（1920），杜威观此图或亦在本年。

明清以降，中外文化交流日趋频繁，尤其是文人学者之间，共同鉴赏古物、字画之属，或一道留影，或联袂题跋，以为纪念。不过，目下所见东亚文化圈里的中国书画上，尽管能看到日本、朝鲜人的手迹，却一律用汉文书写，欧美学者的墨迹相对较为罕见。欧美人用本国文字写题记，更是少之又少。或许杜威并不了解宋代大画家李公麟以及如何鉴赏中国古画，故他的题跋只是礼节性地赞美《罗汉渡海图》本身人物的灵动，然而不可否认，他这四行英文题记，要早于我们熟知的十五年后法国汉学家保罗·伯希和 (Paul Pelliot，1878—1945) 在宋拓碑帖和唐代文书上的法文题记。

1935 年四月三日，吴湖帆听闻伯希和来华，与叶恭绰一起借张葱玉家，宴请伯希和，以所藏宋拓《化度寺碑》出示索题，盖敦煌本《化度寺碑》残拓即由伯希和所发现，故请他题记，意义自然不同凡响。伯希和题跋用法文横向书写，连其签名在内，共计十二行。吴湖帆特请精通法语的陆云伯译成汉文，合装于册中。

其实，伯希和此次上海之行，用法文作题跋不止这一次。据荣新江《海外敦煌吐鲁番文献知见录》载，日本奈良的宁乐美术馆收藏有一宗三十五页蒲昌府文书，包在一个很大的锦缎书函内，函内有 1935 年四月二十四日伯希和法文题跋二纸，并附有不知名者的汉译文。又有张克龢（1898—1960，石园）题字及题跋二纸。从伯希和跋文所述，知此项文书系上海藏家顾鳌（巨六）相示索题，距为吴湖帆跋《化度寺碑》宋拓本不过二十余日。顾氏与吴湖帆相识，《绿遍池塘草图咏》中收录1939年中秋后一日他为吴氏题写绝句二首，呼为“湖帆道兄”。只不过顾鳌收藏的蒲昌府文书没有《四欧宝笈》之一《化度寺碑》那样幸运，一直留在上海，辗转经过数位藏家之手，最终流落东瀛。

另外，还有一位在《化度寺碑》拓本后写下英文笔记的汉学家，他就是与廉泉有密切往来的加拿大籍收藏家约翰·卡尔文·福开森（John Calvin Ferguson，1866—1945）。福开森在华五十六年，与收藏家如端方、景贤等均有交往。他曾从廉泉处购买欧阳询《千字文》拓本和宫本昂旧藏的印章、召夫鼎拓本等。据聂婷（Lara Netting）《福开森与中国艺术》一书记录，南京大学考古与艺术博物馆保存福开森旧藏之物中，有一套1933年他整理的端方旧藏《化度寺碑》拓本照片，附装有杨守敬的题跋墨迹，福开森本人则用英文作了注释。宽泛地说，这页多达二十四行的笔记，与伯希和的法文题记面目近似。不过，浸淫中国文化数十年的福开森本人或许并不这么认为。1940年，福开森将历年积累的青铜器拓片，整理成集《陶斋吉金拓本》册，并加中文题跋：

册内古器拓片三十六张，皆有“陶斋校勘金石文字记”印章，鉴别之精，殊深钦佩，因名之曰《陶斋吉金拓本》。其无印章之二十九张，系他处搜集，虽原器未尽目睹，而文字俱见于著录，堪与陶斋所藏媲美，故并存之。庚辰初夏，福开森识。

聂婷说“他采用干支纪年法也是将自己投入到清朝古物学家行列中的方式”，可谓知之甚深。于此可见，在福开森看来，使用毛笔、墨汁书写汉字来为中国古物题记，并加钤印记，才真正领会到文人题跋的内涵，时距杜威用英文在《罗汉渡海图》上写题记，已经过去近二十年。

贝聿铭藏品中的生日礼物

——写在《陈从周传》边上

2019年秋冬间，贝聿铭（1917—2019）位于纽约的旧居及内中陈设、贝氏夫妇收藏的艺术品陆续出售。其中，张大千、李可染、俞平伯、顾廷龙、赵无极诸家书法、绘画与清代陈鸣远所制紫砂等交由香港佳士得拍卖。因其来源可靠，且系名家旧藏，颇得善价。纵观这些藏品，可以发现，里面不少是贝聿铭的生日礼物，小部分与陈从周（1918—2000）有关，可为《陈从周传》“相知贝聿铭”一节作注脚。

在乐峰的《陈从周传》中，谈及他与贝聿铭的交往，却未提及贝聿铭七十岁寿辰之际，陈从周请顾廷龙（1904—1998）书写自作寿诗一事。其诗据墨迹移录如下：

介寿堂开七秩樽，云仍冠盖甲吴门。期颐气禀神仙种，齿德灵光鲁殿尊（君伯父一孙先生去秋百龄华诞，尊公淞孙先生亦寿逾九旬)。名墅狮林缅遗泽(苏台狮子林为君家别业),贻谋燕翼继来昆(君喆嗣三人,均善承家学,精建筑,长公子建中尤有白眉之誉)。至今一事人争羡,迭占鳌头两祖孙(君从叔祖季眉先生,为我国第一人出国攻读建筑学者,君自弱冠负笈赴美近五十年,为当今世界建筑大师,名震寰宇)。

驰誉环球五十霜,声名籍甚震重洋。万间广厦腾西域,一片丹忱系故乡(君身居美洲而心怀华夏,哲嗣均以中字锡名,其爱国之忱,情见乎词)。励学输金甘化雨,几多寒士沐琼浆(君输财设奖学金,怜才育士,口碑载道)。祝君姓字留天地,食报年年寿且康。

鲰生论齿一年迟(我生戊午,少君一岁),癖嗜偏多意合时。旨酒山阴供酩酊(君善饮,予曾馈赠六十余年旧醅),古陶阳羡品妍媸(我两人皆好阳羡紫砂陶器)。红牙檀板同聆曲(君从叔祖晋眉先生与余均婿于海宁蒋氏,工度曲,为吴门曲苑耆宿,前年君来沪,受聘同济大学名誉教授,予伴君重游吴门,同顾曲于苏州宾馆,君见苏州戏剧博物馆悬有晋眉先生遗照及事迹,为之忻喜不已),范水模山共质疑。记否香山红叶候,与君商略补花篱(六年前君营建北京香山饭店时,邀予赴京倾商,予撰《我住香山第一人》一文,载拙著《春苔集》中)。

茑萝松柏苔岑契,送抱推襟管鲍情。一自识荆投缟纻,几番折简滞春明(君每次来华,辄邀予赴京把晤)。

豚儿猥荷关心护（丰儿赴美留学，荷君多方照拂，铭心镂骨，感不去怀），袜线惭邀倒屣迎。落月停云频伫望，遥天额手庆长生。

聿铭姻长七秩华诞，敬赋七律四章，聊申颂祷，亦以见我两人拳拳之情，久要而不忘也。即请大雅郢正。岁次丁卯百花生日，陈从周拜祝，顾廷龙拜书。

此诗晚出，不及收入 1985 年出版的陈从周诗词集《山湖处处》，前几年蔡达峰等新编《陈从周全集》第 13 卷补录之，题为《贺建筑大师贝聿铭教授七十华诞》，然无日期、署款。“丁卯百花生日”换算成西历为 1987 年 3 月 12 日。据民国《吴中贝氏家谱》载，贝聿铭原名体铭，生于民国六年三月初六日，即 1917 年 4 月 26 日。

贝氏七十大寿来临之际，堂姐贝聿玿、许士骐夫妇合作《苍松鹤寿图》为祝。陈从周则郑重其事，诗作四首，拜托顾廷龙挥毫，制成诗屏为贺。此屏幅上隐约可见有朱竹底纹，很可能出于擅长画竹的陈从周之手。陈氏以画竹著称，不止一次绘竹赠贝聿铭。1982 年 11 月叶圣陶在致周颖南信中，就谈及为陈从周赠贝聿铭画竹幅题字事，沙孟海则有《题陈从周墨竹卷为纽约贝君》诗，似皆应陈氏之请而作。除绘图相赠外，陈从周还曾请叶瑜荪将其“赠贝聿铭诗”阴刻上竹，制成臂搁送给贝氏。此七十寿诗屏，更将陈从周诗、画竹，顾廷龙书法融为一体，可见其用心之至。

其实，早在六年前，顾廷龙就曾写过“所求必喜，喜来如云”八籀字，赠予贝氏，惟款署“铭侄伉俪留念。祖远、怀琮赠。辛酉上巳，顾廷龙书《意林》句”，时在1981年4月，显然这也是顾氏代笔。祖远即仅比贝聿铭年长一岁的小叔贝祖远，其妻王怀琮为顾廷龙外叔祖王同愈之女，故贝、顾二人本有姻亲关系。不过，顾廷龙似与贝聿铭并不熟识，故七十寿诗应是受好友陈从周之请而代笔书写。

目前看来，贝聿铭习惯过西历生日。如1965年贝氏四十八岁生日时，张大千在香港为贝聿铭作《芭蕉高士图》，款署“乙巳年四月二十六日自惜楼宴集，写似聿铭仁兄法教。大千张爰”。十四年后，李可染为贺贝聿铭六十二岁寿辰作《不老松图》，款署“一九七九年四月二十六日，可染画祝”。

李可染赠画给贝聿铭，不知是否与陈从周有关？贝、陈二人均有紫砂癖，《陈从周传》与七十寿诗中都言及，陈从周更将自藏紫砂珍品转赠贝氏。2019年11月，佳士得拍出贝聿铭旧藏紫砂中，最贵的一件“鸣远制于元贞堂”款筐箩形杯，原配的锦盒上有题签称“聿铭老兄清玩。庚申春，陈从周赠”，很有可能是1980年春，陈氏送给贝聿铭的六十三岁生日礼物。若果真如此，不妨大胆类推一下，同时拍出天价的赵无极《27.3.70》，会不会是贝聿铭五十三岁的生日礼物呢？

第二辑

《增订丛书举要》发微

丛书是汇集许多种重要著作，依据一定的原则、体例编辑为一套，在一个总名称下刊印之书。清人叶名澧《桥西杂记》云："古无辑录各家著述为丛书者，唐陆氏龟蒙有《笠泽丛书》。丛书二字，始见于此，然仍诗文专集也。宋温陵曾慥集《穆天子传》以下二百五十种为《类说》，是则后世丛书所由昉。后陶氏宗仪刻《说郛》，所录不下千余种，卷帙虽云繁富，然任意芟削，颇失原书之真，读者病之。"按：《四库全书总目》子部杂家类《类说》提要称"其书体例乃删削原文，而取其奇丽之语，各加标目于条首"，可见《类说》并非丛书，而是类书。不过丛书的辑印，确实始于宋代，南宋俞鼎孙、俞经所编《儒学警悟》及左圭所编《百川学海》即为之滥觞。明代以后，《汉魏丛书》《唐宋丛书》《二十子》《古今逸史》《盐邑志林》等不同性质的丛书陆续刊行，至于明末，丛书各体可称略备。

而清代收藏之家，多喜辑刻丛书。凡人间罕见之本，莫不广为搜采，网罗散佚，汇刊行世。古人著述，赖以不坠，津逮后人，良非浅鲜。自宋至清，数百年间所刊丛书，无虑数千种，子目既繁，寻检匪易。后人有感于此，乃编纂丛书目录，分别类属，以便于学人利用。自嘉庆间石门顾修所编《汇刻书目》出，其后如朱记荣、朱学勤、傅云龙、胡俊章、罗振玉、杨守敬、李之鼎、周毓攽、刘声木诸家仿而行之，踵事增华，一时著作，蔚为大观。而分类式丛书目录中，杨守敬、李之鼎所编《增订丛书举要》一书，堪称集大成之作。

一

杨守敬（1839—1915），字惺吾，晚号邻苏老人，湖北宜都人。同治元年（1862）中举，其后七上春官，皆不遇。光绪六年（1880），担任驻日钦使黎庶昌之随员，东游日本凡四年，广搜国内已逸古书，并主持选刻《古逸丛书》，以精善名于当世。归国后，历任黄冈教谕、两湖书院教习、存古学堂总教长、湖北通志局纂修等职。著有《禹贡本义》《四书识小录》《水经注疏》《日本访书志》《晦明轩稿》等，汇为《观海堂所著书》（《增订丛书举要》卷六十四著录）。《清史稿》卷四八六有传。

杨氏以顾、朱二目行世既久，多所漏略，遂萃合二书，并益以日本之《群书类从》、宋元明高丽之《校本大藏经目录》，于光绪二十八年（1902）编成《丛书举要》二十卷。而前人之所略及后人之新刊各书，犹未及采入。辛亥革命以后，杨守敬一度避居海上，与李之鼎相识。两人一见如故，过从甚密。杨氏自感年迈，且《水经注疏》稿尚未写定，乃举《丛书举要》手稿赠之鼎，嘱为传布。而据《书目举要》"引书之属"著录，杨守敬所辑《水经注引用书目》《世说新语引用书目》《齐民要术引用书目》《初学记引用书目》四种未刊稿，存于李氏宜秋馆，则亦杨氏所赠可知。

李之鼎（1865—1925），号振唐，江西南城人。幼秉异慧，九岁能诗。年甫弱冠，以诸生游台湾，上书论海防，受知于巡抚刘铭传。光绪十七年（1891）中举，二十三年捐知广东澄迈县。居官自励，廉能惠政，性情挺介，以忤上遭黜。辛亥国变，几以身殉，乃蓄发不剪，四谒皇陵，以遗老自居。民国十一年（1922），因江西兵乱屡作，举家避居上海。曾以所刻宋人遗集四编进献，溥仪亲书"书楼世业"赐之，遂以世业名斋。李氏之寓沪，售书为业，不幸感染伤寒，数日奄逝。之鼎好藏书，不惜重金，四方购求，并勤于勘校，辑刻宋集三百余卷。著有《宜秋馆诗集》六卷《词》一卷《诗话》一卷，辑有《建炎以来系年要录所引书目》、《宋文见于系年要录目》四卷、《宋人集目广征》六卷。章梫为撰《清故中宪大夫广东候补知县李振唐大令墓志铭》，记其生平颇详。

李氏既获杨氏手稿，乃续事搜辑，历时一载有余，补编成《丛书举要》六十卷。计经部四卷、史部四卷、子部七卷、集部十一卷、丛书部十三卷、自著丛书部六卷、明代丛书部七卷、郡邑丛书一卷、汇刊书目部一卷、释家部四卷、道家部二卷，附刊校误记一卷、征刻南北宋人集小启及各省书局所看书目价表（嗣出另行）。收录丛书 901 种，已逾原编一倍。《丛书举要》手稿中所有杨守敬识语，李之鼎均一一移录，并加“惺吾识”或“惺吾云”三字以别之，至其自拟识语，则均未署名。又据凡例所记，补编过程中，熊罗宿对李氏匡助颇多。按：熊罗宿（1866—1930），字浩基，号译元，江西丰城人。光绪二十三年（1897）举人。曾任京师大学堂教职，后于北平设丰记书庄，贩卖古书。家有顾顾斋，藏书数万卷，尤以翰林院钞本《旧五代史》及元刻《资治通鉴》为最，殆熊氏亦精于目录版本之学者。

民国三年（1914）秋，六十卷本《丛书举要》由李氏宜秋馆排印问世。全书正文每半页九行，行二十四字，小字双行同。南城程湘（楚泉）、南昌徐士煌（季荪）任校字。此本未几售罄，而索者尚繁。李之鼎以此后数年陆续所得，复事增补，并得王秉恩、徐乃昌、周贞亮等友人之助，证其异同，补其阙佚，终成《增订丛书举要》八十卷。相比六十卷本，增订本删除了版心下方原有的“最要”“次要”等品题性文字，“以免月旦古人之诮”；改明以前所刊为“前代丛书部”，清代所刊为“近代丛书部”，各部以类相从，使读者一目了然。《增订丛书举要》增入丛书704种，总数达1605种，几复倍于六十卷本。

助编之王、徐、周三氏，皆近代著名藏书家。王秉恩（1845—1928），字雪澄，号荼龛，四川华阳人。同治十二年（1873）举人。张之洞督粤时，曾参幕府，主持广雅书局。后历官潮州知府、广东布政使、贵州按察使等职。民国后，寓居沪滨，所藏故多善本，然因家境日窘，出以易米，遂多流散。王氏精于版本目录之学，尝于贵阳校刻《书目答问》，补正颇夥，堪称精善之本。著有《养云馆诗存》《文稿》《读书随笔》等。王氏所刻《石经汇函》《元尚居汇刻三赋》，即为增订本所补入者。

徐乃昌（1869—1943），字积余，号随庵，安徽南陵人。光绪十九年（1893）举人，曾任江苏候补知府、淮安知府、江南盐法道等职。徐氏积学斋藏书，虽不无宋元明椠，然以清刻为最。抗战中，徐氏即世，藏书陆续散出，百不存一。徐氏生前，刊刻古书二百余种，其中如《积学斋丛书》《鄦斋丛书》《怀豳杂俎》及其《随庵所著书》等，均见于《增订丛书举要》。而李之鼎辑刻宋人集时，亦曾假积学斋所藏影宋钞本《陈简斋外集》《龙学文集》等为底本。两人交谊，于此可见一斑。

周贞亮（1867—1933），榜名之桢，字子干，号退舟，湖北汉阳人。光绪三十年（1904）甲辰科进士及第，旋即东游日本，毕业于东京法政大学。归国后，历任邮传部主事、黑龙江高等检察厅检察长、高等审判厅厅丞、法政学校提调。民国初年，改任北京政府国务院法制参事、平政院评事等职。民国六年（1917）以后，转任南开大学、辅仁大学、武汉大学诸校教职。性喜藏书，惜不能保守，藏书印有“汉阳周氏书种楼藏籍”“汉阳周贞亮退舟民国纪年后所收善本”“中华民国三年五月汉阳贞亮率男成侃敬造佛像一区愿一切图书永无灾厄”“写十三经室”等。晚喜庐所藏善本生前即已散出，有流落美、加、日各国图书馆者。著有《文选学》《目录学讲义》《梁昭明太子萧统年谱》《退舟诗稿》《晚喜庐随笔》《汉魏六朝诗三百首》《骈体文萃》等。

周贞亮又与李之鼎合编《书目举要》，收录历代书目270余种，有民国九年（1920）李氏宜秋馆刻本。《书目举要》“部录之属”以《增订丛书举要》与顾修《汇刻书目》、罗振玉《续汇刻书目》、朱记荣《目睹书目》并举，小注云：“杨惺吾先生原本，之鼎两次增辑。李氏活字本（初编六十卷，颇有舛误）。”可见李氏固以《举要》属于“丛书汇目”，而对于六十卷本之疏失，亦未尝讳言。据周氏《目录学讲义》称“近时吾友南城李之鼎，承吾乡杨惺吾先生之传，复集成《丛书举要》一编。往余购得其书，为之增订补入数百种，李君丐人借去，复印为《增订丛书举要》”，则李之鼎增订《丛书举要》，曾利用周氏就六十卷本所作校补之语。当时周贞亮正供职北平，与李之鼎两人似尚未熟识，故有李氏丐人借书之说。

其实，对增订工作曾加襄助者，除以上三家见于《增订丛书举要序》外，尚有李证刚一家。早在编定六十卷本时，李证刚即参与其事，此次受李之鼎之托，仍校勘释家一部，并增补《金陵刻经处新刻各佛经目录》。按：李证刚（1881—1952），名翊灼，以字行，江西临川人。自幼颖悟过人，尝从皮锡瑞治今文学。光绪末年，复从沈曾植游。后以友人桂伯华之荐，入金陵刻经处杨仁山居士门下，研修佛学，精于法相唯识之学，与同乡欧阳渐、桂伯华有“三杰”之目。生前历任江西心远大学、东北大学、清华大学、中央大学诸校教职。著有《西藏佛教史》《心经密义述》《印度佛教史》《金刚经讲义疏辑要》《佛学伪书辨略》《敦煌石室经卷中未入藏经论著述目录》等。昔汉成帝下诏，使谒者陈农广求天下遗书，诏光禄大夫刘向校经传、诸子、诗赋，步兵校尉任宏校兵书，太史令尹咸校数术，侍医李柱国校方技。殆学非专门，易致隔膜，以生舛误，故校勘一道，力求专家。群书目录，释家最为庞杂，非专家不能校定，委托李证刚，堪称得人。之鼎用心，岂循古之遗意耶？

据此可见，《丛书举要》从杨守敬的手稿二十卷，一补为六十卷，再增为八十卷，其间李之鼎擘画之功为最巨。

而其友人若熊罗宿、李证刚、王秉恩、徐乃昌、周贞亮等均与其事，或商榷匡助，或提供信息，或充任校勘，用力多寡，虽不尽同，然《增订丛书举要》之成书，端赖诸家之襄助，固毋庸置疑。

二

目录之学，至清代而臻于极盛，自乾隆间《四库全书总目》刊行，后世公私书目，多遵行仿效之。以顾修《汇刻书目》为代表的丛书目录，固以著录丛书为特色，其分类编次、按语附注，仍不免受到《总目》的影响。《四库全书总目》之特色在于分类与解题诸端，具有辨章学术、考镜源流之功能。惟于书籍之不同版本，虽有辨析，却未能备记，是以邵懿辰、莫友芝、朱学勤等有标注之作。晚清张之洞编定《书目答问》，为学子指示读书门径，举其要目，附注版本，亦列《古今人著述合刻丛书目》一类，谓："丛书最便学者，为其一部之中，可该群籍，搜残存佚，为功尤巨。欲多读古书，非买丛书不可。"其所开列丛书，多附注版本。足见丛书之价值，已为学者所公认。

《丛书举要》虽以"举要"为名，然据李之鼎《原编序》称，杨守敬原稿二十卷，实合《汇刻书目》《目睹书录》二家而成，并增入《群书类从》《大藏经目录》等。至于其编订之原则，因无序跋，仅可据杨氏识语略窥一二。《增订丛书举要》现存杨氏识语十五条，依次为：

卷一《唐石经》：此书日本有缩刻本，写刻颇精，缺字以圈识别甚便翻阅，惜版已毁。

卷一《相台九经三传》：按宋人合刊九经注本，有京本、监本、杭本、蜀本，又有兴国于氏、建安余氏、世彩堂廖氏诸本。今间有一二经为收藏家著录者，其全部则久绝矣。故著录经注本，以岳氏为始。

卷一《宋闽刊六经注疏》：右南宋绍熙间三山黄唐刊本，其尚书后有题识云"《六经义疏》自京、监、蜀本，皆省正文及注，又篇章散乱，览者病焉。本司旧刊《易》《书》《周礼》正经注疏，萃见一书，便于批绎"云云，其《礼记》后亦有识语。据此，是合疏于注自黄唐始。今惟日本足利学校藏有全部。余所见闻，《周易》则有德化李木斋藏本，余亦有明代重刻本。《尚书》则有日本重刻本，其原宋本，余亦得之，今归南皮张文襄公。《毛诗》则由影钞本，余从日本得之。《礼记》则有曲阜孔氏藏本，惟《周礼》《左传》未见。

卷一《十行本十三经注疏》：右《十三经注疏》每半叶十行，故称十行本。刻于宋之南渡，修版至明正德止。惟《尔雅》系元时所刻，阮文达据以作校刊记者。版虽久毁，印本往往有存者，远胜于明代诸刻本。

卷一《闽刻十三经注疏》：明嘉靖间李元阳刊于闽中

者，每半页九行。按黄唐本、十行本皆经大字居中，注小字双行，正义则以“疏”字隔之。闽本注亦居中，惟较经字差小，始改宋以来注疏旧式。其版后归南京国子监，是为明南监本。万历间祭酒李长春等刊于北京国子监，是为明北监本。其版至国朝康熙间尚存，而万历本、毛本因之。国朝赵一清刊《水经注》亦效之，其实古无此式。

卷三《七经孟子考文补遗》：日本山井鼎等就其国足利学所藏古钞本、宋槧本及足利学活字本合而校之，颇为精审。然余于其国得《周易》、《尚书》、单疏《毛诗》、黄唐残本《礼记》、单疏残本《左传》。古钞卷子本及单疏残本皆山井鼎所未见，又得古钞七经经注本，如数通以校山井鼎之本，时多出入。缘山井鼎仅就足利一学所藏，余则遍觅其国中古本，故所见多数倍矣。拟为重校七经本，仅成《论语》《左传》，余未脱稿，而余老衰，眼昏不复能细校勘，然其本皆什袭藏之，未敢散逸也。

卷十三《义门读书记》：义门多见古本，所校书不下数百种，今往往有传钞本。余所见《两汉书》《三国志》校本与此亦不同，盖义门所校非一本也。

卷四十三《士礼居丛书》：荛圃多藏古本，又与顾涧蘋商榷，故所刻各书，校订精审，摹刻亦绝伦。惜当时印行不多，近日上海蜚英馆有石印本，然丰采已失。

卷四十六《粤雅堂丛书》：潘氏以洋商大贾，然颇好风雅。此书亦多秘册要籍，不似所刻法帖半赝品也。

卷五十八《玉函山房辑佚书》：或云此书系章宗源所辑，稿本皆在孙渊如处，后为马氏所得，遂掩为己有。然余考《玉函》所载史部仅八种，其《古文琐语》有十五条，章氏《隋书经籍志考证》只十三条，除《史通》二条，《玉函》不载只十一条。《皇甫谧年历》，《玉函》据《开元占经》所引甚多，章氏仅引《艺文类聚》二条。《汲冢书抄》，《玉函》所辑古本一卷，章氏仅以今行本二卷注之。嵇康《圣贤高士传》，《玉函》引《御览》等书一卷，章氏但载《晋书》本传及《宋书·周续之传》。刘向《别录》，《玉函》载入刘歆《七略》二条，章氏则各标题例，较《玉函》为详审，是《玉函》非攘窃章氏书。而迩来学者群声附和，良由马氏平日声称不广，故有斯疑与。

卷六十三《惺斋杂著》：惺斋通算术，校古籍亦最精，其于古文义法尤严，观其所订朝邑志，知其一字无假。惜所著书未全刻。然祇平居士一集置之桐城、阳湖诸名家间，非但无愧色也。

卷六十三《沈西雍七种》：《论语》孔注之伪，自段茂堂发之，陈仲渔昌言之，至匏庐抉摘尽致。《说文古本考》，亦有斟酌不得以他书改本书訾之，唯慧琳《一切经音义》匏庐未得见，以此取证，则有待于后人耳。

卷六十四《洪稚存全集》：稚存骈体名家，诗为次乘，经学未能深造，地理高自标置，其实府厅县志不过抄录《一统志》为简本。《十六国疆域志》等书，沧州叶子佩评为想当然耳，非过毁也。

卷七十二《崇文书局汇刻书》：无义例，无伦类，校刊亦不精，然如朱右曾之《逸周书校释》、刘文淇之《左传旧疏》、胡承珙之《仪礼疏义》、章宗源之《隋书经籍志考证》皆向无刻本，赖此以传。《世说新语》不据《纷欣阁》本，《意林》不刻第六卷，尤陋。

卷七十六《大藏经目录》：此日本明治间东京弘教书院僧徒，以高丽藏本及宋元明藏本校其异同，又增以其国古抄本，为诸藏所不载者，用活字板印行，为目录于卷首，诚为彼教中盛业。其中传记部、纂集部、目录部可以考彼教源流宗派，护教部则多隋唐以前古文，音义部中如慧琳之《一切经音义》、希麟之《续一切经音义》为中土久佚之本，尤为小学之渊薮，艺林之鸿宝也。

从杨氏识语可见，其体制颇近于各家《四库简目标注》。而内容约可分为以下几方面：记录一书之不同版本，考订古书之编印源流，附记自藏及知见书目，辨析学术之源流得失，以及对于丛书本身价值之评定。李之鼎补编所加识语，大抵未出此范围。

民国三年（1914）李氏所印《丛书举要》六十卷，由《书目举要》之分类可知，李氏补编明显不再以“举要”为原则，而是务求完备，勒成一编，以备寻检。李氏两次增补，均自加识语，并录友人之语。六十卷本中，录熊罗宿识语四条如下：

卷二十八《张文忠公全集》：明刻《张太岳集》，版尚完好，近已印行。

卷四十二《平津馆丛书》：原刊只甲乙等八集，朱氏所刻，全行窜乱，非复旧观矣。

卷五十八《玉函山房辑佚书》：此书原刻甚佳，光绪初年济南重刊，较可。又长沙重刻大小两本，小本稍胜，现归思贤精舍。大版则讹谬极伙，版式亦芜。

卷六十三《修本堂丛书》：《目睹书目》有《诗考补注》二卷《补遗》一卷。此书乃丁晏所著，《书目答问》误列，《目睹书目》因之，《修本堂》实无此书也。

从熊氏识语内容可知，除记录丛书版片之存佚、易手，纠正旧目之误外，并有对丛书先后翻印之优劣之评断。尤其《玉函山房辑佚书》一条，在杨守敬之后而作，杨氏既辨马国翰自辑《玉函》，熊氏乃补论其不同版本之优劣，于研究马氏丛书者，大有裨益。

民国六年（1917）所印《增订丛书举要》，助编各家事迹详前文。王、徐、周三家中，未见王秉恩识语，徐乃昌仅一条：

卷二十七《国朝闺阁诗钞》：此书参订姓氏为奉新甘

晋仲望辑传，吴县潘曾莹星斋覆辑，南丰汤云林桂生、彭泽张馥兰坡校阅，湖口梅士兰湘帆、彭泽欧阳士玉六寄、瑞昌雷寿南竹虚覆校。

而三家中，周贞良识语最多，计七条，以“退舟云”三字区别之：

卷十一《叶氏平安馆金石文字》：此书无总名，无目录，当是随刊随印，传本至希。据藏本录之。

卷二十《明十一家集》：旧在厂肆，见宋牧仲所选《明三十家诗》，惜未录目。此书亦罕见，据天津图书馆藏本录入。

卷二十八《元遗山先生全集》：按此集道光三十年平定张氏阳泉山庄刊本，甚善，与此本编目略同。其版后归海丰吴氏，汇为《九金人集》。

卷三十五《儒学警悟》：缪氏谓《百川学海》序题昭阳作噩，中牧李之彦东谷所见录成于咸淳戊辰，以是推昭阳作噩当是咸淳癸酉。盛伯羲祭酒购得此编，刻于宋嘉定间，则前于禹锡数十年矣。是真丛书之祖，当冠《百川学海》之前。缪氏艺风阁有明抄本。

卷四十八《小万卷楼丛书》：原刊本有宋戴溪《续吕氏家塾读诗记》三卷，重刻本无此一种。

卷四十九《晨风阁丛书甲集》：此书先刊，日报积久合成，已多缺误，又无目次。就所有编次，其未印完者不录。

卷五十《春晖堂丛书》：近见书肆有《续湖海楼丛书》，不著编者名氏。首题张文襄名，知为伪托，其书校此刻少《居易堂残稿》一种，多《龙筋凤髓判》《窦存》《湖海楼诗》三种，近于坊刻，殊不足录。

从周贞亮识语知，其所补之书，有据厂肆所见者，有据图书馆所见者，有据报载之目者，且有辗转录自旧目者。如《叶氏平安馆金石文字》条识语，与罗振玉《续汇刻书目》丙集同书按语“此书无总名，无目录，当是随刊随印，不知全编共计几种，传本至希。姑据予藏本录之”略同，殆录自罗目。《增订丛书举要》移录时，依例加“退舟云”字样，难免贻误后人。

李之鼎本人所附识语，均未署名，其少者数字，多者数十百字，其尤明显者如卷八《历代舆地全图》：“惺吾先生此图，汉魏以前根据《水经注图》，隋唐以后根据各史。惨淡经营，考证极为详审。江阴六氏《历代地志沿革图》不详县治，阳湖恽氏详县治而略于山水。有志三长者，不可不手一编也。”卷五十七《古逸丛书》：“此书搜辑校刊皆杨惺吾先生独任其事。当日有最要宜刊之书，争于黎星使，以限于卷幅，未能全刊，至今引以为憾。然同光以后，海内承风竞刊仿宋，乃先生提倡之力也。此事今日备闻于先生，故志之。”卷七十九、八十《道藏目录》：“此白云霁《道藏目录》，其中所收多古子书，虽刻于明代，而实根源于宋本，故乾嘉间学者多从之校订俗本。唯其分卷务多，不与历代著录相合，则彼教中人所为，未足怪也。向来传本已少，非著名道院不能有，今兵燹之后，未知海内尚有全藏否，即奇零亦足珍也。”类之者颇伙，可与其辑刻宋人集后之跋语同看，则李氏之学问性情可以概见矣。

三

自清人顾修、朱记荣诸家书目陆续刊行，至1959年上海图书馆编成《中国丛书综录》，凡一百五十余年。在此期间，曾出现十余家丛书目录。《中国丛书综录》前言以此十余家“或增补前修，或别树一帜，都是按分类排列的，其中李之鼎的《增订丛书举要》可说是集上述诸书之大成，收书一六〇五种”。若仅以收数之数量为准，此后沈乾一所辑《丛书书目汇编》收书2086种，似已超越李氏之书。但丁福保致赵尊岳函称，其弟子沈氏辑《丛书书目汇编》改编自李氏《举要》，谬误之处均未订正，以致谬误百出，不惬人意。如前文所述，顾、朱诸目，因受传统目录学思想之影响，较之《中国丛书综录》总目部分，除了著录丛书名、卷数、时代、作者、所用版本及子目书名、卷数、作者各项外，多附注不同版本，并有按语。沈乾一《丛书书目汇编》以笔顺次序，分类排列，便于翻检，但已删落附注、按语内容，著录各项与《中国丛书综录》差近。由此可见，无论从收书数量，抑或编辑体例而言，在传统的分类式丛书目录中，《增订丛书举要》确可称为集大成之作。

《增订丛书举要》附注、按语内容大约分以下几方面：

（一）开列同一种丛书的不同版本。如卷一《覆刻相台本古注五经》附注："明翻宋刊本、武英殿翻刊本附考证、江南局翻刊本、贵阳翻刊本、广州翻刊本、成都局翻刊本。"《明监本宋元人注五经》附注："明经厂本、扬州鲍氏刊本、南昌万氏刊本、江宁局本、崇道堂本、武昌局本。"《监本五经四书》又一种下附注："明刻经箱本版心署恕道堂藏版，崇祯十四年海虞毛晋订正本版心署文公祠崇道汤藏版，国朝康熙丁巳文公十七世孙朱锡旗刻本，又长洲尤侗订本版心署圣业堂刻本，乾隆元年武英殿刻本，又七年怡邸明善堂刻巾箱本，嘉庆间扬州鲍氏刻本，同治四年浙江书局刻本，五年金陵书局课本，七年湖北崇文书局课本。"

（二）著录同一种丛书的不同版本，并评定其优劣。如卷一《阮刻十三经注疏》附注："嘉庆间，阮文达巡抚江西校刊者，据宋十行本为主。以所作校刊记附于每卷之后，其中异同旁加一圈以为识别，允称注疏善本。近日四川重刊本，去其旁圈，诚为卤莽。湖南翻刻仍存旁圈，而雕镂不精。南昌局阮刊本，在同治未修补以前摹印者最佳。”卷一《宋本十三经注疏释文校勘记》附注：“此文选楼阮氏自刊本，较江西《注疏》附刊本为详。”

（三）著录一种丛书内，各子目所据底本之来源。如卷二钟钧编《古经解汇函》子目下小字逐一注出所据底本：《郑氏周易注》《陆氏周易述》用孙氏《汉魏二十一家易注》本；《周易集解》据张氏《学津讨原》本，用卢氏《雅雨堂丛书》本校补；《周易口诀易》用孙氏《岱南阁丛书》；《易纬》八种、《春秋释例》据《聚珍版丛书》本；《尚书大传》据陈寿祺辑本，重加编定；《韩诗外传》用明通津草堂本，用《学津讨原》本校正；《毛诗草木鸟兽虫鱼疏》用山阳丁氏本；《春秋繁露》用江都凌氏注本；《春秋集传纂例》《春秋微旨》用钱氏《经苑》本，又刊入《玉玲珑阁丛书》；《春秋集传辨疑》用龚氏《玉玲珑阁丛书》本；《论语义疏》据鲍氏《知不足斋丛书》本；《论语笔解》据吴氏《艺海珠尘》本；《郑志》据孙氏《平津馆丛书》本。其后钟钧编《小学汇函》各子目小注与之同。

（四）对丛书版片易手、丛书易名重印等加以说明，辨其异同。如卷一《汲古阁十三经注疏》附注：“明崇祯间毛子晋刊。毛氏多藏宋本。此书每云以宋本校刊，细按之，亦多沿闽、监之谬，间有校改，亦多不与宋本合。其本印信最多，后归扫叶山房。嘉庆时吴郡又有重刊者。”卷三《朱氏经学丛书》附注：“朱氏所刊丛书，因便销售起见，如此种《经学丛书》初编各种，全散入所刊《槐庐丛书》五编中。”卷十五《千金方合刻》附注：“日本江户医学所刊，光绪戊寅独山莫氏将版购回，现存苏州徐氏。”卷三十六《津逮秘书》附注：“此书有胡震亨序。按震亨初刻《秘册汇函》，未成，即毁于火，因以残版归毛子晋。毛氏增刊，汇为此编。凡版心书名在鱼尾下，用宋本旧式者，皆震亨所刊。书名在鱼尾上，下刻汲古阁三字者，皆毛氏所增刻也。”卷四十五《守山阁丛书》附注：“此即《墨海金壶》之烬余。道光初，钱熙祚得其残版，并补刊五十六种印行。咸丰庚申又毁于粤寇。其《墨海金壶》未善者，别为《珠丛别录》，兹将此书《墨海金壶》原书上加一圈以别之。”卷四十七《式训堂丛书》附注：“二三集据《艺风堂文别存》入录。此版初集、三集为书贾购得，易名《校经山房丛书》，现尚印行。”卷五十七《古逸丛书》附注：“此书以在日本初印绵料纸者为最佳，版归苏州局后，摹印已多，其中《杜诗》《荀子》小子有漫灭之处。”

（五）一种丛书作为子目，见于另一丛书，注明互见。如卷一《单注大字古注各经》注：“武昌局刊本。互见《武昌局汇刊书目》。”卷三《经典释文》注：“国朝卢文弨校刊附校勘记。抱经堂刊本，互见。”卷四《六艺堂诗礼七编》注：“山阳丁晏俭卿著。自刊。互见《颐志斋丛书》。”卷十三《吕新吾新书十种》附注：“《去伪斋全集》，见自著丛书部。”卷十六《江慎修数学》注：“《守山阁》《海山仙馆》两丛书中皆收入。”卷十六《里堂学算记》注：“《焦氏丛书》本，互见自著丛书。”卷二十九《揅经室集》注：“互见《文选楼丛书》。”卷二十九《孙渊如全集》注：“此集互见《平津馆》《岱南阁丛书》，惟多《澄清堂诗稿》一卷《续》一卷《租船咏史诗》一卷。”

（六）对丛书作者加以考辨，于旧说颇有商榷。如卷十二《诸子汇函》附注：“此书成于书贾之手，题名归有光，恐系托名。”卷十三蔡重编《蔡氏九儒书》附注：“《四库总目》载此书为明蔡鹍编。”卷二十五《苏门六君子文粹》附注：“按此书不著编辑名氏，《汇刻书目》注为陈同甫编，无据，俟考。”

（七）凡有称引前人之说，注明出处。其中关于版本多据莫友芝《郘亭知见传本书目》、《四库全书总目》及正史艺文志，关于作者生平及丛书编辑本事所据以明清学术笔记为主。如卷三《周易函书》引《四库总目》；卷五《武英殿刊二十四史》《明南北监板二十一史》《汲古阁十七史》《资治通鉴》均引《郘亭书目》；卷十二《五子全书》引《郘亭书目》；卷十八《三才图会》引《明史艺文志》；卷二十一《石仓历代诗选》引《目睹书目》《明史艺文志》，《韩柳文合刻》引《天禄书目》；卷二十三《宋九僧诗》引《直斋书录解题》，《三忠文诗选》引《静志居诗话》；卷二十九《安雅堂集》引《文献征存录》；卷三十四《惺斋新曲六种》引《臞庵笔记》；卷三十四《瓶笙馆修箫谱》引《鸥波渔话》；卷三十六《汉魏丛书》引《天一阁书目》；卷三十八《杨氏合刻》引《曝书杂记》；卷七十二《永乐大典采辑书》引张尔岐《蒿庵闲话》。

（八）抄本丛书，附注收藏或子目信息。如卷二《诒经堂续经解》附注："此书编定后未刊，原本今藏上海商务印书馆涵芬楼。"卷二传钞本《艺海楼续经解》附注："此编所见系传钞本，不著编辑人姓氏。采辑宋元人经解二十二种，十八已收入《诒经堂续经解》中，仅《周官新义》《春秋经解》《春秋通训》《春秋集义》四种未收入。"

（九）抄录前人丛书目录，注明版本，并附记出处。卷十二《百家类纂》附注："此目见《续汇刻书目》，转据《天一阁书目》入录者。"卷三十三《元人杂剧三十种》附注："此目乃上虞罗氏所编《续汇刻书目》所载，罗氏藏元刊本。"卷五十九《昌平丛书》《甘雨亭丛书》并据《续汇刻书目》补入。卷七十七、七十八《日本续藏经目录》附注："此目录自上虞罗氏《续汇刻书目》。"

（十）据前代书目抄录，存佚不详者，不注版本。如卷七《明臣宁攘前编》附注："共二十八卷，见《天一阁》《培林堂》诸书目。"同卷《平攘录》附注："共五卷，见《传是楼书目》。"卷十八《谈修》附注："见《传是楼书目》。"卷二十二《北宋人小集》附注："此目见《浙江采集遗书总录》凡五十家，未详编次人姓氏。共计十册，写本。"卷四十一《九种书》附注："见《传是楼书目》。"

卷八十《洞元记传》附注："此目见《天一阁书目》。"卷十八《俞安期三类函》附注："《曝书杂记》云，俞尚有《类苑琼英》十卷，皆未见传本。"

（十一）对丛书本身学术价值之论定。如卷二《皇清经解》附注："共一百八十种，一千四百十二卷。为汉学之巨观，经生之鸿宝。本朝治汉学至乾嘉为极盛，阮文达公生际其时，故能网络宏富，抉择精严，继承绝学，津逮后人，其有功于经学巨矣。"卷二《皇清经解续编》附注："右长沙王益吾督学江苏时，刊于南菁书院者，亦仿阮氏经解之例，通为一千三百十五卷。搜罗虽多，亦尚未备，以成书太速故耳。"卷四庄存与《味经斋遗书》附注："西汉之学，自庄氏倡之，刘逢禄、魏源和之，遂为汉学之别派。"

四

《丛书举要》自二十卷，一补为六十卷，再补为八十卷，收录丛书数量，已数倍于杨氏原稿。增入之书，部分辗转录自前人所编之丛书目录，部分则直接采录新出之丛书。至于六十卷本《丛书举要》中之疏误，增订本已多加订正。如卷二《经苑》六十卷本仅录子目十八种，止于《仪礼集释》三十六卷《释宫》一卷，《增订丛书举要》补录所缺之十二种，随后据《曝书杂记》开列"《经苑》已辑未刊之书”。卷三《黄石斋先生九种》后《增订丛书举要》补入另行四种及未刊各种子目，并加识语。卷四《汉魏遗书钞》附注：“《目睹书目》录目至《左传解谊》止，《贾服异同略》以下均阙，未见全书故也。近日收得此书，重编时，始得补录全目。”由此可见李之鼎本人增补《举要》之功。

抄录旧目者，原有按语，李之鼎往往一并过录。按语原为小字，仍作小字，原为大字，亦作大字，并附注原书名。如卷一《监本五经四书》下附注末有“《汇刻书目》原注”六字，其后引录《郘亭书目》“六经注”云云一条，以相参证。然以全书芜杂，前后或未能一致，偶有大小字误植，遂以前人之说作为增订之语。

《举要》一再增补，篇幅庞大，虽有“互见”一说，难免重出之例。如日人进藤远粹编《萤雪轩丛书》，既见集部卷三十，又见近代丛书部卷五十九。《叶台七种》已入集部，分列卷二十、二十八。如此之类，殆未细校故耳。

至如书目中有袭用前人成说，而未加注明者。如卷一《篆字六经四书》附注：“明刊本《篆文七经白文》：《易》《书》《诗》《春秋》《周礼》《仪礼》《四书》，每半页九行，行二十三字。”按《郘亭知见传本书目》经部著录“篆文七经白文：《易》《书》《诗》《春秋》《周礼》《仪礼》《四书》。有明刊本，每半页九行，行二十三字。国朝内府刊本，半页八行，行十二字，李光地、张照等奉旨校阅。”此条源出莫氏书目而未加注明，李氏识语记版本者，颇有出自清人知见书目而略加删削，未一一注明，读者鉴之。

《增订丛书举要》收书1605种，较《中国丛书综录》之2797固少千余种。但其收书范围则广于《综录》，其中尤以收录日本丛书最具特色。究其原因，实自杨守敬启之。杨氏原稿中所增入之书，《群书类从》《大藏经目录》两大部均源自日本。而李之鼎屡次采录之《续汇刻书目》，乃罗振玉流亡日本时所编，其中著录日本编刊本颇多。另外，李之鼎再次增订《举要》时，曾补入已佚之书。如卷十八《群书丽藻》附注：“此书目见《文献通考》。遵度官南唐司门员外郎为李主辑。此书计一千卷，总括古今，条分六例。宋季尚存六十五卷，与北齐祖孝征等撰修《修文殿御览》三百六十卷，唐高士廉等编《文思博要》一千二百卷二书，久经湮佚，言类书者不可不知也。”可知李氏存目之旨趣所在。

民国三年至六年间新出丛书，《增订丛书举要》亦加补入，然以年月所限，其子目或未必全备。如卷二十二著录李之鼎自刊《宜秋馆汇刊宋人集》有小字注：“自乙卯（1915）陆续付刊。”以及卷四十八刘承幹编刻《求恕斋丛书》《嘉业堂丛书》等，其书至1917年尚未刻毕，仅以所梓者入录，情有可原。

《西征行卷》为王易佚稿

——《南州二王诗词集》书后

王易（1889—1956），原名朝综，字晓湘，号简庵，江西南昌人。其父王益霖（1856—1913），字春如，光绪二十九年（1903）进士，曾任三江师范教习、河南高等学堂教习兼斋务长。著有《乐音小识》《静观书屋诗文存》等。益霖共有五子，王易居长，与弟王浩，并承庭训，随宦中州，博览群书，工于诗词。民国初年，王氏昆季即合二人词作，编为《南州二王词》行世。胡先骕在《京师大学堂师友记》中曾回忆：

同学中与汪辟疆兄同以诗名者为王晓湘（易）兄。……少年随宦至汴，入客籍学堂，与汪辟疆兄为同学，又同考入大学预科。在校时即以能诗名，然辟疆治宋诗时，晓湘方学义山。擅书法，则先习《灵飞经》。后乃改习宋诗，意境酷似陈简斋，书法则改宗钟、王，兼擅褚楷，已步趋乡贤赵声伯矣。辛亥后，随其父商丘公寄居萍乡。父没后，与其弟王然父侍母来南昌，主持《江西民报》副刊。……其昆弟又善倚声，一度效法刘龙洲，成词一卷，曰《南州二王词》，大为先辈所激赏。……晓湘幼承家学，又擅音律，鼓琴品箫，莫不尽善。篆刻则得皖人黄牧父之传，造诣亦不下于陈师曾也。主讲第二中学与心远大学有年，后乃远游北京，任北京师范大学讲席。继任中央大学国文系教授，乃陆续刊布其重要著作如《国学概论》《词曲史》《乐府通论》诸书。其学问之渊博、文辞之美妙，虽傲岸自善之黄季刚亦不能不心折也。二十九年，予回江西创办大学于站时省会之泰和，晓湘任国文系主任。予去职后，萧叔玉校长聘之为文学院院长。晓湘为人多才而博学，少年欲以文人成名，中岁以后精治朴学，造诣益深。

王易出任南京东南大学（旋改名中央大学）教职，即出于胡先骕推荐。在南京任教期间，王易主讲词曲史。唐圭璋、程千帆、沈祖棻等均曾从之受业。唐圭璋《词话丛编》前有民国二十三年（1934）长至日王易序。沈祖棻《涉江诗》卷二《得介眉塞外书奉寄》十首，其四程笺云："王简庵先生名易，字晓湘，江西南昌人。三十年代初在中央大学任教，先生博学多通，而讷于言辞。学者多以听受为苦。"虽然当时学生以其授课言语不清，深以为苦，但同事之中，每有诗词雅集，王易多在受邀之列，从吴梅、黄侃、汪辟疆诸家日记、诗词中，可见相关记录。

由于王易的著作如《词曲史》《国学概论》《乐府通论》《修辞学通诠》《四子书讲札》《历数朏谈》等[①]，均成书、刊行于二十世纪二三十年代，至于其抗战胜利，尤其是1949年以后事迹，知之者甚少。近数十年来，王易以《词曲史》闻名于世。据范予《王晓湘先生传略》称：

> 1948年，复旦大学潘震亚先生几度邀请先生赴沪任教，以当年疝疾两度手术后，常感不适，时或卧床，不果行。1949年春，迁家长沙，就养于长子王述纲（时任湖南农学院），颇得含饴之乐。暇则漫忆平生学养交游所历，笔录为《心影丛谭》四卷，或与旧友胡铁崖先生等过谈。1953年初，应章士钊先生邀重游北京。秋，受聘为湖南省文史馆员。1956年夏，以肺癌逝于湖南医学院附属医院，终年六十有七。顾平生所作诗词约六百首，骈散文约二百篇，大部经其弟子丰城涂梦梅誊正，但未及付梓。晚岁手稿多种，均亲手抄定，除已出版及见诸报刊者外，连同其藏书二万余卷，今并荡然无存。……有三子一女，三子均已先后物故，女于1948年去台湾，现为基隆市退休教师。

① 另有单篇文章如《周度今征》《岁差考实》《文字与文化》等。

由此可知，王易晚年著作手稿与藏书均已散佚无存。胡迎建《论王易的诗学观与词曲史研究》称王易有“《师厚斋诗稿》未曾刊印，后来散佚，其作品仅散见于《文史季刊》及一些私藏家手中”。复旦大学图书馆所藏《西征行卷》，系王氏手稿。

《西征行卷》不分卷，稿本一册，题竹间一翁撰。全稿写于红方格稿纸上，每半页十行，行二十五字。书衣篆书大字题“西征行卷”，小字注“竹间一翁旅潭作”，下钤“简兮”朱文圆印。卷端题“西征行卷钞”，下钤“我师伯厚”白文方印、“简翁六旬以后文字”朱文方印（图13、14）。正文共计三十九叶，卷末题“右录五集，都一百五十首”，“癸巳暮春写奉 / 孤桐道长吟定”，下钤“䷣（即明夷卦）居士”朱文方印。按：癸巳即1953年，孤桐则是章士钊（1881—1973）别号，时任中央文史馆副馆长。仅从时间、相关人物两方面看，与范予《传略》所记相合。至于简翁、竹间一翁等称号，则与王易之号简庵互通。全稿分五集，依次为：

明夷集（七十八首，录二十七首）

安禅集（八十四首，录二十七首）

嬴博集（六十九首，录二十八首）

量守集（八十六首，录三十二首）

降娄集（百廿一首，录三十六首）

其中，《明夷集》之得名，与书后盖有“䷣居士”一印，均源于王易晚年曾号明夷居士。由此别号可知，王氏晚年境遇不佳，故韬光养晦，以待时机。1953 年，他北游归来，便受聘湖南文史馆，正也与此卦所示相巧合。“我师伯厚”一印，取师法南宋学者王应麟（字伯厚）之义，不仅因二人姓氏相同，且王晓湘治学，亦如王应麟之博涉遐览，经史百家、天文地理、名物制度、诗词考证，靡不精通。然则王易《诗稿》冠以“师厚斋”一名，无疑和“我师伯厚”语出同典。故此，从稿本中所加盖印章及抄录时间、赠送对象等证据，可初步断定，竹间一翁为王易别号。

从全稿所收诗作之内容、涉及人物来考察。由书衣小注可知，全稿为作者在湖南时期所作。《明夷集》首篇为《别家三首》，其一有云“惘惘出国门，栖栖陟长道”，其三有云“豫章父母邦，庐墓所栖托”，后接《长沙五日用甲申重五韵》一诗，可见作者系江西南昌人，自京赴湘。此后各集中，所记亦均湖南长沙之事。而诗中涉及的人物，如《明夷集》中《与铁岩别十二载避地来潭快聚有赠》之铁岩，似即范予《传略》中提到的胡善恒（字铁崖）。胡氏（1897—1964）乃湖南常德人，曾任南京中央大学教授，抗战之初，离开南京，转往重庆，1949 年二月回湘。又如《明夷集》之《报仙诒直侯书讯近状》《中秋前一日得仙诒梦梅两讯长句分报》，《安禅集》之《有忆寄欧胡两君二首》,《量守集》之《闻仙诒赴教兰州欣然有寄》，按梦梅即王氏门人涂梦梅，步曾即胡先骕，仙诒则是南昌籍学者欧阳祖经（1882—1972），他曾历任江西中学、心远大学、中正大学等校教职，与王易共事多年。抗战初起，欧阳氏和《庚子秋词》作《晓月词》纪其事，全文连载于王易主编的《文史季刊》。《晓月词》四卷单行本出版时，王易并为作跋。欧阳祖经于1951年改任兰州大学历史系教授，故《量守集》所收王易寄赠之诗，应作于同年。

较之对友人的记录，集中内容对家人的记录，更能直接证明作者的身份。首先，有关夫人唐令容的记录，《量守集》有《重八令容逝三十年志感》一诗。按陈衍《石遗室诗话续编》卷二“南昌王晓湘（易）”条所引诗，涉及王夫人令容，如《二月二日令容诞日》《清明萧寺展令容榇》等。据1921年重九日王浩致胡先骕函提及“家嫂之丧，三千里外，痛念无措，实为生者悲。我兄与晓湘情同手足，当有同情”[1]云云，可见王易夫人唐令容卒于此年，《量守集》中悼诗则作于1951年无疑。王易三十三岁丧偶之后，未再续娶，从历年悼亡之作中，可见其伉俪情深。

其次，有关胞弟王浩的记录。《降娄集》有《十三夜看月忽念乃然弟忌日也率成四章》，王浩字然父，故王

① 王浩原札见胡宗刚《胡先骕先生年谱长编》，江西教育出版社，2008年，页78。

易称之为“然弟”。王浩生于1892年，卒于1923年三月十三日[1]，日期亦吻合。

再次，有关儿辈的记录。《明夷集》有《述遂两儿书告就聘任教东北农学院》《得述遂儿寄北陵留影》《诗味二章示迪儿》，《赢博集》有《迪儿始壮书勖二十韵》《哭四儿》《得述儿寄四儿冢上留影》《述儿挈眷归自长春》《述儿留七日遂赴桂林之招》《述儿归度岁》，《量守集》有《谷日逮儿归自滨江》《述儿还就湘农教席遂止桂行》，《降娄集》有《瑑遂儿所遗藤杖时七月六日儿逝再周矣》。从《哭四儿》一诗小序[2]知，作者四子名为遂纲。范予《王晓湘先生传略》称其长子名述纲，任教于湖南农学院。龙榆生在王易逝世后，曾以其著作情况函询胡先骕，胡氏附函称王氏遗稿“皆存其哲嗣湖南农学院教授王逮纲处”。显然，王易三子述纲、逮纲、遂纲之名，与《西征行卷》所记皆合。而集中提及“迪儿”名王迪纲，为王易之侄。王氏三子，均攻读农学，未能传其家学。王迪纲则毕业于政治系，工于文辞，曾参加《汉语大字典》的编撰。另外，《降娄集》中还提及作者本人的情况，《五月望夜月中久坐》“月

① 胡宗刚《胡先骕先生年谱长编》，页100。

② 《哭四儿》序云：“四儿遂纲，助教哈尔滨农学院。夏间偕赴南满采集植物，秋初返哈校。当局设宴慰劳，过饮而脑溢血以逝。七夕前一夕，后五旬始得耗，北望哭之。”

圆溯我堕地秋，七百七十又七度”句有自注云：“余生己丑七月杪，至壬辰五月得望七百五十四，加闰二十三，通得此数。”按己丑为光绪十五年（1889），出生年月日与王易本人相符。

故此，从诗稿之署名、用印及其内容、相关人物、作者生辰等多方面进行考查，不难发现，“竹间一翁”为王易无疑。

《西征行卷》各集原来所收诗作数量，共计四百三十八首。1953年春，王易在北游之前，精选出一百五十首，约占全部的三分之一强。据范予《传略》称，王易遗稿中诗词有六百首，乃是其一生创作经过选择之后的总数，可惜目前原稿散失，《西征行卷》成为现存王易诗稿收诗较多也较集中的一种。由于《西征行卷》收录均为王氏晚年诗作，不仅能反映出其成熟之后诗风，而且对其晚年生活、著述情况，也间接有所记录。

关于《西征行卷》所收诗作之年月，最晚为1953年春，从前文考订可知，始于1949年春。因此王易《别家三首》之称“惘惘出国门”，显然是指从南京出发，“避地”湖南。而诗稿中，直接记年月者有《安禅集》之《清奇古怪歌》小序云：“清奇古怪者吴柏，因社中四柏名也。庚午夏游石壁、邓尉，过而抚之，欲赋未就。今二十年矣，追维胜缘，未能恝置，率意状之，得十六韵。若书家所谓背临，未必克肖，慰情而已。兼寄仙诒、步曾、证刚三君。”按庚午为1930年,《赢博集》最后一首题为《庚寅除夜》,庚寅即1950年。《量守集》末一首为《送灶夜和巢经三首》。由此可见,《西征行卷》前三集收录1949年春至1950年间诗作,《量守集》《降娄集》分录1951、1952两年诗作。

胡先骕在《京师大学堂师友记》中,称王易早年诗先学晚唐李商隐,后转学宋人,意境酷似陈与义(简斋),其自号简庵,似与此不无关系。王易、王浩兄弟诗作,颇得同乡当时同光体代表人物陈三立之欣赏。王浩去世后,王易为之编定《思斋诗集》,曾请陈三立撰序,《量守集》中则有《读散原诗》《食芋因念散原老人所嗜》两诗。王易诗远宗宋人,近喜贵州郑珍。早在1922年王浩致函胡先骕称“晓湘之无言古诗,亦是性悟过人,其境界直逼巢经巢而上之,天才如吾二人亦当却步”[1],今《赢博集》中有《市中得巢经巢全集竭三日力读竟题记三十六韵》,《量守集》中有《送灶夜和巢经三首》,《降娄集》中有《书巢经六哀诗四十韵》,均可见其对巢经巢诗之酷爱。

范予《传略》称王易于1949年就养于王述纲处,兹从《西征行卷》各诗知,王述纲、王遂纲于1949年曾赴哈尔滨任教,1950年七月六日王遂纲突发脑溢血去世后,

① 转引自胡宗刚编《胡先骕先生年谱长编》,页91。

王述纲于同年年末携眷返湘度岁，次年本拟赴广西桂林，因1951年三月湖南农学院成立，改任湘农教职，其址在长沙东塘，《量守集》之《东塘寓居》正写于迁居之时。而王易次子王逮纲似一直身在长沙，因此王易初到长沙，可能由王逮纲照料生活。1951年之后，王易两子均定居长沙，其生活日渐安定，诗稿之中也有登览天心阁之类的记录。1953年北游归来，入湖南文史馆后，景况似更佳。三年后，因病去世，未经历此后的各种运动，可称幸事。但其遗稿却悉数散佚，未能逃脱浩劫。

王易对词学的研究，最为人所熟知者为其三十岁左右所撰之《词曲史》，至于其他著作，胡先骕1963年答龙榆生函曾提及：

简斋词为宗匠，曾有手写定稿，即楷法亦足传世。又辑有《词腴》，今皆存其哲嗣湖南农学院（长沙南门外）教授王逮纲处，试作书告以旧谊并选词之意，借来一用，或能得其同意，亦未可知。手边只有其题《晓月词》一阕，并《藕孔微尘词》若干首，此卷皆为集句，有《莺啼序》（集彊邨句）等，为黄季刚先生所惊叹，当录呈。[①]

① 转引自胡宗刚编《胡先骕先生年谱长编》，页623。

《西征行卷》中即有《选〈词腴〉毕既集选中句题之又题》一诗，见于《降娄集》，然则《词腴》之最后写定已在1952年，其诗云：

哀丝豪竹泣千行，狐腋蠙珠聚一箱。布谷忍催春事了，遏云容借晓风长。无情湘渚招魂地，几帖华原却病方。摘艳未宜簪白发，幸留残萼报刘郎。

在1949年抵达长沙后，王易便开始整理词学著作，《明夷集》中有《重写定辛忠愍年谱慨题》，诗云：

秋舟欲济苦无津，赖向千秋觅德邻。武库未妨兼左癖，王风原自要诗人。生逢大旱山焦日，患此长贫玉洁身。且唤英灵同起舞，池蛙声檐鹊亦精神。

据此知王易曾编有辛弃疾年谱。又有《写〈系年录〉讫感题三绝句》，诗云：

升平据乱今何事，戴笠乘车此一身。澹笑岂堪酬万泪，镫前掷笔总伤神。

虚负人间百瓮齑，退之宁负好为师。余生此后知何用，马勃牛溲败鼓皮。

前尘久逝如飞鸟，新恨交缠苦晚蚕。千里暮年分骨肉，老怀灰尽落江潭。

所谓《系年录》，不知是否与夏承焘《唐宋词系年总谱》有相似之处，惜今仅存其名，已难窥其实。

综上所述，《西征行卷》作为王易晚年诗作选本，于1953年赠予章士钊，后流入北京中国书店，再辗转入藏上海复旦大学图书馆，数十年间，自长沙而北京而上海，流转数地，幸获保藏不失，虽然全稿存诗无多，仍具有不可忽视的价值。

得明眼人代下注脚

——《钱遵王诗集校笺》书后

庚子春日，避疫杜门数十天，以读案头积书为消遣。谢正光先生的《钱遵王诗集校笺》一书陆陆续续读了几个月，到江南入梅，夏雨在窗，仍未读完。《校笺》原名《钱遵王诗集笺校》，1990年初版于香港，十几年前曾在金陵读过，感觉颇为简明，已属难得。2007年，增订版由台北“中研院”中国文哲研究所印行，遂辗转购得一册，以备检阅。今人为古书作注，渐与古人异，非但羽翼之，且如买菜求益，难免有贪多泛滥之弊，殊不知凡辞书、数据库可检索而得者，点到即止，毋庸一味堆砌，连篇累牍，遂致反客为主，令人望而生畏。今观钱遵王（1629—1701）为钱谦益（1582—1664）《初学集》《有学集》作注，似可取法。《钱遵王诗集校笺》中《判春集》有《判春词二十五首意之所至笔亦及之都无伦次》，第十八首即为注钱牧斋诗而发：“细书饮格注差行，千古伤心一瓣香。检点箧中诗史在，君山老去子云亡。”钱遵王自注云：

> 《初学》《有学》诗集笺注始于庚子之下，星纪一周，粗得告蒇。癸卯七夕后一日，以笺注稿本就正牧翁，报章云：居恒妄想，愿得一明眼人，为我代下注脚，发皇心曲，以俟百世。今不意近得之于足下。今牧翁仙去数年，而诗笺挂一漏万，殊不副公之意，未知后人视之，虎狗鸡凤，置之于何等耳。

若以钱谦益的标准来衡量，近年新出古人诗集笺注，尽管部帙越来越大，实难以“明眼人”相期。作为被钱谦益认可的“明眼人”钱遵王，他虽不以诗人自居，其诗集笺注本在近三十年间得版行三次，谢正光诚不愧为钱氏之异代知己。此番中华书局版《校笺》是在港、台两版基础上进一步修订的最新版，自有后来居上之势。除将书名最后两字互易（余汝丰题签未重写，仅将二字换位置印刷），并削去台版谢正光《增订版自序》，改添《后记》一篇，追忆与何惠鉴、钱仲联、瞿凤起、顾廷龙、潘景郑、汪宗衍诸老交往，回顾笺注钱诗历程。内容方面，“集外诗”又分别从王翚《清晖赠言》卷四辑出《澄江使院题赠石谷先生》七言绝句八首，从叶奕苞《经锄堂诗·花信倡和》中辑出和诗二首，用功甚勤；新版中“校”未大动，“笺”则发掘、利用钱氏同时交游诸家诗文集益多，整体益趋丰满的同时，不免渐生枝蔓之感。谢氏治明清史，意在揭示史实，而少注家之剪裁，似无可厚非。他在后记中说“余年近八十，于校笺事，画上句点，此其时也”，此情此景，与钱遵王注牧斋诗遥相呼应。

近读此书将竟，检点书中所夹签条，发现仍有改进处。首先，辑佚一道，古人常言书囊无底，自然无法轻易“画上句点”。年前苏州博物馆举办的“须静观止”展中，就有钱遵王书赠友人之诗一首，《钱遵王诗集校笺》未收：

相韩能启后昆贤，忽讶双鹅起翟泉。南渡金牛虚百世，西驰铜狄报千年。流风旧隶乌衣巷，雅奏新传白雪篇。不是雒膏斟帝飨，樵阳应有侍书仙。次韵奉赠减老盟兄四十初度，呈郢教政，虞山弟钱曾。（下钤“钱曾之印”“遵王”二印）

此诗见于清初陈瑚等为王时敏长子王挺（1619—1677）四十寿辰所作《减庵寿诗集》册中，今藏南京博物院。以王减庵四十生辰推之，诗作于清顺治十五年（1658）钱遵王三十岁时。钱氏之外，尚有毛表、冯武、周云骧、陆贻典、顾湄、张明伦等人题诗，不少系钱氏友人。

其次，正文有台版《笺校》不误而《校笺》误者，如书前插页最后一帧刻本《今吾集》括注“瞿式铁琴铜剑楼旧藏”中“式”为“氏”之误。正文第1页《怀园小集序》倒数第二行“所闷惜者天地之章光”中“闷”为“閟”之误；第69页《中夜梦仙禽贻我一卵觉而记之以二绝句》其二“獭说胡卢三世人”中“獭”为“嬾”之误等，此类均为校对不严所致。

再次，注文中有讹误，如第18页“参今人何修龄《关于柳敬亭的生年及其他》”之“何修龄”为“何龄修”之误；第155页“石林上人”条引康熙《常熟县志》卷二十二本传云“尝注李义山诗，丹铅苍蕞”之“苍”，为“荟”之讹；第176页引杨钟羲《雪桥诗话》“暻字元朗，官兵科给事中。有《西斋集》。弟瞵、暄，俱能以诗世其家”之“喧”，当为“暄”之讹，殆吴梅村诸子名均从日旁；第186页引严熊《秋日十咏和归玄恭》诗后牧斋跋“然余读退之秋怀诗‘清晓卷书坐，南山见高棱’及归愚‘识夷途汲古得修绠’”之“归愚‘识夷途汲古得修绠’”当为“归愚识夷途，汲古得修绠”之误，类似瑕疵，限于篇幅，不再一一列举。

今适逢庚子之夏，距钱氏之笺注《初学集》《有学集》已逾三百六十年。读《钱遵王诗集校笺》一过，不免又让人想起牧斋那个“得一明眼人，为我代下注脚，发皇心曲”的妄想来。

关于"第一十六洞天武夷仙掌峰天游观道士"
——张宗友《朱彝尊年谱》订补一则

近年来，有关朱彝尊的研究成果颇丰，其中最值得称道的非南京大学张宗友教授的《朱彝尊年谱》（凤凰出版社，2014 年 9 月）莫属，全书洋洋洒洒凡五十余万字，非常可观。昔曾获友人赠书，匆匆浏览一过，日来稍得闲暇，翻读恽南田画集，见朱彝尊资料一则，可订补《年谱》之说。

山东省青岛市博物馆藏有恽寿平（1633—1690）、王武（1632—1690）合作《松石花果图》一卷，若按今人将古籍收藏中的黄裳题跋称为"黄跋"的逻辑，似乎也可将此图称为"恽王"合璧之作，其实此王非彼王（王翚，1632—1717），不能因姓同而牵强附会。此卷前有朱彝尊八分书题"二妙合并"四字引首，拖尾有朱彝尊题诗一首：

王郎恽叟画师宗，杀粉调铅未觉浓。水墨清疏转难得，折枝花果棘针松。

款署“康熙壬午闰月，坐小沧浪韦庵，西陂先生命题，小长芦金风亭长朱彝尊”。按之《年谱》，壬午为康熙四十一年（1702），朱氏七十四岁，本年曾数次到苏，六月间一度赁居慧庆寺僧房，开雕《明诗综》。说来巧合，《朱彝尊年谱》封面所用图案即故宫博物院藏康熙四十一年三月十六日朱彝尊临《曹全碑》卷，受赠人同为“西陂先生”宋荦（1634—1712）。三个多月后，闰六月，朱氏题写《松石花果图》诗，书法与前卷颇为近似，落款尤相仿佛。从三月起，朱彝尊观商丘宋荦父子藏书画、善本不止一次。恽寿平除《松石花果图》卷外，尚有《摹古》花卉册一种，余如宋世彩堂刻《河东先生集》、宋李成《古柏图》、唐韩滉《五牛图》等，今日看来多为煊赫名品。

朱氏题《松石花果图》一条，张宗友已据王利民、胡愚《曝书亭集外诗文补辑》卷三摘录落款一句，编入《朱彝尊年谱》，既未抄录全诗，也没言及卷前朱氏的四字引首，更未提到落款“朱彝尊”下钤有一方朱文印——“第一十六洞天武夷仙掌峰天游观道士”，这一方印文很重要，它显然是朱氏的别号之一。

不过，《朱彝尊年谱》却对此有一番考证，认为《曝书亭集》卷十八《天游观万峰亭》诗清人杨谦注“遂名颐真，号第一十六洞天武夷仙掌峰天游观道士”之说，“未见他载，并不可信”（页10）。关于康熙三十七年（1698）四月，朱彝尊有福建之行，曾入武夷山，登仙掌峰，过天游观，《年谱》详加记录，确有其事，且张氏按语中摘录《天游观万峰亭》杨谦注（页430），亦未提出异议，何以反在《年谱》一开头的“附考”中说其并不可信，不免令人狐疑。

距《年谱》出版一月之后，2014年十月出版的《古典文献学术论丛》第四辑刊登张宗友《朱彝尊丛考三题》一文，其一“名、字、号别考”的第一部分，内容与《年谱》所述相近，认为“杨谦为朱氏同里后学，所作《曝书亭集诗注》，在数种朱彝尊注本中堪称最佳，其说易使人从。……但上揭有关朱氏名、号的说法，并无其他记载可为旁证”，其结论与《年谱》一样，重申杨谦之说“并不可信”，更误导后学。但从上文来看，张氏所谓的“未见他载”“并无其他记载可为旁证”自然不能令人信服。至少，“第一十六洞天武夷仙掌峰天游观道士”这个别号印，朱彝尊确曾在闽行四年后使用过一次，此前或之后是否用过，目前尚无例证，不得而知。

另外，关于“颐真”一名，是否同系杨谦捏造，鉴于“第一十六洞天武夷仙掌峰天游观道士”一号确实存在，我们持保留态度。然在吴语中，“朱颐真”与“朱彝尊”读音高度近似，不免让人产生一些联想。但目前仍有待例证的出现，方能下结论。

时至今日，随着所谓“E考据”的大行其道，文献辑佚、辨伪往往能事半功倍，清人皓首穷经、矜为创获者，今之数据库或可一检即得，此为工具之高效，并不值得夸耀。对于文献的解读、考订，若想减少失误，仍需具备一定的学术涵养。很多文史研究者，注重对文字记载的梳理，而缺乏对书画、图像等的注意，如研究宋版书递藏而不认识明清藏书印，整理明清人手稿而无法辨识行草书，其结论虽无误，行文难免小疵，则不免令人遗憾。正如徐有富在《朱彝尊年谱序》中称赞作者的按语、附考“为我们扫清了阅读与利用这部年谱的文字障碍”，更“可见作者在文献考证方面下了许多苦功”，大抵非过誉之言。然而，“说有易，说无难”，毕竟一个人的见闻有限，书囊无底，未有确证前，还是不要轻易斥古人成说“并不可信”为好。

海日楼头卧看云

——《沈曾植书信集》拾补

新编《沈曾植书信集》今年春节前面世，至年假后方才获读。每于卧前、枕上浏览，深佩许全胜先生的用功，在继《沈曾植年谱长编》出版之后的十多年里，他先后整理出版沈氏藏书目、著作集等多种，堪称沈寐叟异代的知己。而此前，就陆续在上海图书馆编《历史文献》中，见到部分许氏整理的沈曾植书札，此番终于集“八百八十首”于一册，不免让人想起王安石的一句诗：“看似寻常最奇崛，成如容易却艰辛。”

若说《书信集》的奇崛处，3月19日《上海书评》发表的冯峪靚《海日神锋照太白》一文，就书信中所见沈氏的政治见解、月旦人物、论诗“三关”等话题，已作揭示，此不再赘。在此仅对阅读过程中发现的小问题，聊为引玉而已。

首先，发现错字，实际上并不多。如沈氏致刘承幹第五通（页 169）有“闻有《草窗有语》，已购得否”云云。众所周知，宋刻本《草窗韵语》为南浔蒋氏旧藏至宝，并因此书而改其藏书楼之名为密韵楼，并据之覆刻，今其化身遍布海内外，而原书本尊却秘藏未出，想必有重见天日之期。此处《草窗有语》，许氏《沈曾植年谱长编》页 438 引文作《草窗韵语》，“有”字当系手民误植。

其次，收信人“仅知上款字号及佚名者”中，间有可考出姓名的。如仅知上款字号的第一家“楚生”，其第一通（页 444）云：

《骊唱集》签涂就奉上。游艺展期之款，前云提作公益。昨沈稚安、陆仲襄两君来言，图书馆经费似可于此中挹注（议似可行）。专请楚生仁弟父台台安。寐上。

许氏案语已揭出沈信中的“仲襄”为时任嘉兴图书馆名誉馆长之陆祖谷，时在民国十年（1921）。若再进一步，从沈曾植称呼楚生“仁弟父台”可知，收信人当时正担任沈氏故乡嘉兴县的父母官。略加检索，可得时任嘉兴县知事者为安徽休宁人汪莹，且汪莹恰好字楚生，他出任嘉兴县知事前，曾在温州任职。民国九年（1920）庚申仲秋，永嘉郑猷（1883—1943）曾作《送汪楚生之任嘉兴序》，文中言及：

休宁汪侯楚生（莹）以存记道尹来宰吾邑，甫下车兴废起衰，尤提倡实业为首务。……莅治六月，而量移嘉禾之讯至，舆人或太息而相告曰："趣挽留之，趣挽留之。"卒格于例，不电准。

据此推测，汪莹于1920年秋调任嘉兴。郑氏同乡友人梅冷生曾作《和邑宰休宁汪楚生》诗，可见汪楚生在任期间，与地方人士相处十分融洽。梅冷生的和诗，被收入汪氏所辑《瓯江骊唱集》中。回看前引沈曾植信，开头所说"《骊唱集》签涂就奉上"，显然，沈氏题签即为民国十年（1921）排印出版的《瓯江骊唱集》而作。

另如"与坤吾"一通称收信人为"仁兄同年大人"，其人见于沈曾植《恪守庐日录》中，排比沈氏同年好友之中，很可能是方连轸（字坤吾）。嘉兴博物馆藏沈曾植往来信札中，有方连轸手札一通，就称沈氏"子培仁兄同年大人"，全函见嘉兴博物馆编《函绵尺素》页154。

再次，《书信集》有失收之作。许氏在本书后记中，列举襄助众师友名单，内有提供家藏之沈曾植致金蓉镜尺牍复印件的美国普林斯顿美大学刘先先生，此外《书信集》"与佚名"第十六通民国五年（1916）九月二日"公祐来"云云，亦源自普林斯顿大学美术馆收藏，可见许氏搜集勤劬之旁证。近日偶尔浏览普林斯顿大学美术馆网上藏品系统，见沈氏手札图像一页，内容却并非收入《书信集》者，全文如下：

陈侍御书画六件送呈，乞察入。来信并奉览。名家故物，乱世穷途，公以护持善类为心，必有以应其缓急也。沕请游老晡安。寐上。

天气未佳，游当且住耳。

此札用“鹤寿不知其纪也”笺，和《书信集》“与瞿鸿禨”第三十五通图案相同，不免让人联想，二札是否作于同时呢？此外，又见沈氏致刘世珩子刘之泗（1900—1937）手札一通，附原封“刘大少爷台启 / 新闸路缄 / 外屏六幅 / 取收条”，合装一开，其札有云：

吴屏送缴，是真笔。第草书非其专长，然是正宗，是由吴郡而上溯永师者也。足下年少，能赏此书，甚难得。此问公鲁大兄侍祉。寐上。

《书信集》收“与刘世珩”二通，作于沈曾植去世前一两年间，彼时刘公鲁年方弱冠，而于书法鉴藏有心得，故被称赞年少、难得，自在情理之中。

以上所述，仅可视作微疵，实不足掩白璧之瑜。凡从事辑佚者，总不免遗漏，殆个人见闻有限，难以遍照，只需随得随补，毋庸求全责备，则于此有必要再加申明。

诗山文海　蔚为壮观

——评《清代诗文集汇编》

清王朝是一个文化高度繁荣的朝代，也是一个文献生产、文献流通、文献收藏意识更为自觉的朝代。有清一代，最为人称道者，莫过于朴学，故后人常常推重清人在经学、小学方面的成就。对于浩如烟海的诗文别集，或以有唐宋诸大家在而不足师法，或以其派别纷繁而望洋兴叹，有志于此者却因觅读诸家别集不易，每每希望清代诗文别集的集成之作早日问世。纵览先秦以来历代著述，集部文献最早仅《楚辞》之属，其后逐渐壮大，明清以后，数量更是超越经、史、子三部，成为四部文献之中最为庞大的一部。保留至今的清代诗文集的数量，超过了历史上任何一个朝代。这些著作不仅记录了清人的情感世界，还全方位地记录了清朝的历史、文化状况。要全面研究清历史、特别是从“人”的层面研究清历史，就不能忽略清代诗文集的研究。

自明清以降，就不断有学者对前人的诗文著作进行搜集整理，编订总集或丛书。从先秦至隋唐以前，诗有逯钦立先生所编《先秦汉魏晋南北朝诗》，文有清人严可均的《全上古三代秦汉三国六朝文》。唐宋以后，有《全唐诗》《全唐文》《全唐五代词》《全宋诗》《全宋词》《全宋文》《全元文》《全元散曲》《全元戏曲》《全金元词》等均已出版，或修订重版，《全元诗》也即将面世。而清代集部文献已出版者，仅《全清散曲》3册、《清文海》105册（收录清代1576位作者、18383篇文章）、《全清词》顺康卷及补编，相比宋元以前而言，整理出版工作仍显薄弱，有待于进一步发掘。

其实，早在清末民初就有学者、藏书家留意搜集清人诗文集。如山东济宁孙氏兰枝馆收藏清集近千种，浙江吴兴刘氏嘉业堂收藏清集达两千余种，曾专设诗萃室储之。天津徐世昌为编辑《晚晴簃诗汇》，曾大批搜购清集庋之书髓楼，并编有《晚晴簃未选清人诗集目》《已选清人诗集目》各一卷。徐氏《晚晴簃诗汇》作为诗歌选集，在当时被视为清诗的集成之作。近年来，古籍影印事业成绩斐然，尤其是《四库全书》（文渊阁、文津阁）、《四库全书存目丛书》及补编、《四库禁毁书丛刊》及补编、《续修四库全书》、《四库未收书辑刊》、《四库提要著录丛书》等一系列大型丛书的相继出版，对学术研究产生了巨大的推动作用。不过以上各书，收录清人别集的数量仍十分有限，

《四库全书》所收从吴伟业《梅村集》至汪由敦《松泉集》仅52种,《四库存目》收录435种,《四库禁毁》收录114种,《续修四库》收录658种,《四库未收》收录269种，共计1538种，内含不少重复者。特别是《四库全书》《四库存目》《四库禁毁》《四库著录》等，所收清人诗文集均集中在顺康雍乾四朝，断于乾隆三十七年（1772）以前,《续修四库》中与之重出亦复不少。如果稍加折抵，以上各种影印丛书所收清人诗文集总数在1000种上下，尚不及民国间吴兴刘氏嘉业堂所藏清集之数量。正因为清人诗文集数量众多，搜集整理不易，使得清代集部文献的研究和使用受到很大的限制。

进入二十一世纪以来，国内陆续有李灵年、杨忠等先生所编《清人别集总目》、柯愈春先生撰《清人诗文集总目提要》等大型书目的出版，这是清代诗文集版本、存藏情况调查的重要成果,同时也为编选大型丛书创造了条件。经过数年的酝酿与准备，中国人民大学和北京大学利用自身图书馆丰富的馆藏，并借印南北各馆藏书，合作主持编纂的《清代诗文集汇编》，终于由上海古籍出版社在2010年末影印出版了。

《清代诗文集汇编》是到目前为止，收录清代诗文集最多的专门丛书。全书收录清代3400余人，诗文集4000余种，诗文超过500万首、4亿字，精装800册（另有《总目录索引》1册)。《汇编》的整理、出版，是国家清史纂修工程开展以来规模最大的文献整理项目，也是迄今内容最为丰富、涵括最为全面、卷帙最为浩瀚的断代诗文总集。它所收录的诗文集种数，虽仅为现存清集总数的十分之一左右，但却已超过了一部文渊阁《四库全书》收书总量。仅从数量上看，它已相当于吴兴刘氏嘉业堂藏清集之两倍多，一旦此编入手，则所藏清集远胜于孙氏兰枝馆、刘氏嘉业堂、徐氏书髓楼。显然，《汇编》单从收书种数上，其优势就不容小视。

从编排顺序看，《汇编》以人物生卒年先后为序，所收录人物，从明万历八年（1580）出生的林古度（茂之），一直到民国三十年（1941）去世的张鸿（燕谷老人），尤其是乾隆三十七年以后数朝诗文集，无论质量、数量都颇为可观。尽管相对比《续修四库全书》之始于钱谦益（1582—1664）、终于王国维（1877—1927），从时间跨度仅多十余年，但在相同时段内，两者所收诗文集的数量还是相当悬殊的。此前数十年间，清代诸大家诗文著作几乎都有不同版本的标点整理本或影印本行世，《续修四库全书》编纂主旨与《汇编》不同，须遍及四部，权衡去取，故所收诗文集名家具备，以致未能兼收并蓄，反映清代文学创作的群貌。可以说《汇编》在一定程度上，弥补了这一缺憾。

从收书体例看，《汇编》也不同于有些选本的仅截选别集中的单篇文章，重新排列，而是原书影印，每一种诗文集具有相对的独立性、完整性。在版本的选择方面，以求全、求精、求善为原则，尽量选择足本，并在此基础上，求精善之本。一般优先选择初刻初印本，次及翻刻本、补刻本，并注意搜集后人补辑补注之本。以期更加全面地反映一个作者的诗文创作情况，省去研究者大量访查的时间。如明末清初著名的诗人钱谦益，除收录《牧斋初学集》一百十卷、《牧斋有学集》五十卷《校勘记》一卷《补》一卷外，还收录了《投笔集笺注》二卷、《牧斋外集》二十五卷，最后一种为《四库》系列丛书所未收，系清抄本，有民国间常熟学者丁祖荫校并跋。又如明末著名画家陈洪绶的《宝纶堂集》十卷，亦为《四库》系列丛书所未收，此种常见版本为光绪十四年（1888）会稽董氏活字印本，而《汇编》选印了南开大学图书馆藏清康熙三十年（1691）刻本。康熙本除美国哈佛燕京图书馆藏有一部外，国内仅南开大学图书馆藏有一部，对此本价值，沈津先生曾撰文论述。此本影印收入《汇编》后，顿时化身千百，此举无疑是为古书续命，而便利学人方面，更不待言。

读书要讲求版本，一个基本的理解是，要尽量选择最早的原刻本。之所以强调这一点，是因为原刻本最接近于作者的原貌。在清统治者严密罗织的文网中，清人文集曾被大量改动，尤其是《四库全书》的纂修，更是对收入其中的清人文集作了大量的删削、撤换。而在《汇编》中，凡有原刻本的，尽量使用原刻本，这就最大限度地保留了历史的真实。例如朱鹤龄撰《愚庵小集》,《汇编》本采用了康熙十年（1671）松陵朱氏刻本。拿这个本子与《四库全书》本相比较，就可以发现，康熙本的《胡姬走马》《闻牧斋先生讣二首》《假我堂文宴次牧斋先生韵》《牧斋先生过访》等诗题，在《四库全书》本中分别被改为《燕姬走马》《闻某讣二首》《假我堂文宴》《友人过访》等。《四库全书》本不仅改换了诗题，内容也有许多删改，例如在卷五《送陈孝则还云间》一首以下直接《连理榆》，而《汇编》所收康熙本还有《呈牧斋先生》《赠苍雪法师六十》《陪牧斋先生登洞庭雨花台即席限韵作》《和牧斋先生登莫厘峰同子长作》等诗。再如《汇编》所收宋荦《西陂类稿》卷一，有《送郭卧侯给谏还白门》诗一首，这首诗在《四库全书》本《西陂类稿》中已被删去。其删除原因，可能与诗中有“十年河决民劳急，千里屯荒庙算违”“一路疮痍堪洒泪”等反映社会衰败的内容有关。其实“十年河决”“一路疮痍”等语在《四库全书》中并不少见，例如在宋苏辙《栾城集》、真德秀《西山文集》中都可以看到，但那是说的其他朝代，自然无妨，而宋荦所说是当今朝代，这就犯了大忌。犹如四库馆臣将朱彝尊《曝书亭集》中有关描述当朝民不聊生、生灵涂炭等情景的诗作，如“春衣尽典谩嗟咨”（《春日南垞杂诗六首》之二）、“饥民载途……饿者日万余人”（《即事二首［并序］》）等统统删掉一样。《西陂类稿》原作的全部面貌，只有在《汇编》

所收康熙本中才可以看到。这就是原刻本的可贵。

读书要讲求版本，从使用者的角度看，当然主要不在于刊刻时间上的前后，而在于内容上的完善与否。因此从某种意义上说，版本的选择就是对图书内容的选择。有些图书的版本虽然成立在后，但经过后人的精心整理，使用价值更高。《汇编》从有助于使用这一角度出发，就收录了不少这样的本子。例如《汇编》所收清释读彻《苍雪和尚南来堂诗集》，就没有用民国三年（1914）刻《云南丛书》本，而是用了其后民国二十九年（1940）上海王培孙校印本。王培孙校印本除收录《南来堂诗集》四卷外，还辑有《遗文》一卷《补编》四卷，并有《附录》四卷，王氏对其集作了认真的校勘，内容更为完善。读彻(1588—1656)，初字见晓，改字苍雪，号南来，云南呈贡人。精通佛理，工于吟咏，其诗慷慨悲怆，王士禛《渔洋诗话》誉为“诗僧第一”。一时名流如董其昌、陈继儒、钱谦益、吴伟业等，俱与之唱酬。对这样一位重要诗人的研究，后来出版的王氏本自然更为有用。

在对清代名家诗文集，力求选影原刻初印的同时，《汇编》还发掘了一批珍本、孤本，其中稿抄本的收录就多达数百种。这些稿抄本大都深藏南北各地图书馆，有些鲜为人知，有些虽为学者所知，但限于主客观各方面原因，往往很难为学术研究所利用。《汇编》所收稿本如林尧光《萼园诗集》一卷、杜首昌《绾秀园诗选》三卷《绾秀园诗余选》一卷、邱象随《西轩诗集》六卷、吴农祥《流铅集》十六卷、焦袁熹《此木轩删后录》三卷、王懋竑《白田草堂续稿》八卷、黄叔琳《养素堂文集》不分卷、陶贞一《陶退庵先生文稿》十卷首九卷、顾栋高《万卷楼剩稿》不分卷、朱稻孙《六峰阁诗稿》六卷又一卷、阮学浩《缓堂诗钞》十五卷、鲍皋《海门二集》十卷《海门三集》六卷、叶凤毛《说学斋诗》十二卷《说学斋诗续录》十二卷、观保《补亭先生遗稿》不分卷、孔广棨《石门山人诗稿》一卷、张馨《荔门诗录》九卷、何德新《云台山人诗集》八卷、谢墉《听钟山房集》二十卷、金甡《红鹅书屋匠心集》不分卷、程瑶田《莲饮集诗钞》四卷、蒋士铨《忠雅堂诗集》不分卷《铜弦词》二卷、查虞昌《梧冈诗钞》十二卷、汪辉祖《龙庄诗稿》不分卷、曹仁虎《养愚村农吟稿》不分卷、高鹗《兰墅砚香词》不分卷、黎简《黎二樵未刻诗》一卷、郑辰《使粤草》不分卷、曹振镛《曹文正公诗集》一卷、江藩《乙丙集》二卷、舒位《瓶水斋杂俎》不分卷、张廷济《清仪阁诗文草稿》不分卷、改琦《玉壶山房词选》二卷《玉壶笺寄》一卷《画余词》一卷《泖东诗课》一卷《砚北书稿》一卷《茶梦庵随笔》一卷《续笔》一卷、凌曙《蜚英阁文集》一卷、梁章钜《退庵文存》四卷、袁通《捧月楼诗》四卷、昭梿《蕙荪堂集》不分卷《蕙荪堂烬存草》二卷、李祖陶《迈堂诗存》十九卷、潘挹奎《燕京杂咏》二卷《文稿》一卷、汪喜荀《抱璞斋诗集》四卷、张金吾《爱日精庐文稿》六卷、康发祥《小海山房诗集》十二卷、管庭芬《丱兮笔记》二卷、周勋懋《竹泉诗存前集》五卷《小蓬庐杂缀》二卷、徐同善《谭风月轩诗钞》不分卷、钟文烝《信美室集》一卷、徐用仪《师竹斋主人信札》一卷、翁曾源《寔斋诗稿》二卷、吴大澂《愙斋文稿》一卷、文GL《辽东吟草》不分卷、郑文焯《大鹤山人诗稿》七卷、黄人《尔尔集》二卷、林旭《晚翠轩集》一卷等，大多系首次出版。其中经学家有顾栋高、程瑶田、江藩、张金吾、钟文烝等，金石学家有张廷济、吴大澂等，还有如续《红楼梦》之高鹗的词稿，都值得引起注意。

《汇编》在每种诗文集前，除了记录版本、馆藏等信息外，还为每位作者分撰小传一篇，冠于该书卷首，此项为此前大型影印类丛书如《四库存目》《续修四库》等所无。作者小传均逐一列举其人姓名字号、生卒年月、籍贯科第、履历著述等内容，并撮述其生平及成就，兼有简要评论，最后附注小传撰写所用参考文献，为读者之研究与利用，提供了必要的辅助信息。虽然部分作者的小传由于史乘志传不详，暂付阙如，但合已有数千篇小传而观之，已相当于一部简明扼要的清人传略。

综上所述，若将《清代诗文集汇编》称为清代集部文献的集成之作，确是当之无愧的。它不仅在清代文学研究方面，具有重要的价值，而且也为研究清代政治、历史、经济、文化乃至学术史、思想史等，提供了大量的第一手资料。同时《汇编》的出版也将更有效地保护清代典籍。古籍保护与古籍利用是同一事物的两个方面。《汇编》采用影印的方式出版，是对国家古籍保护政策的有力支持，同时又为广大古籍爱好者、研究者提供了便利的、低成本的使用条件。

在《汇编》出版之际，我们还期待着《清代诗文集续编》的出版。这是因为：首先，《续编》的出版将可以更完整地显示清代诗文集的全部面貌。《汇编》收录的4000余种图书数量虽然已经不小，但毕竟离清人文集的总体数量还有一定距离。《续编》的出版可作为《汇编》的重要补充。

其次，将给广大研究者提供更多可以方便使用的清代文献。《汇编》中收录的图书，有一些已经有新印本，有的还不止一种，而《汇编》以外的图书，基本上未有新印本。同时这些图书收藏分散，使用极为不便。《续编》的出版，可以弥补这一缺憾。

再次，将更全面地反映国内图书馆的馆藏情况。目前《汇编》中收录的图书，主要来自国内几家知名图书馆，而广大高校图书馆、市县级图书馆，甚至包括部分省级图书馆等所收藏的图书，基本没有进入《汇编》。《续编》的出版可以更好地发掘这些图书馆的馆藏资源。

国内学者曾提出过编纂《全清文》《全清诗》的设想，

从目前情况来看，这些设想恐难以实现。《清代诗文集汇编》与《清代诗文集续编》等的出版，将能较好地反映清代诗文的整体面貌，也可以说部分地实现了《全清文》《全清诗》所要达到的目标。

摛藻新编　别开生面

——评《四库全书荟要总目提要》整理本

清代乾隆年间所编《四库全书》，是我国历史上规模最大的一部综合性丛书，它被誉为传统文化的总汇，古代典籍的渊薮。从二十世纪初以来，就有学者陆续提出要对《四库全书》进行续修、影印，惜乎因时势、政局等各方面因素所限，各项计划均未能完全付诸实现，而民国间由日本“东方文化事业总委员会”主持撰写的《续修四库全书总目提要》，及商务印书馆选印的《四库全书珍本初集》，可视为当时的阶段性成果。1969 年以后，台湾商务印书馆重印《珍本初集》，并续印第二至十二辑及《宛委别藏》。至 1982 年，台湾商务印书馆乃正式影印文渊阁本《四库全书》，于 1986 年告竣。未几，上海古籍出版社出版缩印本文渊阁《四库全书》。此举开一时风气，而后大陆地区又陆续编印了《四库全书存目丛书》《续修四库全书》《四库禁毁书丛刊》等大型丛书，为学者利用古籍提供了前所未有的便利。与此同时，对《四库全书》及其相关问题的研究，也引起国内外众多学者的关注，国内高校还设有专门的《四库全书》研究中心，在一些学术杂志上辟有“四库学研究”专栏。“四库学”的概念受到了愈来愈多的学者的认同，“四库学”资料得到愈来愈多地发掘、公布。较之于《四库全书》研究局面之热烈异常，学者对于约与《四库全书》同时编成的《四库全书荟要》的关注与研究，却仍显得十分不足。

其实，《荟要》作为纂修《四库全书》的阶段性成果，其价值确不容忽视。《四库全书》纂修之初，清高宗急于观成，因有撷其菁华，先成《荟要》之命。参修诸臣乃遵其谕旨，精选《四库全书》中部分图书编纂成《荟要》，其体例一如《四库全书》，只是规模稍小、选择略严而已。当时编辑此书，主要是供皇帝御览，所选版本颇为讲究。两部《荟要》编成后，一庋宫中摛藻堂，一庋圆明园中味腴书室。1860 年，味腴书室所藏《荟要》与文源阁本《四库全书》同毁于英法联军火烧圆明园之役。目前存世者，仅剩 1949 年移储台北“故宫”的摛藻堂旧藏那一部。较之《四库全书》七阁尚存其四，《荟要》就更显得格外珍稀了。1985 年，就在台湾商务印书馆影印文渊阁《四库全书》之前一年，台湾世界书局曾先行将《四库全书荟要》分装五百册影印出版。但因大陆地区在此之后的二十年间，未出现此书翻印本，故其流布不广，这直接影响到学者对它的研究与利用。2005年，吉林出版集团有限责任公司重新影印《荟要》全书，同样分作五百册，由于价格较昂，且未施标点，常人览读仍很不便。因鉴于此，江庆柏先生等乃选取《荟要》全书前之“总目”和各书前之“提要”两部分，合并标校，整理为《四库全书荟要总目提要》一书，于2009年11月由人民文学出版社公开出版。《荟要总目提要》将四百余种书的提要荟萃于一册，一书在手，《荟要》全书纲目可一览无遗，而阅读《提要》，按图索骥，其便利学人，自不待言。

《四库全书荟要总目提要》一书，收录提要四百六十四篇，按经、史、子、集四部排列。书前有《荟要》相关书影十五帧及赵生群先生序，总目后有江庆柏先生所撰《〈四库全书荟要总目提要〉概述》长文及整理凡例。《提要》正文前有乾隆上谕、参修诸臣职名、凡例。书后除了一般常用的书名、人名两种索引外，另附有《荟要》收录各时代作者一览表、《荟要》收录敕撰本一览表、《荟要提要》与文渊阁《全书》提要及《总目》同异比较表、《荟要总目》与《总目》著录图书来源比较表、《荟要总目》与《总目》图书分类相异一览表五种表格。《荟要提要》正文除了对每篇提要加以核对、标点外，并在每篇之后附注同书提要在浙本《四库全书总目》中的卷次部类、图书来源及中华书局1965年影印本页码、栏位等项。《荟要总目提要》在内容上与《总目》及文渊阁《四库全书》两提要（部分参校了文津阁、文溯阁《全书》提要）之间的异同，则以校记的形式附注于各篇下方。如此编排，对读者而言，阅读方便，校核也十分便捷。

《四库全书荟要》所收之书，虽多已见于《四库全书》。但由于其编修时间、参修人员、所用底本等与《四库全书》不尽相同，故《荟要提要》与《四库总目》提要存在着相当大的差异。这部分提要不仅对研究《荟要》本身成书具有很高的价值，而且对于研究整个《四库全书》的编纂也具有重要的参考价值。对于一般研究者而言，最关心的似莫过于《荟要》一书与《四库全书》两者之间的关系、有何差异，及其形成差异的原因何在？而《荟要总目提要》作为提要钩玄之作，较为准确而集中地回答了这些问题。对于两者在具体的分类、文字方面的差异，只要留心各篇提要之后的附注，就已能得其大概。若要对《荟要》及其《总目提要》有更深入的了解，先仔细阅读书前《〈四库全书荟要总目提要〉概述》一文，无疑是最佳的选择。

近数十年来，海峡两岸对于《四库全书荟要》的研究，较早的代表性成果有台北“故宫博物院”研究员吴哲夫先生所撰之《四库全书荟要纂修考》（1976年）。吴哲夫先生因长期在台北“故宫”文献处任职，直接参与了文渊阁《四库全书》、摛藻堂《四库全书荟要》等书的接收和清点工作，后来又参与了两书影印的相关前期工作，对两书俱有最为直观、深入的了解，《纂修考》即为其心得之作，筚路蓝缕之功，实不可没。但《纂修考》侧重于对《荟要》编纂过程及全书外在形制的考察，而未及就各书《提要》本身加以排比校勘、参订异同，在内容上略显单薄。而今《概述》一文，洋洋五万余言，从《荟要总目》的基本内容、文献价值、《荟要提要》的文献来源、与其他提要稿之关系、和《总目》之文字比较、和《总目》内容异同性比较六方面展开论述，正可补《纂修考》之未备。如取两者合观，将有相得益彰之效。台湾“中研院”研究员陈鸿森先生认为：“《〈四库全书荟要总目提要〉概述》一文，于《荟要总目》之文献价值，及与其他提要稿之异同，详其原委本末，读之获教良深，有益来学匪浅。……书中校记，并极详审明晰；《荟要总目提要》昔人留意者无多，今为表其微，自兹而后，学人案头不可少此书矣。”由此可见，《概述》一文无疑在《荟要》研究，乃至《四库全书》研究中，具有不容忽视的重要价值。从《概述》篇幅和内容来看，若再附上相关书目、表格，似可作为通论性著作单行出版，必能更好地发挥其普及学术的功能。

《概述》全文立足于对《荟要总目》本身学术价值的探讨，通过使用诸多具体例证，与《四库总目》进行详审的比较，突出其优缺点。如在“《荟要总目》对图书来源研究的价值”一节中，将底本的来源分作：敕撰本、内府本、各省采进本、私人进献本、通行本、《永乐大典》本六类，与《总目》比较统计后所得结果显示，两者相同的有 230 种（占 49.6%），两者不同的有 234 种（占 50.4%），这一结论可与书后附录四“《荟要总目》与《总目》著录图书来源比较表”参观，就更加一目了然了。

关于《荟要提要》各自的来源，《概述》通过对照现有史料，揭示了以下两个方面：主要是纂修官撰写的提要稿（即分纂稿），部分源于文渊阁《全书》提要。前者分别以翁方纲、姚鼐、余集、邵晋涵诸家分纂稿为例，说明分纂稿本身长短、优劣直接影响到馆臣对它的处理方式。其中，具有代表性的例证有邵晋涵的《辽》《金》《元》三史提要，由于篇幅所限，《概述》未详加论述，可参看江庆柏先生《〈四库荟要提要〉辽金元三史提要校议》一文（《南京师范大学文学院学报》2009 年第 2 期）。《荟要提要》与其他提要稿之间的异同，被分成两类四种，相同一类甲种为“全同”，乙种为“基本相同”，不同一类丙种为“差异较大”，丁种为“不同”。《荟要提要》与《总目》提要前一类有 107 篇，后一类有 353 篇，可见不同者占三分之二以上，具体篇目异同情况，可参看书后附录三“《荟要提要》与文渊阁《全书》提要及《总目》提要同异比较表”。

在《荟要提要》和《总目》提要内容异同性比较中，特别值得注意的是两者在学术观点、学术立场上，对汉学、宋学态度的不同上。众所周知，在《总目》提要中，一贯表现出“尊汉排宋的门户之见”，但在《荟要提要》却并非如此。这一点，在两者对待宋儒朱熹的著作的态度上，特别明显。通过对宋唐仲友《帝王经世图谱》、清圣祖《御纂周易折中》、清世宗《御定小学集注》、清高宗《御纂周易述义》诸书提要中有关内容的考察，不难发现“在《荟要提要》中能看到的对宋代理学的称颂、对朱熹学术思想和学术实践的肯定乃至褒奖，在《总目》中荡然无存”。《概述》提出在《四库全书》研究中，要注意纂修思想、学术观念存在一个演化过程，值得引起我们的深思。

《概述》通过细致的文字比对、精确的数据统计，使用详明的例证，从四库学史乃至清代学术史的角度，对《四库全书荟要总目提要》的价值作了深刻的揭示。对《四库全书荟要总目提要》存在的缺陷也并不讳饰，同时加以指出。《荟要总目提要》共出校记近三百条，校记本身有长有短，短者数字，长者数百上千字，视实际情况而定。其内容可分为纠正了文字誊写之误、纠正人名之误、纠正特有名词之误、纠正使用文献之误等几方面，足使人们通常认为《四库全书荟要》是专供皇帝御览，故考证精确、校勘精审、缮录认真、错讹极少的看法有所改变。

综上所述，《四库全书荟要总目提要》一书的整理出版，其工作的主体是古籍整理，却能兼顾学术研究，堪称古代文献整理的典范之作。古籍整理方面，虽只是对《提要》白文加以校标，编制相关索引，但要求严谨精密，不容有失，以方便学者了解《荟要》所收各书内容，更好地使用《提要》及《荟要》原书。学术研究方面，则体现在做整理工作的同时，对一手材料进行深入挖掘，发挥得天独厚的优势，广泛搜集、充分利用各项材料，撰写成《概述》一文，从不同角度对《荟要总目提要》作全面介绍，给读者阅读提供参考与指导。书后附录中针对《提要》本身特点所增编的五种索引，固可单独使用，若取与《概述》合观则更佳，可以说正是古籍整理与学术研究相结合的产物，相信利用本书者，必有同感。

书林遗韵　芸香不绝

——魏隐儒《书林掇英》读后

魏隐儒先生遗著《书林掇英》一书，早就期盼已久。在几年之前，曾看到贾文忠先生等相关的推介文章，只是一直未见此书出版，颇引以为憾事。对于魏隐儒先生，此前因曾拜读过他的《古籍版本鉴定丛谈》及《中国印刷史》等著作，虽说并不陌生，但对其生平，却未有深入的了解。从《书林掇英》一书前的作者小传，还有黄裳、杨殿珣、姚伯岳、贾文忠诸先生的序跋中，让我们对魏先生的一生事迹有了较为深入的了解。

魏隐儒（1916—1993），河北束鹿人。早年毕业于私立北平美术学院，师从李苦禅先生。此后曾历任北京、山东等地中小学教职。新中国成立以后，他被调入图书发行系统，供职于中国图书发行公司、新华书店、中国书店，后又任职于北京市文物局。著作除前举两种外，尚有《印刷史话》《古籍鉴赏》《藏书家传略》等，并曾参加《中国古籍善本书目》的编纂工作。由上所述，可知魏先生的前半生，主要从事教育工作，后半生因日与古书相伴，故精于版本之学。一提到《版本鉴定丛谈》和《印刷史》，无疑是魏先生在相关理论方面的代表作。至于《书林掇英》一书，则与前者截然不同，基本上是对所见古籍版本、行款等内容的客观记录。虽然没有前者那样具有创见性，不过对于古籍版本的鉴定与收藏源流，却有着重要的参考价值。

由于《书林掇英》是魏先生从二十世纪六十至九十年代，三十年间陆续对经眼古籍所作笔记，最初并未分类编订，且兼录所见之现代进步报刊，内容庞杂。此次选取其中古籍部分进行整理出版，主要是为了突出古籍善本这一主题，所以全书有了个副标题——“魏隐儒古籍版本知见录”。全书著录古籍近三千种，经过系统整理之后，被分成经、史、子、集、小说、戏曲六部分，丛书十种附后。全书仍采用传统的四部分类法。可能考虑到小说、戏曲两部分收书较多，故将二者独立于后，不仅使全书眉目更加清楚，同时也凸显出本书的一大特点，即对俗文学著作版本的关注，这也间接反映了当时古籍收藏的新特点。

《书林掇英》作为古籍知见目录，其性质与清初钱遵王的《读书敏求记》、清末莫友芝的《宋元旧本经眼录》颇相类似。至于民国间，坊肆书估，往往有贩书经眼录之作，如活跃于琉璃厂的孙殿起、王文进，就曾将生平经手、经眼之书详加记录，分撰成《贩书偶记》与《文禄堂访书记》二书，为近代书林之名著，其价值早已为人所熟知。此外，如孙殿起的外甥雷梦水编成《贩书偶记续编》，并撰有《古书经眼录》和《书林琐记》。北京的王子霖《古籍版本学文集》中也有《古籍善本经眼录》。杭州的严宝善撰有《贩书经眼录》。苏州的江澄波撰有《古刻名抄经眼录》。不过，由于民国间私营书店，古籍的买家身份仍属于商业秘密，有时不便公开，故早期的贩书经眼录对此多讳莫如深。而新中国成立以后，古旧书业公私合营之后，藏书的归宿不再成为秘密。至于学者访书所记，如路工的《访书见闻录》为访购古籍之随笔，谢国桢的《江浙访书记》则是赴江浙各公藏机构看书的笔记，多侧重于对书籍内容的叙述，反而对版本并不作细致的记录。

对于知见性书目的作用，黄裳先生在本书序文一开头就说："过去买旧书的人，开手时总得先备一两种目录书作参考，如《郘亭书目》和《四库目录标注》之类。"其中，《郘亭书目》即莫友芝的《郘亭知见传本书目》，与邵懿辰的《四库简明目录标注》一样，是标注同种古籍不同版本的目录。民国间著名藏书家傅增湘先生出外访书，必携一部《郘亭书目》随行，每见一书，版本为原目所未及者，即笔之于天头地脚、字里行间，在其身后，由傅熹年先生整理为《藏园订补郘亭知见传本书目》，至今仍是查考古籍版本最重要的参考书之一。邵氏《标注》亦经其孙邵章加以增补，有增订本行世。但由于莫氏《书目》与邵氏《标注》两目，收书均不出《四库全书》的范围，其价值自然受到了一定程度的影响。虽然后来增补过程中，已有很大的突破，但因知见性目录本身体例所限，对于一书的记录，侧重于版本、行款等几项，而其余则均付略如，不免略显简略。为了弥补这一缺憾，傅增湘先生观书笔记经整理后，编为《藏园群书经眼录》，除版本、行款之外，更附记藏印、题跋、藏家及观书时间、藏书流转等内容，可称详尽。而魏先生的《书林掇英》，其性质与傅氏《经眼录》相近，故黄裳先生认为其“上可与傅增湘的《藏园经眼录》相衔接，旁参王重民的《中国善本书提要》，百年来我国善本书的流转聚散，大致可以得到一个比较完整的印象了”。这一说法，乃因傅氏卒于1949年，其《经眼录》约止于是年。而《书林掇英》所录，是魏先生1956年入中国书店划价组后陆续所记，时间上可以说存在一定的延续性。

杨殿珣先生通读书稿后，曾将本书的特点总结为以下几方面：首先，全书收录的古籍善本数量多，质量高，记录详细；其次，对所著录之书，除了记录基本的版本内容、作者生平外，还谈及鉴定版本的心得和经验，如活字本的鉴定，一书先印本与后印本的区分，古书作伪的判别等，为后人积累了丰富的资料；再次，不但对古籍中的藏印逐一记录，以便揭示其递藏的线索，而且将当时古籍采访、出售等细节，也详加记录。这对今日了解各图书馆，尤其是北方各馆部分古籍善本的入藏情况，具有重要的参考价值。

其实，除了杨氏序文中所举特点之外，笔者就阅读所见，觉得尚有值得引起读者注意者。

第一，作为知见性书目，此类目录的价值主要体现在收售古籍时，为我们提供参考。但在使用此类书目时，也需要注意选择较权威且版本佳者。如黄裳先生序文所称之《郘亭知见传本书目》，因其在藏书家与书估间素具权威，故常被作为判断古籍优劣的依据。魏先生在《书林掇英》史部传记类明嘉靖刻本《皇明殿阁词林记》二十二卷一条中就提到，由于石印本《郘亭知见传本书目》“误著此书为三十二卷，书商收购时常据《郘亭目》欺骗卖主，以残书价收进，再以全书价卖出”。可见在判断古籍版本的优劣时，固然需要参考书目，但更重要的是仔细检阅原书再下结论。同时，这也告诉我们，古籍版本的鉴别，除了参考不同工具书外，实践及经验的积累也很重要。

第二，《书林掇英》虽与前列各种贩书经眼录性质相类似，但也有不尽相同之处。那就是除了对古籍来源、归宿作记录外，还附注古籍售价。书的来源，北京本地藏家之外，上海、福建、广东、宁波等地均有专人采访。至于古籍出售的对象则主要是北京图书馆、北大图书馆、北师大图书馆、历史博物馆、国家文物局、东北师大图书馆等，也有私人如郑振铎、赵元方、康生等，似乎多集中在北方。至于书价的记录，则是前人所鲜及者，很可能是魏隐儒先生充任划价员，这一得天独厚的条件所致。由于古籍的价格是不断波动的，魏先生书中并未逐一记录定价的年月，不过综合各书之记录来看，1956 年所见书记书价者最多，而大部分有价格的古籍应该是此后数年中所见，反映了二十世纪六七十年代古籍的价格，对于研究同时期古书流通活动与定价原则，无疑是重要的文献资料。

第三，作为将后半生献给古书业与古籍版本学的魏先生，徜徉书林三十余年，对于书林掌故早已熟稔于心，尤其是对北京地区的藏书与藏书家均有深入了解。虽然限于《书林掇英》本身提要式的体例，未能加以系统的阐述，但因提要本身分为记书和记人两部分，所以往往多连类涉及，留下了很多的线索。这部分内容又可分为几方面：如对藏书流散的记录，集部明嘉靖本《六朝声偶集》六卷条提及杭州汪氏振绮堂"所藏书于 1956 年散出一批，为北京隆福寺街修绠堂书店孙助廉访得，皆罕传善本，郑振铎、赵万里先生闻悉，争睹为快，分为购藏"，交代了全书中所记汪氏振绮堂藏书的北流一事。如对藏书家生平的记录，涉及捐书北图的赵元方、"文革"惨死的刘盼遂以及邓拓、郑振铎、傅惜华、于莲客等。其中，曾屡次提到康生，并记 1979 年夏在故宫南书房整理康生古籍所见书。如此种种，皆足备一时之掌故。

第四，由于《书林掇英》收录古籍善本数量众多，经过分类后，不同时期所见的同一种书不同版本记录汇聚于一处，对于考察一书的版本源流，提供了很大的帮助，书后附有书名索引，使读者检索亦颇为便利。如书中对《红楼梦》《聊斋志异》《西厢记》等，著录之详，读者一目了然。不过，有些古籍虽然只列了一个条目，但在提要中，魏先生却在叙述此书的刊刻源流时，同时开列其不同版本，有时甚至将先印与后印、原刻与翻刻也一并加以区别，穷原竟委，可称详备。这部分内容对于我们鉴别古籍版本而言，无疑是相当实用的。

不过，由于《书林掇英》一书篇幅巨大，为魏隐儒先生三十余年陆续所记，并经誊写，至今又据其书稿重加编订，文字讹误，在所难免。如第 4 页《诚斋先生易传》一条中“汪印文深”之“深”疑为“琛”字之误，此书乃汪氏艺云书舍旧藏也；第 5 页《汉上易传》一条中“王雨堂印”之“王”应是“玉”之误，此书经毛晋、韩泰华、袁克文、张元济诸家递藏，玉雨堂乃韩氏书斋名。第 36 页《考工记图》一条中“吴兴潘承厚承弼读书记”之“兴”应为“县”之误，潘氏兄弟为苏州吴县人。第 39 页《律吕古谊》一条中“赵次山学非昔”之“学”疑为“字”之误，“逮山楼”之“逮”应是“旧”之误，常熟藏书家赵宗建字次山，号非昔居士，藏书处名为旧山楼。以上只是随手录之，未能备举，但如此大书，此为小疵，白璧微瑕，实不能掩其瑜。

近几年来，随着古籍收藏热潮的兴起，相关的专业参考书逐渐受到大家的青睐。《书林掇英》作为这方面的著作，从二十世纪九十年代初谋求出版，经过十余年，至今才正式问世，虽然让人期待了很久，但对比雷梦水先生遗稿之不幸流散，难以收拾，魏隐儒先生可以说是幸运的，而作为后生能亲睹此书，我们同样也是幸运的。尽管有友人感叹，像此类著作一版之后，恐难再版，但我们仍然迫切希望，类似的著作能够不断被发掘整理，庶勿使前贤枉费心血，存其文献，可谓功德无量。

三十家　三十年

——读增订本《近代藏书三十家》

苏精先生所著《近代藏书三十家》，不管是在台湾，还是在大陆，无疑都称得上是一部近代藏书史研究中里程碑式的著作。屈指算来，从苏先生1978年首次在《传记文学》上，发表此书中的《抗战时期秘密搜购沦陷区古籍始末》一文起，至今已经过去了整整三十年。而本书1983年在台湾传记文学社初次出版以后，虽然当时两岸的学术交流没有今天那样频繁，但它却很快在内地学者间流传开来，其中不乏以复印件的形式流转于读者之手，足见此书在当时影响之大。而在此后的三十年中，随着学术研究的深入发展，近代藏书史的研究成果不断涌现。但今天重新拿起增订本《近代藏书三十家》来，却发现，它的价值并没有因为岁月的流逝而褪色，反而给人一种温故知新的感觉。

《近代藏书三十家》最初是以单篇文章的形式，刊发于《传记文学》等杂志上。由于杂志本身的要求，每篇文章虽然内容上存在差异，但主要的结构却大致相似，主要包括介绍藏书家的家世生平、藏书聚散经过、所藏内容特点、编印校勘或著述及与藏书有关的行实等项，并且都附有藏书家照片和手迹，与文字相辅而行，使文章显得图文并茂。值得我们注意的是，对于藏书家手迹、藏书印的选刊，对于读者认识、鉴别传主的笔迹，具有一定的参考价值，并非只具有一般的美化功能。此次新版对三十年前初版中的图片，作了很大增改，尤其是对传主手迹大量的增入，应该也是出于这方面的考虑。

在内容方面，增订本除了增入《周叔弢自庄严堪》一篇外，还对各篇内容作了细致的补订。旧版中部分内容，正如苏精先生在旧序中所说："有些藏书家的资料，明知目前仍然存世，实际却无法获得，例如大陆所藏盛宣怀的《愚斋图书馆藏书目录》十八卷、徐乃昌的《积学斋藏书记》四卷、吴梅的《瞿安书目》稿本等等。"所以当时虽然想将家世生平等五项完整加以介绍，却因条件所限，未能实现。此次增订，苏精先生对除梁鼎芬、梁启超以外的二十余家均作了不同程度的改定。经过了三十年，各种藏书史料的整理和发掘日臻完备，而海峡两岸的学术交流更是日渐频繁，这无疑为苏先生的修订工作提供了良好的条件。如《盛宣怀愚斋》中"愚斋藏书"一节就增入了有关《愚斋图书馆藏书目录》的介绍，并兼及愚斋图书馆藏书的归宿问题。《叶昌炽治廧室》一篇中，在《藏书校书》一节对叶氏藏书的归宿作了补充说明。《卢靖知止楼》中，在“木斋图书馆”一节中对卢氏藏书的归宿作了更详细的说明。《徐乃昌积学斋》一篇“积学斋藏书”中虽然未能如愿查阅到《积学斋藏书记》，但使用到了最近影印的写本《积学斋书目》。而《董康诵芬室》一篇内容，由于得到其子董申宝先生的帮助，对董氏生平事迹作了较多补正。类似的修订，只要对读本书的新旧两版，自然可以一目了然。

苏精先生对《近代藏书三十家》的修订，虽然多属细节上的打磨，却吸收了近三十年的最新研究成果和相关藏书史料，在弥补初版的某些缺憾的同时，也间接反映了近三十年海峡两岸在近代藏书史研究上所取得的丰硕成果。这在本书参考书目一项中，得到了很清晰的反映。

对于《近代藏书三十家》一书，虽然早在初版问世以后，国内的范凤书、徐雁、吴华诸先生曾分别加以评介，但三十年过去了，重新审视本书，却仍有值得我们深思的地方。

首先，《近代藏书三十家》以藏书家个体为对象，进行个案研究。虽然早在叶昌炽的《藏书纪事诗》中就一人（或数人）一诗，诗以系事，对五代以下一千多位藏书家事迹加以辑录，但由于体例所限，并未能对个体进行深入发掘。而苏精先生当时有鉴于“并非每家都详尽足征，有的家世背景不详，有的生卒时间不明，有的藏书事迹过于简略等等，如要等候资料齐全才着手整理，说不定都白头难待了，于是决定一面搜集，一面就其中资料较多的先行整理撰写”。正是这样的决定，最后促成了本书的问世。也正是这样的决定，使得本书在粗看之下，显得似乎没有形成系统，事实上却并非如此。

本书所收藏书家，大抵以生卒年先后排列，依次是盛宣怀（1844—1916）、叶昌炽（1849—1917）、卢靖（1856—1848）、李盛铎（1858—1937）、梁鼎芬（1859—1919）、叶德辉（1864—1927）、章钰（1865—1937）、宗舜年（1865—1933）、张元济（1866—1959）、董康（1867—1948）、邓邦述（1868—1939）、徐乃昌（1869—1943）、丁祖荫（1871—1930）、陶湘（1870—1940）、傅增湘（1872—1949）、梁启超（1873—1929）、王克敏（1873—1916）、丁福保（1974—1952）、叶景葵（1874—1949）、伦明（1875—1944）、张寿镛（1876—1945）、莫伯骥（1878—1958）、朱希祖（1879—1944）、吴梅（1984—1939）、陈群（1890—1945）、周叔弢（1891—1984）、郑振铎（1898—1958）、潘承厚（1904—1944）、潘承弼（1907—2003），外加南浔三家张钧衡（1872—1927）、蒋汝藻（1877—1954）、刘承幹（1881—1963）。所收人物起自清道光二十四年出生的盛宣怀，讫于2003年逝世的潘承弼，单从时间上看，纵贯了一百五十年，不

过他们的藏书活动，却主要集中在十九世纪末至二十世纪上半叶的近六十年中。这正是我国政局发生急剧变化、新旧思想的碰撞对人们产生巨大影响的时期。

在这三十多人中，既有叶昌炽、叶德辉等思想传统守旧的藏书家，他们所作的《藏书纪事诗》《书林清话》，在藏书研究史上起到了承前启后的作用，具有举足轻重的地位；也有吴梅、郑振铎等各家，重视历来为藏书家所轻之戏曲小说，其藏书活动明显带有新的时代特色。这三十余家中，章钰、董康、邓邦述、丁祖荫、陶湘、王克敏、丁福保、叶景葵、伦明、莫伯骥、潘承厚、潘承弼等十多家，近三十年中研讨者并不多，则本书的成绩无疑是显而易见的。至于其余十多家中，虽然出现了不少研究专著和论文，但由于选择的角度，以及材料的处理方法不同，本书所论仍具有很高的参考价值。值得注意的是，本书在个体研究上的成功，对近三十年两岸学者在藏书史研究过程中，可以说起到了典范作用。如书中对南浔三家、潘氏两弟兄的独到处理，都是值得称赞的。

其次，《近代藏书三十家》所收诸篇虽然各自成文，在对每家藏书的来龙去脉作详明介绍的同时，却也兼及近代藏书史上的各个重要事件，共同了反映出近代藏书史的概貌与特点，相当于一部颇具特色的近代藏书简史。

一、由于受到西方图书馆学思想的影响，近代藏书家中出现了将私有藏书化为公藏的举动，以便藏书更好地被学人所使用。如盛宣怀建设愚斋图书馆，卢靖捐建木斋图书馆，梁鼎芬在广州成立梁祠图书馆，丁祖荫之发起常昭中西学社，梁启超之倡导图书馆事业，丁福林之捐设震旦大学丁氏文库，均是这方面的例证。而本书中诸家藏书或先流入书市，再被收归公有，或直接归于图书馆，其最终结果却同样是由私家而公藏，可见这确是近代藏书事业的潮流。

二、由于受到近代战祸的影响，众多藏书家的藏书遭到灭顶之灾。本书中盛宣怀的愚斋图书馆，卢靖的木斋图书馆，获梁鼎芬捐书之广东省立图书馆、焦山书藏，张元济苦心经营的东方图书馆，归于涵芬楼的蒋氏传书堂藏书，均因战火而被毁。

三、鉴于近代战争对公私藏书的破坏，有识之士纷纷投身于古籍的抢救中去。傅增湘、胡适等曾为收购李盛铎木犀轩藏书居中接洽，章钰遗孀将四当斋藏书寄赠燕京大学，叶景葵、张元济等创设合众图书馆。尤其是郑振铎、张寿镛、潘博山、张元济等成立文献保存同志会，利用庚子赔款，在沦陷区抢救了大量的古刻名抄本，这些史实除了散见郑、张等篇外，本书附录《抗战时期秘密搜购沦陷区古籍始末》一文，更是对此事作了详尽的考察。至于《陈群泽存书库》一文，记述陈氏在抗战中大举收买古籍善本，则是对同时期另一类藏书家研究的代表性成果，不可否认，对此作客观的研究，也是必要的。

四、随着中外交流的频繁，近代藏书家中很多都有出国访书的经历，与此同时，国内藏书也出现了外流的现象。盛宣怀、李盛铎、张元济、董康、傅增湘等曾赴日访书，董康的《书舶庸谭》就是这方面的代表作。而盛宣怀、梁鼎芬、董康、陶湘等人部分藏书，在其身后流入日本，出现了与日藏汉籍回流相反的情况，成为今人研究中日藏书文化交流的新课题。

五、到了近代，藏书家中出现了不少专藏，各具特点，同时也体现了时代的特色。如叶昌炽以收藏地方先哲著作为重点，章钰收藏多钞校本并勤于校书，董康之收藏戏曲小说，邓邦述之藏名嘉靖本，陶湘之专收开化纸印本及闵凌套印本，傅增湘之勤访书、勤校书，叶景葵之收藏手稿本，朱希祖之搜藏南明史料，吴梅藏书以戏曲为主并兼收明版，周叔弢之专意宋元精刻本，郑振铎之热衷俗文学及版画书，张钧衡之嗜黄跋本及稿抄本，蒋汝藻之兼蓄宋元本及名家钞校本，刘承幹之重宋元明本兼收方志。从本书所载各家看，除了继承古人重视宋元古刻本这一特点之外，对于明版、稿抄本的重视，以及戏曲小说等俗文学的专门收藏，成为近代藏书的新特点。此外，如盛宣怀、卢靖、梁启超等，力求藏书以实用为主，在当时也具有一定的代表性。

六、近代藏书家热衷于古书的整理流通，除了传统的雕版印刷之外，又利用西方的先进技术，影印古籍。其中如盛宣怀之编刻《常州先哲遗书》，卢氏兄弟之编刻《湖北先正遗书》《沔阳丛书》，叶德辉之刊刻《观古堂汇刻书》《所刊书》《书目丛刻》等，邓邦述之编刻《群碧楼丛刻》，徐乃昌之编刻《积学斋丛书》《随庵徐氏丛书》等，丁祖荫编刻《虞山丛刻》，傅增湘编刻《蜀贤丛书》，张寿镛编刻《四明丛书》，张钧衡编刻《适园丛书》《择是居丛书》，刘承幹之刊刻《吴兴丛书》《嘉业堂丛书》等，均是利用传统的雕版技术，整理保存流传古籍，而其中又往往以保存乡邦文献为重点。至于在近代利用西方的影印技术，来流传古籍善本，功绩之大，首推张元济。他曾先后影印了《涵芬楼秘笈》十集、《四部丛刊》三编、《续古逸丛书》、《道藏》、《续道藏》、《百衲本二十四史》等书，在底本的选择以及影印的质量上备受后人的推崇。

此外，伦明所热心推动之影印《四库全书》以及续修《四库全书》活动，在民国间曾引起广泛的争议，其热烈程度丝毫不亚于二十世纪九十年代影印《四库全书存目丛书》的大讨论。虽然此事在当时并未完全获得成功，只选印出版了《四库全书珍本初集》。但受此影响，在日人桥川时雄的主持下，聘请专家学者撰写了《续修四库全书提要》，此稿的学术价值，仍有待于我们的整理与发掘。

纵观增订本《近代藏书三十家》，除了保持了初版原有的某些特色之外，在文字处理、史实订正、图片甄选方面，无疑都更臻完善。但由于此次修订工作“只费了一个月工夫”，虽然在这期间，苏精先生“心无旁骛，每日自晨至昏专一于此”，然而时间上的匆促，仍不免留下一些遗憾。如叶昌炽一篇中，对于治廧室藏书的流散，直接经手收买工作的苏州文学山房江澄波先生曾在《书林见闻》中作了详细记录，叶氏藏书身后归女婿王立勋（心葵）保存，抗战后由叶嗣孙叶锡蕃索回，由江氏经手售出，其中乡贤别集多由潘承弼选购。王立勋接手藏书时，曾编有书目底账。据笔者所知，叶氏《五百经幢馆藏书目录》一种，复旦大学图书馆、上海图书馆、北京大学图书馆均藏有抄本，收书近千种，其中包括碑拓一千多张以及敦煌卷子五卷。徐乃昌一篇中提到《积学斋书目》，却对《积学斋藏书记》未增加说明，其实徐氏藏书志稿本一种今藏上海博物馆，而徐氏日记数十册，黄裳曾于沪肆见之，后由吴则虞为西南师大购去，今藏西南大学图书馆。丁祖荫缃素楼一篇，提到其日记分藏“江苏省博物馆”和“扬州师范学院历史系”，其实丁氏淑照堂部分遗稿包括日记、诗文稿等上海图书馆也有收藏，而其书画录稿本则仍在私人藏书家手中。丁福林一篇说，丁氏捐书最多一次是捐给震旦大学，设立丁氏文库，但新中国成立后院系调整，震旦大学丁氏文库藏书转入复旦大学，故这批书今多在复旦大学图书馆。吴梅一篇提到吴梅手编《瞿安书目》，“称可惜这部书目未曾刊行，只知北京图书馆藏有两册稿本”。其实《吴梅全集》已出版数年，其中收有《瞿安书目》。

虽然《近代藏书三十家》因修订时间匆促，留有一些遗憾，不过白璧微瑕，固不能掩其瑜也。正如本书后记中所说，它“开近代藏书史研究之先声，史料闳富，别择确当，议论精辟，眼光独到，文字简洁雅致，迥出同类著作之上”。对于这些评价，《近代藏书三十家》确是当之无愧的。当拙稿初成时，意外在书肆中发现了它第二次印本的身影，足见它确实深受读者的欢迎。

盈卷编成翰墨缘

——读《清华园里读旧书》

四月去北京访书，两周以后准备离京之际，本想去清华园访刘蔷女史，虽事前曾约过，但很不巧她那几天偶染风寒，所以未去打扰，便匆匆南下济南了。五月初回到上海，获见她的新著《清华园里读旧书》，一口气读完，很是酣畅，恍若对面晤谈一般，似乎是对前月未晤的补偿。回想去年，也是这般初夏光景，在常熟的虞山脚下，有幸和她一同坐车去罟里镇，参加瞿氏铁琴铜剑楼纪念馆的开馆仪式。当询及近年著作有无结集出版的计划时，她笑答道，已经整理好，将列入徐雁教授主编的《观澜文丛》中，由岳麓书社公开出版。闻讯之下，既很高兴，也很期待，因为早已在很多不同的场合，就听师友们对她在目录版本学上所取得的成就屡有称道，而从海峡两岸的相关学术论文集中，也不时看到她的新作。想不到一年以后，她十余年辛勤耕耘的成果，如约呈现在了读者眼前，那么的素雅。

《清华园里读旧书》一书凡收录文章二十五篇，分作四卷，各有主题。卷一为藏书故实，收文六篇；卷二为目录、版本与书史，收文八篇；卷三为含英咀华、珍本特藏，收文八篇；卷四为清华大学的古籍特藏，收文三篇。书前有山东大学杜泽逊先生所作序文，在文中他真切地回忆了1994年认识刘蔷以来，十余年间刘蔷的学术经历，缕述其认真与辛勤，认为她的“学术经历可以说幸运的”。这与刘蔷在跋文《琅嬛福地翰墨缘》中自述1993年八月硕士毕业，到清华大学图书馆参加工作后的经历，详略互见，相辅相成，共同地展现了其自身学术成长的轨迹。

从本书所收文章的形式和内容看，严格来说，应归入学术论文的范畴，与一般意义上的书话之抒发性情、感想或记录看书、买书经历有所不同，属于研究性的著作。不过，单从书名看，好像是作者在清华园里翻阅书籍时，所作的隽永小品，应该相当闲适和从容。殊不知，当你仔细阅读之后，不免会大吃一惊。所谓的旧书，并不是地摊上淘来的旧小说、老期刊，而是价值连城的古籍善本。之所以这样取名，作者以为“这些文章，皆围绕古籍文献所作，又都是我到清华图书馆工作以后所写”，故总名为《清华园里读旧书》。所幸全书行文流利，对于学者与大众来说，均能愉快地接受。

全书所收文章，作者依照自己的标准，分为四类，每类一卷，但都与清华园有关。其中直接涉及清华园者，如卷一《杭州杨氏丰华堂》《金天羽及其天放楼藏书》，是对清华大学图书馆藏书的两个重要来源丰华堂、天放楼史实的考察。卷三中对戴震《续方言》手稿的介绍，则附及民国学者刘半农的藏书事迹，其藏书也是清华图书馆藏书的重要来源之一。同样对金天羽批校本《史记集解》的介绍，选择从书的角度，阐述金天羽在文献学上的成就，相对于《金天羽及其天放楼藏书》而言，无疑是间接而细致的补充。

不过，要说与清华园关系最为直接的，应属卷四所收三文。其中，《清华大学的古籍收藏》宏观上针对清华大学图书馆藏书的历史、规模、特色以及利用与现状几方面，作了简明扼要的概述，为读者了解与使用清华大学图书馆藏书指明了大方向。当读者读完概述之后，我想西迁馆藏古籍在战火中遭焚毁的始末与现状，可能会成为他们最关心、最迫切想知道的问题。而《战火劫难　古籍新生——记清华大学图书馆藏焚余书的修复》即是对焚余书的损毁、修复过程及其整理、研究诸问题，作了详尽的阐述，为读者作了很好的解答。至于《古彝文》对馆藏古彝文文献的介绍，除了对马学良先生的治学精神表示敬意之外，更为读者展示了与汉文古籍完全不同的另一个世界，利用第一手材料，对馆藏古彝文文献从形式到内容及其学术价值，作了深入浅出的揭示。结合卷三中对清华大学图书馆所藏元刻本《唐翰林李太白诗集》、俞樾批校本《水经注》、光绪《大婚典礼红档》以及六种四库进呈本、鲁之裕著作的逐一记叙，使读者对清华大学图书馆藏书的特色产生更鲜明而深刻的记忆。

就以上所举诸文可见，刘蔷的治学之路，确实立足于清华大学图书馆，但却又不仅仅囿于清华园。她从清华出发，曾南下苏州，拜访年逾古稀的顾氏后人，漫步于小巷间，寻找过云楼的旧迹，聆听老人对往事的追述，撰写《苏州顾氏过云楼》，数易其稿，为这深处小巷中的藏书世家，阐幽发微之功，实不可没。笔者在四月赴京之前，曾和她言及顾氏过云楼的现状，她表示并不十分让人乐观。对于像顾氏过云楼这样现存的藏书楼，除了作史料的搜集，撰写文章保存、介绍其事迹外，还需要到实地考察，真实记录其现状，以期引起大家的关注，将现存的遗迹很好地保存，传之后世，如果后人只能通过文字来了解它时，我想文章的作者是无论如何也高兴不起来的。

较之于《苏州顾氏过云楼》之史料结合实地调查采访的做法有所不同，卷一《徐𤊹的藏书及其目录学思想》、《高濂的藏书及其版本学贡献》及卷二《孙星衍的考据学思想及实践》等文章，则更多地以人为主，从纯文献的角度出发，系统介绍了明清两代著名的藏书家的事迹与学术成就。至如卷二《〈新仪象法要〉的版本与校勘》《〈帝鉴图说〉及其版本》《荣录堂与清代搢绅录之出版》及《海外佚存——哈佛燕京图书馆藏〈八千卷楼藏书志〉》等，则是以书为主，结合相关史料，从不同的角度，考察古籍的编撰、刊刻、流传，乃至书坊的兴替。从这部分文章看，不管是以书为主，还是以人为主，都充分体现出作者深厚的学养，在选择问题的切入点、材料的把握使用上，显得颇为老道。

在《清华园里读旧书》四卷分类的背后，不但能读出清华园、书与人等关键词，还应该不难读出堪称二十世纪显学之一的四库学。卷一《四库七阁始末》一文，分别从四库七阁史话、藏书建筑史佳话、四库七阁后话及旁话四方面，依次就四库的编纂、收藏、存佚、利用等问题作了较为详尽的论述，而卷二《“翰林院印”与四库进呈本真伪之判定》、卷三《清华大学所藏的六种四库进呈本》两文，则更具体到四库纂修过程中所使用的进呈书的鉴别问题，为深入研究《四库全书》的征书、登记过程及判定四库进呈本的真伪，提供了实证。至于卷二《清代武英殿刻书之组织运作与技术创新——基于匠作则例之考察》一文，是研究清代内府刻书的重要尝试，尤其是突出了刻书在经济史方面的研究，同时也涉及摆印《武英殿聚珍版丛书》问题，可视作是对《四库》出版活动的补充说明。

至于本书是否全无可议之处呢？在此却也不敢为贤者讳，如卷一《苏州顾氏过云楼》云“顾文彬所著的《眉绿楼词》《百衲琴谱》《过云楼书画记》诸手稿，被送至造纸厂，是苏州图书馆华开荣、叶瑞宝于零帙断简中逐册抢救出来，久之始成完书，现保存于苏州市图书馆中”，按《百衲琴谱》应作《百衲琴言》，乃顾氏词稿，现存七册。赴造纸厂抢救古籍时，叶瑞宝尚年轻，并未参加，主力人员是苏图的华开荣和古旧书店的李德元，此事曾向江澄波、臧炳耀等先生证实，此处或受谢国桢《江浙访书记》记载误导。《金天羽及其天放楼藏书》中“较为稀见的如冯桂芬民国十六年撰稿本《说文解字段注考正》”云云，按冯桂芬生于1809年，卒于1874年，民国十六年丁卯为1927年，此误推干支，应作同治六年（1867）。卷二《〈帝鉴图说〉及其版本》中记国家图书馆藏万历三年郭庭梧刻本中有“冯雒之印”“强斋”“南通冯氏景岫楼藏书”等印，按冯雒当是冯雄，字翰飞，家有景岫楼，小传见王謇《续补藏书纪事诗》。《荣录堂与清代搢绅录之出版》中“据李文藻《琉璃厂书肆三记》记载，荣录堂主人刘姓，山西人，于光绪某年开设南纸铺”云云，按李文藻（1730—1778）为乾隆时人，撰有《琉璃厂书肆记》，《书肆三记》为民国间书估孙殿起（1894—1958）所撰，故及光绪间事。以上所述，只是个人读书的一隅之见，容有未周之处，聊供参考。

总之，文献学论文素以细致精密著称，尤以揭示原始文献、考辨学术源流为能事，故给人的感觉，一般都比较严肃，不够活泼。老一辈学者中，如王重民先生所作论文，很多都是举重若轻而能巨细靡遗，与其所撰书志提要之严谨绵密不同，给人以亲切之感。今通读《清华园里读旧书》一书，给人的感觉，确实隐隐有老辈的风味，加之穿插在书中的各类生动的照片、书影，让全书显得图文并茂，无疑称得上是一部亲切的著作，想读此书者，必有同感。

第三辑

《枫下清芬：笃斋藏两罍轩往来尺牍》序

进听枫山馆，如今并不容易，因它是苏州国画院所在地，平时总关着门，不接待外客，这倒有点像清末时吴平斋的私家花园。在平斋写给三子吴承潞（1835—1898）的家书中，就说友人“屺堂饭后至听枫山馆，低回不忍去”（第三通）。彼时，听枫山馆连通着南部金太史场的吴宅，高墙深院，幽静恬淡。经历了百年的风雨，而今老宅早已不复往日模样，只有这小园虽换了门楣，却依然清寂如旧。

吴云（1811—1883），字少青，一字少甫，又字愉庭，号平斋、退楼等，浙江归安（今湖州）人。他是当时在江南镇压太平军的主要人物之一。清咸丰间，曾奉命总理江北大营营务，历署镇江、苏州、松江府事。其间一度失官，改佐薛焕幕府。同治三年（1853）以后，看淡了功名，吴云便索性退居林下，在苏城置了宅院，邻着怡园、曲园，不时与吴中诸老如顾文彬、李鸿裔、沈秉成、彭慰高等，举行雅集，赏画看帖，题诗作跋。一个个老头儿，变着样子，被画到《吴郡真率会图》《吴中七老图》里去，煞是有趣。

隐在苏州繁华闹市中的笃斋，日常的生活与那时的平斋有点近似。朋友来了，也是看画、喝茶。看手卷，边看边卷，不如翻册页爽利。画固然好，写意居多，字未必佳，却见性情。吴平斋的友朋书札（图 15、16），一册凡二十余人，名头有大有小，无关味道，却大抵可分成两类，如李鸿章、何桂清、薛焕、王有龄、张富年等，所言皆兵政事；勒方锜、沈秉成等，则谈雅集。正好对应着吴云做官与退隐的两段截然不同的生活，一武一文，一张一弛，透过纸背、笺痕、墨迹，仿佛依稀能看到吴云两张不同的面孔。

息影吴下，以书画古籍、金石碑版自娱的吴云，一直在与时间赛跑，陈介祺说他晚年著述一味贪快，力求速成，于是才有了《二百兰亭斋金石记》《两罍轩彝器图释》《两罍轩印存漫考》等传世。严谨的陈簠斋只留下一堆未定稿，散落各地。

说到收藏，那两百本《兰亭》早在咸丰末年就因战乱散失大半。记得吴云在同治元年（1862）十一月，遇到大诗人龚自珍的那个不肖子龚橙（孝拱），拿着家藏的欧摹宋拓《兰亭》册来访，展看之下，不禁让二百兰亭斋主人触景伤情，又不得不硬着头皮题了一段，说“《兰亭》帖二百余种，今已尽付红羊，所剩仅十之一二，尚多残缺不全”，说不出的苦涩，或许这就是为何听枫山馆中，只有平斋，不见二百兰亭斋。不过，得失往往命中注定，失了二百《兰亭》，吴云竟于十年间先后收获了扬州阮氏、苏州曹氏所藏的两只齐侯罍，满心欢喜，于是便在后园中专辟一室，名之曰两罍轩。之后的著作，遂多用此斋号。《两罍轩尺牍》是其中一种，此书刻本并不难得。昔日曾见过用红方格稿纸誊清的稿子，应该是当年付刻的底本，每通尺牍最后均附注日月，而今刻本已经删去，甚为可惜，更可惜的是，这部誊清稿早年散落，目下分藏在苏、沪两地，聚合无期。笃斋藏的退楼致汪鸣銮手札册，共计十三通，只有那一通六页长札，谈及《散盘》拓本者，收录于刻本，然已十分难得。这册手札，多用吴云自制的鱼符笺，上款或作柳门，或题郎亭，偶尔还夹杂汪鸣銮极少被提及的别号“潜泉”，可见两人的亲近，这是不足为外人道的。有人说“潜泉”难道不是杭州西泠的吴隐吗？要知道，平斋去世时，吴隐不过六龄童子，后面也就毋庸赘言了。

手札收藏，藏家往往轻视家书，大概因多说些家长里短、人情世故，一旦脱离原来的情境，不是毫无头绪，索然寡味，就是锱铢必较，面目可憎起来了。不过，也有例外。早在民国三十三年（1944），湖州籍藏书家周越然在市上见吴平斋家书一册，均是写给儿孙辈看的，谈为人、治学、读书、习字的大道理，周氏很喜欢，只是一时困窘，无钱购买，灵光一闪，他借了册页回家，节录成文，题为《吴平斋家训》，寄给《古今》杂志发表，同年就收入自己的集子。在《吴平斋家训》的序言里，周越然称祖辈与吴平斋交好，两家本有世谊。前所举的吴云友朋书札中，恰好就有周越然伯祖周学浚的手札。我们在感叹巧合之余，不免还要庆幸今人的眼福，居然比周越然还好。

吴云《示三儿书》九通，全是写给三子吴承潞的，时间约略距其去世不过两三年光景。若论有趣，仅记青铜器作伪一段堪玩味，其余谈论的话题，与《家训》风格相类似，惟更见老态。殆此时《吴平斋家训》的收信人之一、七公子吴承源已去世，钟佩贤曾为此专门致函慰问吴云（见友朋书札）。不过，谁又能保证，再过若干年，我们年逾古稀时，重新展读这册家书，是否会有迥然不同的心境呢！

己亥六月下澣，暑热难当，李军挥汗识于吴门声闻室

《笃斋藏吴大澂手迹四种》序

清同治四年（1865），苏州城刚从战乱中走出来，尽管家园荒芜，幸而离散的亲人重新欢聚在了一起，老百姓过日子，无非求个天下太平。这年春天，客岁刚在江南中了举人的吴大澂（1835—1902）跃跃欲试，远赴京师，参加春闱，可惜名落孙山，没能一举成功，失望落寞之余，深感京城所居不易，只得悻悻然踏上归途，返回阔别六年的故乡。从津沽坐轮船到上海，稍作勾留，游城隍庙，去跑马场，开过眼界之后回到苏州。正赶上咸同间在上海坐馆时的居停吴云（1811—1883，号平斋），三年前被人参劾，落了官职，隐居苏州，在金太史巷买宅筑园，故人相见，分外高兴。当时吴云方主持《焦山志》的重修事宜，吴大澂深受平斋青睐，应邀参与其事，并留下两人讨论焦山鼎的函札。对于这段往事，顾廷龙的《吴愙斋先生年谱》中有所涉及，但交代不甚明晰。吴大澂的《乙丑日记》稿本（图 17），虽然仅存两月的片段，却足堪珍视。

早在同治元年（1861），吴大澂就奉母命，与表弟汪鸣銮偕赴京师，应顺天恩科乡试。他因失利流落在京，遍访同乡戚友，对世道冷暖深有体会，幸好世居葑门南园的彭状元后人彭蕴章（1792—1862）伸出援手，请他到家中坐馆，课读幼子彭祖润（岱霖）。今《乙丑日记》附有吴氏致彭祖润等手札（图 18），颇疑此册日记曾经彭氏保存。

待到吴大澂同治七年（1868）得中进士，彭蕴章业已去世，落魄时并未雪中送炭的同乡潘祖荫（1830—1890）一改昔日的态度，对他分外热络起来。潘祖荫虽仅年长吴大澂五岁，但此时不到四十岁的他已官至吏部左侍郎、户部右侍郎，更是吴氏的座师。此后数年间，潘氏对吴大澂甚为倚重，除了帮办笔墨之事外，还请他入市物色青铜器、编订藏器目录、勾摹彝器图等，可以说吴大澂是潘氏《攀古楼彝器款识》成书的主力。吴湖帆旧藏有《潘文勤致吴窓斋手札》三百余通，弱半为编刻《款识》而发。吴大澂覆函，部分庋诸北京国家图书馆，上款径作“夫子”而不名。今笃斋所藏，亦其中之一册，察其内容，大率为同治十二三年间所为，可与《潘文勤致吴窓斋手札》对读。至于其书法则参用北碑，富金石气，与《乙丑日记》之未脱馆阁气息已是旨趣大异。

吴大澂的书法，一度是他仕途晋升的弱点。记得潘祖荫在致汪鸣銮的信札中不无担心地说，吴氏参加朝考，文章似无可挑剔，唯恐书法不佳耳。不过，这种忧虑并未持续太久。三四年后，潘祖荫在写给陕甘学政吴大澂的手札中，就对其书法大加赞扬，还不耻下问，请教临池的秘诀。同光之际，是吴氏书风骤变的转折点，不由让人联想到他在京师、特别是西北地区访古、摹古与传古等一系列活动，对其书风的直接影响。

光绪以后，吴大澂作札，往往篆、隶、行草并用，惟以对象不同略有区别。同道好古者如陈介祺、潘祖荫、王懿荣等，不时以篆籀书之。常人则皆以行书出之，国家图书馆藏《吴愙斋尺牍》（致陈介祺）七册，囊括诸体，洵足珍贵。而篇幅之长，目前所见当以《致续昌书札》册为最，盖一通即装成一册，洋洋洒洒，凡二十四纸，实属难得。

到了晚年，通过尺牍能与吴大澂论道的人陆续凋零，他的信函用大篆书写者几乎绝迹，步武黄山谷式的行书大行其道。《致谭钟麟书札》一册，可视作吴氏任湖南巡抚期间书风的代表，笺纸的阑格较早年所制要宽大不少，可能是愙斋特意为配合其书写习惯而定造。其内容多涉湘中民生问题，此册副页章士钊（1881—1973）题记中言及自己童年时在抚署外又一村，望见年届六旬的吴大澂，“头戴无顶凉帽伛偻缓缓前行，忧容可掬”。殆吴札作于甲午前，而章氏追忆此事已是五十四年之后。

自民国以来，作为临习书法的范本、一印再印的《楷书李仙女庙碑》《篆书周真人庙碑》《篆书李公庙碑》等，均是中日战争失利后，回任湘抚的吴大澂为求雨所书。《致谭钟麟书札》册与这几种碑拓作为吴大澂正式（公）与非正式（私）书风的实物见证，一同映照出他书法的庙堂方正与清劲洒脱，两者相辅相成，并行不悖。

从同治初年的《乙丑日记》，到同光之际的《致潘祖荫书札》，再到光绪中期的《致续昌书札》，最后到光绪后期的《致谭钟麟书札》，从中可略窥吴大澂三十岁以后近三十年间书风变化的轨迹。今笃斋将之汇编为《吴大澂手迹四种》，索序于余，爰缀数语，以为嚆矢云尔。

二〇一九年岁在己亥秋十月，谨识于吴门声闻室

陆恢《寄意山水册》序

陆恢（1851—1920），号廉夫，江苏吴江（今苏州吴江区）人。为中国近代著名书画家、金石家。家有破佛盦，藏善本碑帖甚富。历年来曾经眼其旧藏碑版数十种，不乏精善之品。其书取法北碑，刚劲醇厚。画兼得宋元明诸家之长，以山水名世，流传颇不少，而以摹古著称。近见嘉树堂藏《寄意山水册》，于一派静穆恬淡的传统文人画中，能见出政权更迭之际，画家内心之暗流涌动，兹略发其覆。

有关陆恢生平资料，在其身后，长子陆翔曾撰《事略》，并配以廉夫七十岁照片，石印行世，记其生平颇为详明。苏州博物馆藏陆翔自存之《廉夫公墓志铭》拓本一册，附装石印本《事略》，并有陆翔改字及题记，内容较通行本为优。陆恢祖父陆乾元无子，招赘顾孝德为婿，即陆恢之父。陆氏一族，以经商致富，然于祖、父去世后，家道中落。陆恢与母亲相依为命，曾一度弃贾，攻举子业，应试不售，乃复弃而专攻绘画，终其一生。陆翔在《廉夫公墓志铭》册题记中曾云“廉夫公平生注力于画，精神绝不旁驰”，此之谓也。

清光绪十三年（1887），陆恢举家从吴江同里镇迁居苏州城中。光绪十六年（1890）吴大澂因母亲去世，返乡丁忧，从装裱店中见陆恢画作，激赏之，邀其入怡园画社。光绪十八年（1892）壬辰，陆恢移居桃花坞。适逢吴大澂服阕，改授湖南巡抚，陆恢应邀入其幕府，随往湖南长沙，曾作《岳麓纪游图》卷、《衡山记游图》卷（八节）、《又一邨图》卷等，均由吴大澂保存，著录于吴湖帆《吴氏书画记》第一册中，附窸斋诸作后，足见其珍重之意。

清光绪二十年（1894）七月，中日甲午战争爆发，吴大澂主动请缨，率湘军出关抗敌，陆恢也一同随行。可惜次年兵败，吴氏回任湘抚，不久即遭罢黜，陆恢遂返吴门。光绪二十二年（1896），张之洞在苏刊刻《承华事略补图》，设局于拙政园笔花堂，陆恢为绘图之主力。此后行迹，据陆翔所述，曾历主吴兴庞氏、武进盛氏、平湖葛氏，而主庞莱臣虚斋为最久。《虚斋名画录》卷首凡例末一则有云：

赏奇析疑，雅资同好。陆君廉夫、张君唯庭、张君研孙同客寒斋，是录之刻，并预校雠。攻错他山，合应备列。

《虚斋名画录》刻于宣统元年（1909）。有学者撰文谓陆恢客虚斋二十载，恐未必如此长久。然尝见《虚斋名画录》稿，字迹颇似陆廉夫，是庞氏之言为不虚。庞莱臣所列三家中，张砚荪为张大壮（1903—1980）之父，另二家则与《寄意山水册》相涉，殆此册即陆廉夫绘赠张唯庭者。

张继曾（1869—？），字唯庭，以字行，号韡庐、韡庐居士。浙江人。前数年杭州西泠拍卖有张氏《敝帚千金》册一种，其自记云：

此余十余年前所画，六十三岁后因疾搁笔至今，不曾小涂大抹矣。偶检阅识数语。壬午芒种日，张唯庭。时年七十又四。

又上海敬华拍卖有张氏绘《苏轼像》轴，与其所作《高士松荫图》轴，同样钤有“唯庭五十七岁学画”一印，不过两者朱、白文略异耳。前者张氏自题云：

此余五十七岁时学画所作，迨六十后因病不复涂抹。今检奉克楚先生雅鉴。戊寅除夕，七十一叟张唯庭。

与《敝帚千金》册所述略同。壬午为民国三十一年（1942），张氏七十四岁，则其生于清同治八年（1869），陆廉夫较之年长十八岁。两人相识时，张唯庭似刚过而立之年。陆氏已年届知命，正值其画艺成熟之顶峰期，今观此册，堪称廉夫摹古讽今之妙品。

《寄意山水册》原装锦面红木夹板，题签出张唯庭手"陆廉夫寄意山水十帧。前后题二叶，甲寅仲春，辫庐"，并钤"辫庐"朱文印。时在民国三年（1914），距此册之成仅一年余。册前原有陆恢题引首"辫庐寄意十帧"大字二行，后有小字附记：

壬子夏秋间，静坐小园，感怀时世，检点朋交，因将与辫庐先生平生所讨论者，作十乐府题就正。陆恢题记。（图19）

下钤"陆恢之印"白文方印。边幅钤"张""辫庐"印。壬子为民国元年（1912），正是辛亥革命成功，清政府灭亡，民国肇造之际。陆恢虽未出仕清廷，但似仍以遗民自处，寥寥数语闲，托言以《乐府》题就正，讽今之意，显而易见。

册页第一开题曰《岭上云》，纯用水墨皴擦渲染，层峦叠嶂，远岑迷蒙，自记云：

表持赠意也。辫庐先生与予十载至交，其家世、境遇皆在胸中，故写此册时，罗而举之，是为首叶。吴下陆恢。

末钤“廉夫”白文方印。据此逆推十年，两人之相识约在光绪二十八年（1902）壬寅。此年正月二十七日，吴大澂病逝于苏州城内南仓桥新宅。陆恢却早在数年前就已不再是愙斋的入幕之宾。据其跋《汉车骑将军冯绲碑》署“壬寅九月，在都中识”知，陆恢该年曾北上京师。但从庞氏《虚斋藏画录》于清宣统元年（1909）就已刻成推测，陆氏早已作客虚斋数年之久，或许从吴大澂罢官回乡后，他就从愙斋转入虚斋。因吴大澂对庞莱臣之书画鉴藏赞赏有加，一度想将自己的藏画转让予庞氏，陆恢这等人才，想必他也乐于向庞氏推荐，一来对于虚斋之书画收藏有很大帮助，二来于陆恢本人之绘画技艺、鉴赏水平亦有裨益，且能在经济上对他有所资助，可谓一举三得。

第二开题曰《楹书叹》。书斋数楹，老树三株，朱栏为限，斋中架上，书籍堆积，一人伏案，回首窥书，勾描颇为细致，自记云：

怀先泽也。辨庐仰承祖德，五世忠清，作此图以示不忘。陆恢。

下钤“恢”白文方印。此记张唯庭家世，书香门第，五世所传，君子之泽，盖欲为后之遭乱为铺垫。

第三开题曰《风雨来》，以水墨画米家云山，自记云：

言时世将乱也。相彼雨雪，先集惟霰。言事有先几。辛亥以前，时当承平，而富商大贾皆以被欺失业，人心一坏，运用不通，有心人已为寒心。陆恢。

下钤“恢”朱文方印。山雨欲来风满楼，顾名思义，追述辛亥以前，满清政治民生早现败势，民心已失，注定灭亡，已经无人能力挽狂澜。

第四开题曰《桃源想》。一溪蜿蜒，桃花盛放，两岸妍丽，远岑依稀，一山中空，云雾缭绕其上，自见桃源入口。陆氏记云：

嫌世局促也。此时处处相同，无可迁徙，故作此想。恢。

下钤“恢”朱文方印。由“风雨来”而想到“桃源想”，不过是文人士大夫逃世的空想而已。

第五开题曰《落花风》，为暮春景象，近处杨柳舞风，花自飘零，一径曲折，老叟策杖而行，将过木桥，道路尽头，云山雾绕，虽已渐露败色，尚可见春景。陆氏自记云：

悲乱离漂泊也。自去岁至今秋，经兵火之处，或丧其业，或失其人。与辨庐处此世而得以仅免，亦云幸矣。

下钤“廉夫”白文方印。前数帧从国家、族群之角度言世变之影响，此从个人命运说其事业、生命，由宏观而个体，是将个人之体悟、心境融于景色中。

第六开题曰《几微节》，墨笔竹石图，取其一角。竹取其节，石取其坚，殆有所寄托也。陆氏自记云：

表心迹也。国家爱惜民生，不忍付之锋镝，捐除专制，共赞和平，士大夫君存与存，不敢显谈节概，而故国之思，终不能泯没。故仿梅道人嫩竹以记意焉。恢。

下钤“廉夫”白文方印。自前一帧之情感转折开始，此帧画面虽简，题记寓意转深，盖已将国家、政权分别开来，而引入爱惜民生、捐除专制、共赞和平等思想，惜不能完全摆脱故国、节概之禁锢，虽是实情，亦一代人无可如何之窘境。

第七开题曰《黄粱梦》，荒郊逆旅，一人卧梦，邻舍炊烟袅袅，描摹实景。自记云：

感世变也。吾辈曾居幕府，屡与军谋，亲见升沉，同尝梦味，故相与图之。陆恢。

下钤“恢”朱文方印。此处自述曾居幕府，想必即吴大澂幕府。“亲见升沉，同尝梦味”尽管只有八字，若以居停主人吴大澂的仕途升沉来参照，个中甘苦滋味，非可为外人道。而作此图时，吴大澂恰好去世十载之久，不免生人琴之感。岂料十年之间，又发生如是沧桑巨变，乃冠以“黄粱梦”，引古入今，参用今典，恰如其分。

第八开题曰《书画船》。田亩小桥，枯树黄茅，水中小舟，满载书画，高士俯仰其间，得鉴古之乐，而忘时世之纷。陆氏自记云：

志娱情也。簳庐主人弃官后，以书画自娱，遇古名迹，不惜橐金，易归把玩。若逢真赏，不妨相换，与秘不示人者异矣。廉夫记。（图 20）

下钤“恢”朱文方印。此处似记两人在庞氏虚斋之生活，仿佛古之隐士，乘书画船出游，以自娱乐。爱物而能不役于物，赏鉴古物，但得其趣，不求占有。此二人性格相近，气味相投，年龄悬殊，终成挚友。

第九开题曰《秋声感》。墨笔勾摹，园外古木森然，水竹萧萧，一石兀立于垣内，高士坐于屋内，静听风木之声，此情此景，全从《秋声赋》中化出。陆氏自记云：

叹老境将至也。恢。

下钤“廉夫”白文方印。作此图时，陆恢年过花甲，自感老态渐萌，浮沉浊世大半生，而天下骚动，群情汹汹。时至暮年，居所未定，不免有欧阳修悲秋之感。据穆清邈斋藏陆恢《挂印封侯图》轴，末署“乙未秋八月，吴江陆恢在苏垣新筑之破佛盦病起识”。乙未为民国四年（1915），是年八月，陆恢乃移居苏州河沿街之新宅，直至去世。

第十开题曰《岁寒交》。两松交柯，一干苍劲挺立，一干虬曲横卧，而掩以湖石翠竹，各逞高节。陆氏自记云：

言各葆晚节也。辨庐与予经此艰难，各进一番阅历，未始非学问之益，故勖君而兼自勖焉。壬子秋，恢记。

下钤“恢”朱文方印、“廉夫”白文方印。陆氏所述简明扼要，以青松翠竹，岁寒不凋相勉励，更是自勉。册后更有陆恢题跋一开云：

余客沪江庞氏寓斋，时与辨庐几席相接。遇有余闲，共将主人藏画深心讨论，固十年谈艺友也。凡宋元明名迹及国初诸老之精微，余所醉心而略有所获者，辨庐能知之。故仿古人笔，以正知己，以各幅先详题意，不及表画法所自，复册后揭之。陆恢又跋。

下钤“吴江陆恢”白文方印、“廉夫画印”白文方印。

由此可知，此册之作，恐是历经辛亥之变，天翻地覆，虚斋主人庞莱臣及陆、张诸客均未遭此剧变，先作解馆、返乡避乱之计。陆恢、张唯庭分别在即，廉夫作此册，留念。乃将个人之遭际，分为十题，拟乐府名，仿古人法，各作一开，而成陆恢传世画作中罕见之品。

民国九年（1920）六月，适逢陆恢七十大寿。师友齐聚陆府，为之做寿。《廉夫公墓志铭》册中所附石印本陆恢照片两侧，有一九五三年陆翔题记云：

建国九年，岁次庚申六月六日，廉公七秩生辰。是日天气晴朗，诸亲友及门弟子群集破佛盦以祝。时顾西津丈亦命驾以来，廉公周旋饮食，绝无倦容。并自书一联，曰：坠地忽逢天贶节，人生难得古稀年。命悬堂中，旋命摄影，即此处所复制者。廉公留影不多，尚有四十余岁时与王冠山大炘等四人合摄一帧，今尚谨藏于家。

吴大澂的嗣孙吴湖帆（1894—1968）早年师从陆恢学画，后成为一代画坛宗师。不过此次聚会时，吴湖帆年仅二十七岁，属于后生才俊，不像过云楼第三代主人顾鹤逸（1865—1930）那样早已声名远播，故陆翔题记中未特意提他。吴湖帆却藏有陆恢《绝笔扇面》，并附其题记：

庚申六月，先生古稀正寿，余往祝嘏，犹见谈笑兴高，精神矍铄。中秋后，以是扇乞画，许以重阳后为约。孰知九月十二之晚，骤病中风，十三日竟作故人。是扇图稿已成，惟未设色耳。呜呼！先生与吾家友朋，渊源亦云深矣。留此绝笔，永结墨缘，可不宝诸。

从上可知，陆恢生辰为六月六日，中风去世时，距其作《寄意山水册》，不过八年而已。这八年间，陆续发生二次革命、袁世凯称帝、护国运动、府院之争、张勋复辟、五四运动等，陆恢定居的苏州并未受到过多的影响，是以未再见其有类似借古讽今、寄托身世之作。

火传薪尽家风在

——《余少英遗墨》跋

近代昆山人才辈出，南社中如胡石予、余天遂，均为蓬阆镇人，不仅有诗文之酬酢，更有同乡之谊，故交往至密。余天遂（1879—1930），字祝荫，号荫阁、大遂、大颠、颠公、疚侬，别署三郎、仇僧、效鹤等，室名天心移、海天雁行楼等。出身于中医世家，其父余少英为昆山有名的郎中。胡石予（1868—1938）年长余天遂几岁，而比余氏晚去世八年。胡氏去世多年后，在草桥学舍教书时的学生郑逸梅曾为其编《胡石予先生年表》，其中1907年丁未提到“忘年交余少英逝世，天遂父也”[①]。又1917年记“过南溪老屋，余少英旧宅，有诗”[②]。可见他与余天

① 郑逸梅《郑逸梅选集》第四卷，黑龙江人民出版社，2001年，页446。
② 同上，页447。

遂不仅是同乡，还是世交。

最近昆山博物馆刘军先生先后有《身兼众才艺　好义性近侠——论文坛隽才余天遂》[①]《余天遂与他的书画艺术》[②] 等文介绍余天遂的生平与艺术成就，提及其祖父余子英（1804—1860）寄居苏州城内阊门下塘，遇庚申之难而卒，年五十七。父余少英（1836—1907，字信卿，号秉珪）退居蓬阆，娶曹氏，四十四岁生天遂。对于余少英的生平介绍并不多，陆家衡先生《玉峰翰墨志》只收录了余天遂，而未及其父。因想起本馆藏有余氏家藏《余少英遗墨》册一种，对其生平及书法成就，可略作补充。

《余少英遗墨》册，原配木夹板，上有签条，余天遂题“先子少英公遗墨。己未菊秋，天遂敬署”，并钤“遂”字朱文方印。己未为民国八年（1919）。册页共计十八开，前五开为余少英手书诗词，天头均已残损。第一开录陶渊明《桃花源记》一段：

忽逢桃花岭（林），夹岸数百步，中无杂树，芳草鲜美，落英缤纷，渔人甚异之。复前行，欲穷其林，林尽水源，便得一山。山有小口，仿佛若有光，便舍船从口入。初极狭，才通人，复行数十步，豁然开朗，土地平旷，屋

① 《关东学刊》2016 年第 7 期，页 78—91。

② 《文物鉴定与鉴赏》2017 年第 2 期，页 60—63。

舍俨然。

末署“壬寅菊秋，珪无聊书，时年六十有七岁”，并钤“少英”朱文方印。第二开录清道咸间才子缪莲仙诗：

倾怀且饮三杯酒，知己何妨一样贫。酒可赊来须尽醉，诗能和得那言贫。

磨蝎终身［人］命宫，只应呼作信天翁。依人作嫁客非美，以笔为耕岁不丰。（图 21）

末署“右录缪莲仙句，时壬寅初秋。珪涂”，并钤“少英”朱文方印。第三开录唐代李颀《送魏万之京》一诗：

朝闻游子唱骊歌，昨夜微霜初度河。鸿雁不堪愁里听，云山况是客中过。关城曙色催寒近，御（苑）砧声向晚多。莫是长安行乐处，空令岁月易蹉跎。

末署“壬寅中秋录唐人句。于南溪老屋，珪无聊书”，并钤“少英”朱文方印。第四开书唐人诗两首，一为杜甫《客至》：

舍南舍北皆春水，但见群鸥日日来。花径不曾缘客扫，蓬门今始为君开。盘餐市远无兼味，樽酒家贫只旧醅。

肯与邻翁相对饮，隔篱呼取尽余杯。

一为刘长卿《自夏口至鹦鹉洲夕望岳阳寄元中丞》：

汀洲无浪复无烟，楚客相思益渺然。汉口夕阳斜渡鸟，洞庭秋水远连天。孤城背岭寒吹角，独戍临江夜泊船。贾谊上书忧汉室，长沙谪去古今怜。

末署“壬寅秋日，录唐人句。珪书”，并钤“少英”朱文方印。第五开录诗五首，出自《醒世千家诗》中毗陵生之《荒淫悔过词》：

情丝一缕苦缠绵，抵死春蚕暗自怜。到此方知成泡影，当初错认是良缘。

风情自负慕名流，倚翠偎红几度秋。不少老成传药名，迷楼何日肯回头。

美人才子播芬芳，自负情痴乐逞狂。此日方知皆毒药，歧途端为慕西厢。

目空海内气飞扬，每笑迂拘厌矩方。盖世才华成底用，算来终不敌无常。

顾影翩翩玉树枝，那堪骨立病难支。茂林莫救相如渴，春梦而今醉已迟。

末署“壬寅菊秋，偶检《悔过诗》，抄录五首。末句第五字非‘醉’字，‘醒’字也。珪雨窗无聊书”，并钤“少英”朱文方印。壬寅为清光绪二十八年（1902），余少英六十七岁，距其去世还有五年之久，但据此后余天遂题记，知其久病缠身，已见老态：

先君子晚年手震异常，惮于作书。天遂以手泽无存，心常忧之。岁在壬寅，备生宣若干，请随意消遣，仅得此五页。时已多病，常痰嗽终宵，故倦态愈甚，不乐为此矣。此数纸已经腐蚀，恐再有损失，急付装池。

虽然跋文未署年月，从题签与之后诸家题记推定，应写于民国八年（1919）秋，距余少英去世已经十二年，故而出现纸张腐蚀的情况。此册后题跋各家，以胡石予居首，缘其与余氏父子两代人均有很深的交谊，故他一题再题，将与父子二人的往事择要记之，其一云：

己未立春之十二日，天遂以其先君子少英先生书册邮示，属为之跋。先生长蕴年三十有二，与蕴为忘年交。蕴馆南溪周姑丈家，时相过从。先生善医能饮，间为小诗，意洒然。笃于朋谊，不以境累其心。以丁未之夏谢世，年七十有二。今一星终矣。披览遗墨，恍若重亲謦欬。春寒犹厉，风雪一窗，不胜念旧之感云。正月二十一日，胡蕴书于吴门草桥学舍。

末并钤“蓬阆乡人”白文方印、“胡介生蕴”朱文方印。当时他在苏州草桥学舍任教，余天遂在上海，故以此册邮寄求题。据胡氏所述，他与余少英的结识，始于其馆南溪周家，并提及余少英去世的时间，不胜感慨，遂于同一天夜间再题、次日三题：

蕴出门前二日为上元灯节，晚餐毕，儿辈挈诸孙游南溪。蕴与内子坐小阁中，语及去岁今夕，泊舟娄关外，痛苦呻吟达旦，慨然久之。盖内子以足疾就医天赐庄，又以内证发遽，甚怕客死，急买舟还。余亦以数夕不寐，目赤肿也。回忆二十年前，内子曾患足疽，经多医不效，得先生药膏，势遂平。去岁舁疾出门，实不得已，因叹想先生不置。余又谓，曩于元宵每偕二三知友为观灯之游，相与过先生南溪老屋。先生父子恒煮佳茗以待，今朋旧星散，意兴萧索，倦于征逐矣。既来吴门，得先生书册，因并所语识之。二十一日灯下，蕴又书。

丁巳正月有诗一律，题为《过某氏故宅》即谓南溪老屋也。附录于下：

尊酒曾为座上宾，十年尘海感无垠。偶因暇日游乡校，每过南溪念故人。邻社犹存银杏古，芳园已断玉兰春。一时寄与迁流客，应有青衫泪点新。

又辛亥秋作《叹逝》十四首，其三云："老树杈枒古庙邻，座中时复接嘉宾。贤郎近作无家客，再过南溪愁杀人（谓先生也）。"其十云："长吉心肝古锦囊，替卿收拾泪凄凉。寒宵风雨疑闻鬼，只绝有才惜早逝。"余采其遗稿入《蓬溪诗存》。二十二日，再为天遂吾弟书，胡蕴。时目疾小愈。

第二次题记中，回忆余少英医术之高明；第三次题则将怀念余少英的诗作加以抄录，这部分内容见于郑逸梅所编《胡石予先生年表》。收到胡石予的题跋后，余天遂深为感动，不仅专门写信致谢，还将回信中的主要内容，抄录在此册之胡石予题跋后：

敬奉手书跋语，所以爱先人者备至。先人一生沉晦，虽于人无恶，于人己无亏，情足以孚乡里，而名未能传后世。区区才艺之末品，只足为子孙之宝，而未显于当时。今得借重鼎言，亦可以不休矣。感何如之，谨为先人泣涕俯伏以谢。跋后附及伯均姊丈，尤增感不已。念先姊当时衣不解带，侍疾三年，致目渐失明，足尽臃肿。伯均殁后三月，而病亦不起，其艰苦卓绝之状，辄欲约叙数语，送之志局。第恐当事者拘守成例，限于节烈贞孝，先姊之事，无可归类，必不收采，不知刘向创《列女传》原不限于偏奇之行，我辈在外，既不暇与闻，则亦听之而已。

升孚家叔云：王君受尹欲续刻《昆山诗存》，征集遗稿。知先人亦间有吟咏，属收拾寄去，奈已片纸无存。先人之诗，原不过偶然遣兴，即存亦无多。据遂少时所得知者，与沈雨香、周颂渊、周崇夫诸父执唱和颇多，唐家甘露花开，里中诸先生莫不有诗。先人曾一咏再咏，并手钞诸先生之作，与崇夫先生评论甲乙，挑灯酌酒，兴复不浅。遂时尚幼，未知美恶，但偶坐观听而已。及后稍解推敲，犹见此类诗稿杂叠书夹中。遂毁家时，移藏城内，几经迁徙，乃不复见。又闻先人云，早年曾与赵养甫姻伯、童伯恬先生唱和于江湾避难之时。其后，与钟少梧先生亦略有推敲。此皆在天遂未生以前之事，不获见一字矣。先人固未尝以诗求名，亦未尝专心为诗，或自以为不足存，而早毁之未可知也。书法生平最用功，然常以质性粗劣之纸书之，亦自以为不足留也。直至暮年，龙钟已甚，始应遂之请，求书此斗方五纸。然非精华矣，徒见老态之颓唐耳。乡间有筑室者，辄索先人题门额，遂记得数家。曩曾访之，颇可观玩，独惜不署名，则又见先人之谦德也。久后，又谁知先人所书哉！他日当用摄影法取之，未知能如愿否。思之怅然。

伯均之诗，忆只存十九首，能以函丈选入蓬溪诗存者录寄家叔，俾交王君，先刻入《昆山诗存》亦算不没英才也。

右答谢石予夫子书，因关涉先人之事，故节录付装。

己未春，天遂谨志，时客沪北。

从上文第一段可知，余天遂的姐姐因服侍患病的丈夫而双目失明，并于丈夫去世不久后病逝。除余天遂外，知名者尚有族妹、爱国侨领余佩皋（1888—1934）及其胞弟余寿浩（1905—1957）。第二段谈及余少英早年诗作、书法等往事，对我们了解其早年的经历有一定帮助。《余天遂与他的书画艺术》一文提及余少英喜搜藏书画，与童伯恬“为患难诗酒之交”。所谓患难，应该就是他们于洪杨之乱期间，避难上海江湾时这段交往[①]。其中，提到的“升孚家叔”，就是同样精于岐黄之术的余鸿钧，他亦有题跋在册中。

其后题跋者，有江苏省立第二中学（今苏州一中）校长汪家玉（1861—1935）：

玉累世新籍，与方君惟一、胡君石予皆同岁入学，惟家居吴门，彼都人士踪迹疏阔。少英先生亦籍隶新阳，长玉年三十二，能医能诗，而又能书，惜当时不获一见为忘年之交，深以为憾。哲嗣天遂学识超群，又善书法，足征家学。今将其尊公遗墨装潢称册，以资保守，亦犹桮棬手

① 《文物鉴定与鉴赏》2017 年第 2 期，页 60。

泽之意。呜呼！仁人孝子之用心，固宜如是也。谁无宗祖，谁无子孙，展此册者，能无动于中乎？谨志数语，以高来者。

汪氏自言祖籍昆山，与胡石予、方还为同学，但与余少英、余天遂父子并无交往，故此推测是胡石予将此册示汪氏，代征题跋。在他之后的程镳，字仰苏，号师许，江苏泰兴人。任民国《吴县志》分纂。著有《师许斋经义偶钞》。亦是胡石予草桥的同事，教授经学、国文。据学生叶圣陶、郑逸梅回忆，他精于《说文》之学，善书法，富藏书。叶圣陶写篆字，即受其影响[①]。其题跋即以小篆书之：

余君天遂，今之奇特士也。丙午夏初，识于春申江上，当休沐日，偶一见之，犹未知其善书。逮辛亥、壬子之交，同事于草桥校舍，始知君之书法，得力于颜平原者为深。近出其尊人少英先生遗墨属题，乃叹渊源之固有自也。爰书数语以归之。己未春莫，程镳敬跋。

清光绪三十二年（1906）夏，程氏与余天遂相识于

① 1977年11月叶圣陶致张香还函，见《叶圣陶集》第24卷，页406。

上海，当时余少英尚健在，余天遂谋食沪上。至宣统三年（1911）、民国元年（1912）间，两人又共事于草桥中学，之后余天遂离职，程氏仍留在苏州任教，与寓居苏州的昆山学者王严士（1856—1943，名德森）等交往甚密。紧接其后的金松岑（1873—1947），与胡、程、王等亦是好友：

缣素凋零墨沈鲜，风流想到卅年前。火传薪尽家风在，生子当如小米颠。

末署“奉题少英先生墨迹，应天遂先生，并求诲正。天翮”，并钤“瘦麐”白文方印。以上诸家，均是《余少英遗墨》册邮寄到苏州后所征得的题咏。之后的朱宝莹题诗并序，是册页回到上海所书：

伏以孜孜奉色，五鼎聿云其丰；胥胥叩心，三釜亦及其乐。大抵尽欢为孝，皆能有养而已。若夫九龄觅枣，即不类于陶通；一经抵金，至撤腾于鲁谚。亦复扬名在己，慰志在亲。未有如吾友余君天遂，异其禄父者也。知年云过，六旬心喜，并恩索字，试奏五纸，手泽焉存。今者已比零缣，是乃足宝。凭收古泪，讵复云希，应付装池，以永宝用。嗟乎，毋俾散出，为君家翰墨之香，即此流传，是江左人文之迹，一瓣欲爇，四韵聊成。

数纸留于垂老时，挥毫犹可见妍姿。书生结习终如此，老辈风流合在斯。乡国百年存麝墨，郎君尺帛寄乌私。郑公笏许儒门比，子子孙孙好护持。

末署“奉题少英老伯墨迹，应天遂先生，并希教正”。朱宝莹榜名耀奎，字佩衍，号琇甫，江苏宜兴（今属无锡）人。朱启风（1847—?）之子。清光绪二十四年（1898）进士。1921年上海中华书局出版其编著《诗式》五卷，朱自清《〈唐诗三百首〉指导大概》中曾作评介，谓其“专释唐人近体诗的作法、作意，颇切实”。他是余天遂在上海澄衷中学任教期间的同事。

对于有清一代昆山余氏家族在书法上的成绩，余天遂的族叔余鸿钧（1858—?）在题记有所述及：

余族有清以来，长于书者代不乏人。七世从祖汉班公讳说，奉敕书“大清门”三字，名噪一时。厥后先大父也耕公工铁笔，又工楷法。先伯少耕公、先从伯六憨公皆有能书之誉，至从兄少英公，里党重其孝行，无有见其书者。今天遂将若干页付之潢治，装成是册，笔甚苍劲可观，得与孝行之声并垂不朽。且天遂与予次子牧同嗜铁笔，并亦喜书。索其艺者踵相接，喜继起之有人。爰乐识于此，并赋五言一章：

公似无能者，才思孰与俦。平生常落落，气度甚

休休。人去琴还在，鸿飞印尚留。葭苍何处溯，霜迹板桥头。（图 22）

末署“旧历己未清和月，弟鸿钧题”，并钤“余鸿钧印”白文方印、“升孚”朱文方印、“心禅”白文长方印、“戊午生”白文长方印、“宣统纪元荐其廉方”朱文长方印。知其题于民国八年（1919）四月。苏州博物馆藏有《余鸿钧日记》稿本十五册，起自清光绪二十四年（1898），终于民国十四年（1925），可惜中间有散失，并不连续，而余少英去世之丁未年（1907），余天遂以册页征题之己未年（1919）两册皆已失落，所以没有留下相关的直接记录。同为昆山人题跋者，尚有余鸿钧之后的王瑞虎：

虎少时获交升孚世叔之子翰臣、襄侯，因而得见天遂，论古道今，豁如也。天遂工文词，又精书法，虎每求之不少吝。近数年来，各以事牵，不通音问，会合之缘亦有数存于其间乎。今天遂出其少英公墨迹五纸，装潢成帙，广求题咏，以彰先泽。虎不文，亦未获见少英公，何敢赘一词。及观天遂致石予书，乃叹少英公之潜德幽光，久而必发。而天遂驰千里之誉，擅右军之长者，有自来矣。爰书数语，亦以志追慕之忱云尔。

末署“王瑞虎谨跋”，并钤“仲文”朱文方印。王瑞虎（1878—？），字仲文，一作诵闻。从跋文中可知，他与余鸿钧二子余翰臣、余襄侯，以及余天遂年纪相仿，早年就有交往。久别重逢，余天遂以先人遗墨索题，略记往事。若稍宽泛些看，此人亦可算作玉峰书家。

题跋的末两家，其一是余天遂在澄衷中学任教时的同事武进（今常州）人杨荫嘉（1866—？，字子永）。他作跋时间在民国八年（1919）十一月十六日，据此推测《余少英墨迹册》当时已回到上海：

岁丁巳，荫嘉校士澄衷学舍，获识颠公，与共几席者，今且三载。见其性道、文章卓绝侪辈，旁及书画、金石、岐黄之属，倘所谓少贱多能者耶！乃近出其尊甫少英先生之述略及其墨迹见示，始知颠公固翩翩佳公子，然则家学渊源，殆皆所谓天授，非人力也。少英先生抑郁一生，备尝变迁之苦，兵燹余生，著作手泽毁失殆尽。幸颠公抱残守缺，得此遗墨数页，虽吉光片羽，已足宝贵。而今而后，少英先生可以不朽矣。荫嘉鲜民之生，展览既竟，悲思横集，敬志数语，略伸钦慕。

从文中所记，民国六年（1917）杨氏任职澄衷中学，才与余天遂相识，经过三年的接触，颇感志趣相投。在《澄衷校报》上，常见他和余天遂、朱宝莹等一起撰作古文、诗词，共相唱和。另外，沈恩孚（1864—1949）有

《赠杨子永（荫嘉）》诗，提及“我齿长君二，霜雪未盈髭”，时在民国十四年（1925），杨荫嘉六十岁，他跋此册时已五十四岁。

最后一则题跋，作于民国九年（1920）三月，据《余少英遗墨》册装成已一年多：

余友余君祝荫素工书，今出示其先子少英老伯遗墨，始知祝荫之书实本家学，缅手泽之犹新，识薪传之勿替。谨题数语，以志景仰。

心正笔正，语本公权。虽主文谲谏，而学书之正法以传。盥沐披是册，典则丽前贤。但见鸾翔而凤翥，不食人间之火烟。拜手稽首书其跋，子子孙孙永宝旃。

末署“庚申春三月，古越钟寿昌拜题”，下钤“懋宣”朱文方印。钟寿昌（1873—？），谱名道昌，字松壑，号茂轩，浙江绍兴人。著有《古今文法会通》《小学必读国文钥》。他的表兄寿孝天（1868—1941）谱名祖淞，是鲁迅老师寿镜吾的胞侄。早年丧父，到沪谋生，入商务印书馆任编辑，后又任教澄衷中学，曾与余天遂共事。钟氏本人也曾受教于寿镜吾，清光绪甲午（1894）中举，先后任绍兴东湖通艺学堂、山会初级师范学堂、绍兴山会官立高等小学堂、绍兴七县旅沪同乡会学校等教职。为余天遂作跋时，他已寓居上海，上文中并未言及同事关系，故怀疑他是经由表兄寿孝天介绍，与余天遂相识的。不过，有些奇怪，册中未见寿孝天的跋。是否原来有，在之后流传的过程中散失了？而今已不得而知。

通观《余少英遗墨》册，无论是从书法，还是内容来衡量，平心而论，余少英似乎并无特别高的艺术成就。若无余天遂的特意留存、郑重装潢、广征题咏，余少英的手迹，会和他的诗词稿一样，淹没在历史中。而将此册作为追念先人的纪念物来看，对于余天遂及其后人，乃至昆山余氏家族而言，无疑具有特殊的意义。此外，从册后各家题跋，则可窥见余天遂本人于南社之外，在苏沪两地的交游之一斑，是我们研究他生平经历的一手材料，无疑具有很高的文献价值。

《吴大澂日记》前言

吴大澂（1835—1902），原名大淳，后避同治帝讳改今名，字清卿，号恒轩、白云山樵、愙斋等，江苏吴县（今苏州）人。同治七年（1868）进士，散馆授编修。历官陕甘学政、河南河北道、太仆寺卿、太常寺卿、广东巡抚、河东河道总督、湖南巡抚等职。早年师从陈奂、俞樾等学者，致力于《说文》之学。其篆书深受吉金文字的影响，生前即为师友所推重。绘画则远法董、巨，近师王、恽，同时人中最推重杭州戴熙。顾廷龙《年谱叙例》称吴氏画“兼擅人物、花卉、翎毛，而以山水为最工，盖宗法王石谷、恽南田，于元明及清初诸名家亦复撷采英华，乳融腕底”，冯超然也认为他的“画法得北苑正锋”。吴大澂在书画创作上的成就，在其生前就已享有盛名。然而，由于中日甲午战争期间，吴氏主动请缨，带湘中子弟出关迎敌，兵败而归，被世人所讥讽，晚清著名诗人黄遵宪的

《度辽将军歌》就是其中的代表作。对于吴大澂一生政治上的功过，近百年间仍存有争议，但其在金石学及书画方面的巨大贡献，获得一致肯定。作为晚清最为重要的金石学家、古文字学家之一，著述甚丰，有《说文古籀补》《愙斋集古录》《字说》《恒轩所见所藏吉金录》《权衡度量实验考》《古玉图考》等传世。生平事迹详见顾廷龙《吴愙斋先生年谱》。

吴大澂一生勤于著述，日记稿本留存不少，惜大多散失。目前所见，按时间先后排列，计有以下几种：

一、《吴清卿太史日记》，记咸丰末年避难事。始于咸丰十年（1860）四月初一日，止于同年五月廿七日。稿本一册，纸捻装。书衣题“吴清卿太史日记”，写于无格稿纸上，每半页八行、行二十四至二十六字不等。卷端未署名，仅钤“吴大淳印”白文长印。书前护页有“丙子季春溶卿氏重订”墨笔一行，并钤“溶卿”朱文方印，今藏安徽博物院。据杨家骆《太平天国文献汇编》著录，李则纲藏有民国红格抄本一册，“全书无序跋，首行题丙子季春溶卿氏重订”，不知今归何处。全文已整理收入中国史学会编《太平天国》第五册，内抄录太平天国文件四篇。

二、《止敬室日记》，又名《辛酉日记》，记咸丰辛酉避难上海时事。始于咸丰十一年（1861）元旦，止于同年三月三十日。稿本一册，民国间吴湖帆重装，书衣题“愙斋公辛酉廿七岁日记（二十七叶）”，原书衣吴大澂篆书题“止敬室日记”。全书写于无格稿纸上，每半页十行，每行字数不等。卷端钤“梅景书屋”朱文方印、“静淑宝藏”白文方印、“吴湖帆珍藏印”朱文长方印，末有民国二十六年（1937）吴湖帆题记：

咸丰十一年辛酉。是年窓斋公二十七岁，正遭洪杨兵劫，避难沪上，自元旦起，至三月廿九日止，手书日记三个月。前有序言一则，越今六十余年，依旧兵戈，故乡离乱，余亦避居于此。检书重装，敬读一过，不胜枨触于怀。丁丑春日，孙湖帆敬识。书凡二十二叶。

并钤“吴湖帆”“吴潘静淑”二印，今藏上海图书馆。民国二十二年（1933）曾以《窓斋日记》之名载于《青鹤》杂志上，惜缺最后数日未刊。

三、《乙丑日记》，记同治初年苏城克复，吴大澂自京师经上海，回故乡苏州事。稿本一册，苏州李氏笃斋藏（图17）。《日记》本无题名，前装有花笺四开：第一开用松竹斋“荷花鹭鸶”红、绿二笺录《津门道种寄怀岱霖心壶颂田诸弟》《宿马头和皞民韵》《与皞民同宿杨村旅店题壁》三诗，末署“清卿吴大澂未定稿”，并钤“吴大澂”白文、“清卿书画”朱文二方印。第二开，一为恒轩致万卷主人札，用吴云平斋橅古笺；一为《乙丑仲秋将出都门留别岱霖颂田两弟同砚并索和句》诗，署“大澂初稿”，用兰花笺。第三、四两开，一页用“四宝斋制”书卷笺录《三载京华与颂田仁弟朝夕讲贯相契甚深临别无以为赠书八不可以勖之》，署“乙丑八月，大澂手书”；另三页为致彭岱霖札一通，用虚白斋笺，每页左下角均钤“清卿秋坨”一日思君十二时朱文圆印（图18）。《日记》始于九月初五日，止于同年十月廿八日，凡七开十四页，一律用“四宝斋制”书卷笺，左下角均钤“金石齐寿”白文印。按其纪事，与《顾肇熙（皞民）日记》、吴大澂《老屋补松图》等相印证，可知作于同治四年（1865），亦和此前吴大澂题诗所署之“乙丑”合。兹仿《辛酉日记》之例，径以《乙丑日记》名之。

四、《恒轩日记》所存最多，凡稿本三册，第一册自同治六年（1866）七月初一日至七年（1867）四月初一日，第二册自同治八年（1868）五月初一日至九年（1869）正月廿一日，第三册存同治九年（1869）三月廿四日至八月初四日。其间缺同治七年（1867），正是吴大澂考中进士期间，不知是否写于别册，尚存天壤间否？《日记》写于松竹斋蓝格稿纸上，第一册上有吴湖帆题签“愙斋公手书丁卯、戊辰年日记一册”，“丁卯，公三十四岁，在京师；戊辰，公三十五岁”，“尚书公丁卯、戊辰年手书日记九月。翼燕宝藏。己未十一月装整”。第二册吴氏题“愙斋公手书己巳年日记一册”，“己巳，公三十六岁；庚午，公三十七岁”，“尚书公己巳年手书日记，自五月起（缺八月一月），至十二月”，“庚午年正月日记，八月。翼燕宝藏。癸亥冬日装”。第三册《恒轩日记》书前，有吴湖帆题“庚午，公三十七岁”，“手书日记四个月。己未十一月装整。翼燕宝藏”。己未为民国八年（1919），癸亥为民国十二年（1923），可见三册并非同时重装，似本来分散保存，至吴湖帆汇于一处，而今又分为两种编目，今藏上海图书馆。

五、《奉使吉林日记》，记光绪间吴大澂奉命赴吉林帮办边务事。现存光绪六年（1880）四月廿一日至十二月十九日，稿本一册，今藏南京图书馆。写于“青云书屋偶钞”朱丝阑稿纸上，每半页九行，每行字数不等。书中钤有吴氏“十将军印斋”一印，以及常熟曾氏“雨苍曾藏”“海虞曾氏雨苍收藏记”等，末有题记云：

此吴愙斋中丞《北行日记》，其中韩边外一事，足为此书生色。宣示朝廷德化，果能感格倾诚，中丞当日可谓踌躇满志。以是知边隅荒徼，每有负固不服、激而成变者，半由疆吏之不善导化耳。壬戌十月，雨苍表阮携示此册，留案头数日，阅毕附记。观蚁道人沈煦孙。

纵观全稿，《奉使吉林日记》似亦可归为《北征日记》之一，盖两者内容相近、所用稿纸相同，且所记年月前后正相接，其间仅缺七十日而已。惟此稿卷端已署“奉使吉林日记”六字，故仍今名而不改。

六、《北征日记》，记光绪间赴吉林帮办事。现存稿本二册，书衣均由吴大澂大篆题“北征日记”四字，写于“青云书屋偶钞”朱丝阑稿纸上，每半页九行，每行十九、二十字不等。其中，一册藏于中国社会科学院近代史研究所，所记始于光绪七年（1881）二月初一日，止于次年四月三十日；另一册藏于上海图书馆，始于光绪八年（1882）五月初一日，止至光绪九年八月十九日。两册内容，前后正相连属，不知何时散落两处，分藏京、沪，兹将二者合并整理。

七、《皇华纪程》有稿本、铅印本流传，记赴吉林珲春勘界事，光绪十二年（1886）正月十七日，同年九月十五日。稿本一册，今藏中国社会科学院近代史研究所，写于无格稿纸上，每半页十三行、每行字数不等。铅印本有民国十七年（1928）罗振玉《殷礼在斯堂丛书》本、民国十九年（1930）南皮张氏排印本、《东北丛刊》本等。张氏铅印单行本后有跋云：

右先外王父中丞吴公《皇华纪程》一卷，公奉使勘界时纪行之作也。吉林在昔带海为疆，自咸丰间，中俄订约，东尽乌苏里江、东南迄于图门江入海之处，本属中国，只以当时界限未清，俄人遂乘机占据，并入海之路而杜绝之，可为浩叹。光绪十二年，珲春勘界，其议实发于公，具有深意。此书于当日辨论情形，言之甚悉。俄员虽设词推诿，尚留异日交涉余地，则斡旋补救不能无望于后人矣。东陲文献阙如，公此行所至，赋诗题名，他日皆可为此邦掌故，爰付印行，以广流传，并备言边事者之一助。外孙张厚琬谨跋。

以上七种稿本，民国间顾廷龙先生编《吴愙斋先生年谱》时，从吴湖帆处见《辛酉日记》《恒轩日记》《北征日记》（上图藏一册本）三种，《皇华纪程》则据排印本，仅摘录若干，无法窥其全貌。兹将海内公私所藏，整理校订，裒为一编，以飨读者。同时，也以此作为对吴大澂、顾廷龙两位乡贤的纪念。

本书整理、出版过程中，得到北京大学张剑、近代史研究所马忠文、上海图书馆梁颖、国家图书馆出版社南江涛诸先生帮助，责编杜艳茹女史匡我不逮尤多，鲁东彬兄赐题书名，于此一并致以诚挚感谢。因个人学识有限，讹误之处势所不免，书中如有疏失，敬请方家不吝赐教是幸。

庚子小满日，附识于吴门声闻室

《顾廷龙日记》前言

顾廷龙（1904.11.10—1998.8.21），字起潜，号匋誃，别署隶古定居主人、小晚成堂主人，笔名路康，江苏苏州人。1924年起，先后就读上海南洋大学机械系、国民大学国文系、持志大学国学系，1931年考入北平燕京大学研究院国文系，攻读硕士学位，毕业后就职于燕京大学图书馆。1939年七月，应叶景葵、张元济之邀，离开北平，南下上海，出任私立合众图书馆总干事，主持馆务。1953年六月，合众图书馆捐献上海市人民政府，次年改名上海市历史文献图书馆，1958年十月与上海图书馆、上海市科学技术图书馆、上海市报刊图书馆四馆合并为上海图书馆，顾廷龙先生历任副馆长、馆长等职。其人工书法，精于目录版本之学，为当代著名书法家、图书馆学家。著有《吴愙斋先生年谱》《古匋文舂录》《说文废字废义考》《章氏四当斋藏书目》等，今人编为《顾廷龙全集》。又主编

《中国丛书综录》《中国古籍善本书目》等，影响深远。生平可参看沈津先生编《顾廷龙年谱》。

《顾廷龙全集》收录专著、论文、书信、随笔等，而未及日记。日记稿本现存十五册，已由顾廷龙先生哲嗣顾诵芬院士捐存上海图书馆，全稿起自 1932 年，终于 1984 年，前后凡六十二年，惜多有缺失，现存部分依次介绍如下：

1932 年日记一册，书衣题“平郊旅记”四字，写于“艺经楼”绿格稿纸上，每半页十一行。前留白页天头记“廿一年岁壬申”一行。存 1932 年十月一日至十一月廿九日，记其就读燕京大学时事，彼时正搜集吴大澂资料，编写《吴愙斋先生年谱》。

1937 年至 1941 年日记一册，书衣题“日记。中华民国二十九年”，写于“艺经楼”绿格稿纸上。存 1937 年一月一日至十二日，1939 年七月十三日至八月六日，1940 年一月一日至十二月三十一日，1941 年一月一日至四月二十三日。内中记 1939 年离开燕京大学南归，到上海任合众图书馆总干事之旅途经历。

1938 年日记一册，书衣篆书题“读书日札”四字，下有小字注“二十七年始”，写于“有美草堂”乌丝栏稿纸上，每半页十行。存 1938 年一月一日至三月二十日，并非每日皆记。日记后有札记数条。

1941 年至 1942 年日记二册，一册书衣题“虚度岁月”，写于“艺经楼”绿格稿纸上。存1941年四月二十四至八月三十一日。另一册书衣题“蒲寓新记”，写于“隶古定居”红方格稿纸上，每半页十三行、行二十二字。存1941年九月一日至十二月三十一日，1942年一月一日至十二月三十一日。

1943年日记一册，书衣隶书题“匋誃日记”，并注“中华民国三十二年”。一月一日至七月二十五日写于“隶古定居”红方格稿纸上，七月二十六日至十二月三十一日写于“合众图书馆”蓝方格稿纸上。

1944年至1945年日记合一册，书衣题“匋誃日记”，并注“中华民国三十三年。卅四、一至十二，中缺”。写于“合众图书馆”蓝方格稿纸上。存1944年一月一日至十二月三十一日，1945年一月一日至四月二十九日、十一月一日至十二月三十一日。

1946年日记一册，书衣题“三十五年日记。一月一日至七月十一日”，写于“合众图书馆”蓝方格稿纸上。存1946年一月一日至七月十二日。

1947年至1948年日记一册，书衣题“卅六年”。存1947年一月一日至十一月三十日，1948年一月十二日至二月六日。

1950年日记一册，书衣题“养新日记”，写于“荣宝斋藏版”朱丝栏稿纸上，每半页九行。存1950年一月一日至十二月六日（图23、24）。

1951年至1952年日记二册，上册书衣题“虚度岁月”，写于“荣宝斋藏版”朱丝栏稿纸上，始于一月一日，止于十月十七日；下册书衣题“养新日记”，小字注“一九五〇年十一月一日”，写于紫丝栏稿纸上，每半页十行，存1951年十一月一日至十二月三十一日、1952年一月一日至三月三日。

1960年至1975年日记一册，写于“海盐涉园张氏文房”乌丝栏稿纸上，每半页十行。存1960年八月一日至十六日，1961年四月一日至十二日、八月一日至九月十六日，1962年二月五日至六日、四月一日、十一月二十二日至二十三日、十二月一日至九日，1963年四月二日，1975年一月一日至十四日。

1965年日记一册，写于朱丝栏稿纸上，每半页十二行。存1965年四月一日至二十八日，1966年三月十二日。

此外，杂录一册，内存1961年一月四日、十四日，九月七日、廿二日至廿七日，十月十三日、十月廿四日，十一月一日日记。另有零页二纸，为1984年二月二日、三日日记。

日记早年部分大多以毛笔书写，1950年代以后部分间用硬笔。从日记现状推测，曾经顾廷龙先生多次审阅、修改，全部稿本每册均有涂抹、勾乙处，所用有毛笔、有红圆珠笔、有铅笔等不同情况，改字之外，涂去颇多，有一日涂去一字二句者，有一日悉涂去者，有连续涂去数日者，有一页剪去半页者，甚有整页撕去者，且不止一处，于今已无法恢复原貌，殊为可惜。

日记之外，顾廷龙先生晚年移居北京时，随身携带合众图书馆资料一宗，主要为1939年至1958年间合众图书馆、上海市历史文献图书馆年度工作报告、财务统计表等，兹将各部分内容按册集中汇编，命名为“一个图书馆的发展”。这一题名，源于稿本中所留一张便笺上顾廷龙先生所手拟者。内容包括图书馆的简单沿革、顾廷龙先生手批油印本《合众图书馆十四年小史》、顾廷龙先生撰《合众图书馆年度工作报告》稿本、油印本1953—1958年工作报告、《议事录》稿本、财务报告原本、移交清目油印本及书信、文件底稿等。其中，《议事录》一种原本早在十余年前已流散拍卖场，藏家竞得后曾请王煦华、沈燮元等先生题跋，不料旋即意外失去，至今不知流落何处，幸当时留有复印件，今据复印本整理。另外，书信中1941年十一月十五日致朱启钤一通亦从拍场所见，其余均系顾廷龙先生旧藏，现亦捐存上海图书馆。

从上文列举可知，现存《顾廷龙日记》主体之1939年至1951年，正是他苦心经营合众图书馆时期，而这宗图书馆史料时间、内容与《日记》本身重叠，并可补《日记》1952年后之缺略，是以一并整理，附于日记之后，以便读者两相参证，盖不但对研究顾廷龙先生早年学行有重要参考价值，且于研究合众图书馆、上海图书馆之历史，实大有裨益。

《日记》的整理工作，最初由师元光先生完成全部文字录入与内容排序。2016年十一月，经沈津先生居中介绍，我与同事进京到北苑顾诵芬院士家中，代表苏州博物馆接受《复泉井栏题字册》的捐赠。席间谈及《顾廷龙全集》未收入日记的遗憾，随后师元光先生称已整理出《日记》初稿，希望有合适的人来完成后续的校勘工作。至2019年八月，“清芬可挹——两院院士顾诵芬”特展在苏州开幕，师元光先生南来，见面时向我正式提出，希望我能接手《顾廷龙日记》的整理、出版工作。个人深感此事义不容辞，遂多方联络，至同年秋，蒙俞国林兄玉成，经顾诵芬院士授权，我与北京中华书局订立合同。师元光先生功成不居，订约时于署名一事一再谦让，在我再三要求下，才同意列名第二作者，令人钦佩。接手稿件后，主要作了以下几方面工作：

首先，师元光先生提供《日记》整理本初稿的同时，将合众图书馆相关史料的一部分整理稿一并寄示。粗粗浏览之下，我觉得该宗资料与《日记》互为表里，单行出版恐短期无法实现，故建议附《日记》以行，此事获俞国林兄首肯，师元光先生随即寄下全部文本。不过，此举虽使《日记》内容益臻丰满，却使全书篇幅增加近一倍，编校工作量随之大增、出版周期势必延长，直接导致此书面世较原定时间推迟一年有余。

其次，《日记》原为简体字录入，后转繁体，鉴于繁、简互转易生讹误，而简体字本受众更广，前此之《郑天廷西南联大日记》《陈乃乾日记》等均用简体字，故决定全书采用简体。师元光先生在整理文本过程中，参校《顾廷龙年谱》引录有关《日记》条目，兹核之上海图书馆提供全部日记稿本数据，一小部分片段未见原稿，无法校对，故不得不割爱。

再次，《一个图书馆的发展》初稿将年度报告、议事录、财务报告、书信、文件等按年月顺序重新编排，恐未必尽当，故仍复其旧貌，按原内容分类集中，既清眉目，又便校对。至于零星之底稿、信片、笔记之属，列入附录，考其年月，略为次序，亦不敢自信无误。

本书出版过程中，承沈爕元丈赐题书名，北京大学张剑、上海图书馆陈雷等先生襄助良多，责编白爱虎兄严加校雠、匡我不逮，在此并志谢忱。惟自感学殖浅薄、识见有限，容有讹误，尚望博雅君子，不吝赐教是幸。

2021年十一月十日，李军谨识于吴门声闻室

时当顾廷龙先生一百一十八岁诞辰，余方四十初度也

孙毓修辑《清人题跋稿本四种》前言

《清人题跋稿本四种》九卷，计《知不足斋书跋》四卷，清鲍廷博（1728—1814）撰；《悔庵书后》三卷（图25），清严元照（1773—1817）撰；《天真阁书跋》一卷，清孙原湘（1760—1829）撰；《第六弦溪书跋》一卷，清黄廷鉴（1762—1842）撰，近人孙毓修辑，均用“梁溪孙氏小绿天写”乌丝栏稿纸，每半页十行。分装三册，各种前自有目录。

孙毓修（1871—1922），字星如、恂儒，号留庵，笔名绿天翁、东吴旧孙、乐天居士、小绿天主人等，江苏无锡孙巷人。清光绪二十一年（1895）中秀才，旋入江阴南菁书院肄业，出任苏州中西学堂教席。光绪三十三年（1907），经人介绍，入上海商务印书馆编译所任职，直至去世。曾主持编辑《童话》《少年杂志》《涵芬楼秘笈》《四部丛刊》等，著有《中国雕板源流考》《藏书丛话》《藏书考》《书目考》《江南访书记》《留庵书跋》《小绿天藏书志》《小绿天藏书目》《绿天清话》《绿天琐记》《欧美小说丛谈》等。为近代著名版本目录学家。

此稿本四种，系孙毓修生前拟印《题跋丛书》之一部分，于身后散出，转归吾乡潘景郑（1907—2003）先生著砚楼。《著砚楼书跋》著录其中二种，其一《知不足斋书跋辑本》云：

此孙毓修氏所辑《知不足斋书跋》四卷，为文七十九首，其出于《知不足斋丛书》者居其半，余则采自藏家书录，及见闻所得，汇萃之功，可当不朽。余尝见孙氏所辑各家书跋，不下二三十种，其后人曾索三百金，力不能得，即今思之，犹悬悬不能去怀也。此稿与孙氏所辑《悔庵书后》，先以四十金得之者，安得会群贤书跋而汇刻之，庶于目录版片之业，发扬广大，岂不快哉！此册自《默记跋》以上，孙氏朱笔识语云“丙辰夏六月，众学生录毕，又手校一过，下留空叶，以便补辑，留庵记”。以下十二跋，则皆孙氏手写者矣。墨格版心下有“梁溪孙氏小绿天写”八字。己卯九月七日。

按：辑录此稿之丙辰为民国五年（1916），潘氏作跋之己卯为民国二十八年（1939）。《悔庵书后稿本》一跋作于同年：

归安严修能先生，精治目录版片之业，露钞雪纂，垂老不倦。又明于经术，所著《尔雅匡名》《娱亲雅言》，传诵人口。其《悔庵学文》八卷，所录书跋又多未具，今藏家得先生遗著，每见先生跋语，考核精审，惜无有为之裒辑成帙者。余颇欲掇拾其书跋，别为一编，尘事杂沓，卒卒未果。曩岁小绿天孙氏书散，偶见其中有孙氏手辑《悔庵书后》三卷，多为集中所未录者，孙氏竭数十年之功力，凡得跋文六十三首，书札一首，读之想见先生毕生精力所萃，略具于斯焉。至其文字之精蕴，当与吾乡思适居士相伯仲耳。安得奋吾余力，为之传布，以成孙氏未竟之业，是亦艺林之快事，书此以为左券。己卯九月三日。

柳和城《孙毓修评传》引以上二跋为据，专章讨论孙氏之拟编印《题跋丛书》一事，而以未见二稿为憾，并谓："以上两种孙毓修辑集的名家书跋，当为潘景郑先生所珍藏，岁月沧桑，谅必无恙。将来如能印出，真的'以成孙氏未竟之业'，不是不可能的事，但愿这一天早日到来。"（页278）按之此稿，今存潘景郑手书题签曰："小绿天辑书跋四种。知不足斋书跋、悔庵书跋、天真阁书跋、第六弦溪书跋。"下钤"景郑心赏"朱文方印。然则，潘氏当年所得清人题跋不止鲍氏、严氏两种，《天真阁书跋》一卷出自孙氏《天真阁集》卷四十二至卷四十四；《第六弦溪书跋》一卷出自黄氏《第六弦溪文钞》卷三，附录五首选自卷一、卷二，仅《三辅黄图跋》《广川画跋跋》二则辑自他书。职是之故，疑潘景郑不以孙、黄二种为贵，乃未题跋，列入《著砚楼书跋》耳。

上海图书馆编《历史文献》第四辑载林申清整理《郑振铎致潘景郑论书尺牍》第十四通有云：

七日来信及《书跋》一册，均已收到。谢谢！《书跋》对研究古典文学的人很有用处。其中，提起孙毓修所编集的几十种清人题跋（像《知不足斋书跋》等），不知有可踪迹否？从毛子晋的《汲古阁书跋》（此书亦极少见）起，如能像顾、黄题跋似的，搜罗重要学人们的题跋，那是很有意义的，而且用处很大。先生其有意于此乎？

时在1957年八月十二日，潘氏《著砚楼书跋》甫经上海古典文学出版社刊行，孙毓修所辑题跋四种稿本应尚在著砚楼中。既经郑振铎鼓励，潘氏似颇有以之寿世之意。今观《知不足斋书跋》卷尾《跋鬼谷子手校本》一条字迹，当为潘景郑手写补入，正如《悔庵书后稿本》跋所言“安得奋吾余力，为之传布，以成孙氏未竟之业，是亦艺林之快事，书此以为左券”也。惟不久之后，《光明日报·文学遗产》便刊出管汀《这是什么立场！：评潘景郑的〈著砚楼书跋〉》一文，对传统题跋之形式与内容不无訾议，《知不足斋书跋》《悔庵书后》等遂复深扃固钥，问世无期矣。

鲍廷博题跋，今人刘尚恒、季秋华、周生杰等先后重辑，数量早已超过孙毓修所辑《知不足斋书跋》七十九首，而孙氏前驱之功，却不可抹杀。核之周氏《鲍廷博题跋集》、刘氏《鲍廷博年谱长编》所录鲍氏题跋，篇逾二百，洋洋可观，今取两家细目较之孙辑稿本，虽“所缺当尚多”（刘尚恒语），然仍有两家失载者，是此稿之不可轻弃，兼叹书囊之无底也。

至于严元照题跋，近百年间未见浙人为之重辑。昔吾乡顾廷龙（1904—1998）先生积数十年之力，编纂《严九能先生年谱》稿，近始刊入《顾廷龙全集》中，似未及孙辑稿本，是此本之足珍贵，不言而喻。按之《悔庵书后》目录首页天头有孙氏朱笔批注：“《悔庵书后》三卷，长乐高真常为余写成，可感也。丙辰六月廿二日，留庵记。”知此稿系高真常所手录，高氏系郑振铎岳父高梦旦本家，曾翻译《悭吝人》《法朗士集》等，并参与《童话》的编辑工作。而《知不足斋书跋》之《默记跋》下有朱笔小字一行：

丙辰夏六月，佥同学录毕，又手校一过。下留空叶，以便补缉。留庵记。

内中“佥同学”三字，潘氏《著砚楼书跋》作“众同学”，惜不知同学为谁何尔！客岁十一月，友人以此稿及明世德堂刻本《扬子法言》等数种书影见示，谓有贾人以之待沽，乃怂恿友人购此稿回苏，越月往访，检验原稿，则“金同学”三字已为贾人挖去，盖欲以孙氏手迹牟巨价，而不知朱记早经《著砚楼书跋》著录，市侩之徒，无知无畏，弄巧成拙，竟有如斯者，不免令人扼腕。

此孙氏手辑四种，于今堪称名品，且为乡先贤箧中旧物，倏忽百年，安然无恙，不意一朝重现于世，竟再遭一小劫，可谓造物弄人。谚云纸固比人寿，然聚散无常，恐有浮沉，亟商之南江涛兄，付之景印，一旦化身千百，不致沉薶湮灭，所以偿孙、潘二先生之夙愿也。沈丈燮元，年近期颐，祖籍无锡陡门，谊属孙毓修乡后学，而与顾廷龙、潘景郑二老俱有过从，为当今版本目录学界之鲁殿灵光，辑录清黄丕烈《士礼居题跋》数十年，深知其中甘苦，因乞赐题署检，慨获允许。责编潘云侠女史，匡正良多，于此统致谢忱。

辛丑三月望日，李军谨识于吴门声闻室

《二叶书录》前言

《二叶书录》者，长沙叶德辉两侄所撰《拾经楼紬书录》《华鄂堂读书小识》二稿之合编也。

《拾经楼紬书录》三卷，叶启勋撰。叶启勋（1900—1972），谱名永勋，字定侯，号玉碉后人、更生居士等，湖南长沙人。叶德辉胞弟德炯次子。据明影宋抄本《建康集》书录云“惟先世父得此书于庚子冬至后一日，是年五月为余生辰”，又大兴翁氏传抄宋本《宝刻丛编》书录云“己巳夏五望后二日，余从道州何氏得之。是日为余生辰，友人聚集同观”，稿本《说文释例》书录亦云“辛未五月十七日……是日为余生辰”，由此可知，叶氏生于光绪二十六年（1900）五月十七日。其父德炯事迹未详，似不以藏书名世。按明成化本《李文公集》书录云“唯余今春先君弃养，先世父被难，夏初避乱沪渎，秋初乱定回湘”，时在民国十六年（1927）八月，则叶德炯、叶德辉于同年去世。

叶启勋生平，据明崇祯六年寒山赵氏《玉台新咏》书录自云“年才志学，即从厂肆游。识秦曼青，其人盖与余有同癖者，自后频相过从有年。丙辰春间，永明周季譻舍人銮诒藏书散出，余与曼青分得之”，可见其十五岁左右，即入市搜书，并与扬州藏书家秦更年定交。民国五年（1916）丙辰，与秦氏分得周銮诒藏书时，年仅十七岁。又书录前有1937年自序云“幼承家学，性喜蓄书，十数年间，聚书十万卷有奇”，殆浑言收书之年，但可见其年方而立，藏书已富。民国十年（1921），叶启勋因事赴苏，曾到上海谒见张元济，获观涵芬楼所藏善本。民国十六年（1927）四月，叶德辉被戕身故，叶启勋举家避难至沪，与张元济、秦更年等均有过从。三年之后，民国十九年（1930），长沙又有战事，同年冬叶启勋再次避往上海。《䌷书录》之作始于此时，即自序所谓“沪滨米贵，居大不易，不得不以质之。……旅中岑寂，既发笥就所存者撮其大要而记之”，所记之书，积至百余种，勒成三卷，求序于傅增湘，于民国二十六年（1937）铅印行世。叶氏自序又云“其有续得，列为《后编》”，然民国二十八年（1939）十一月，长沙大火，叶氏昆季藏书未携出者，与藏书楼并付一炬。叶启发《华鄂堂读书小识序》云“己卯春月，定兄取劫余未尽之书编成书录，更取所作各书之题跋订为《拾经楼䌷书后录》”，但未见刊本行世，恐已散佚。至1951年，拾经楼藏书由叶启勋之子捐赠湖南省文物管理委员会，今大多收藏于湖南省图书馆。除《缃书录》外，叶启勋尚撰有《论上海涵芬楼影印四部丛刊》(《图书馆学季刊》第一卷第四期)、《四库全书目录版本考》(曾连载于《金陵学报》，未完)、《释家字义》、《说文重文小篆考》(均载《金陵学报》）等文，并参与《续修四库全书总目提要》之撰写。

《华鄂堂读书小识》四卷，叶启发撰。叶启发谱名永发，字东明。叶德炯幼子，叶启勋胞弟。据其《华鄂四十感怀》叙云“甲申三月朔，余四十生辰”，甲申为一九四四年，则其生于光绪三十一年(1905)。启发早年毕业于湖南私立修业旧制中学，雅礼大学肄业后，在长沙任教中小学二十余年。据秦氏雁里草堂抄本《广川书跋》书录自记云“髫龄得先世父文选君训示，粗识目录板本之学。日游坊肆，搜访旧籍，因识江都秦曼青更年”云云，按《小识》所述，启发与其兄启勋既有同好，自幼同入书肆访书。两家书录所记之书，相同者十之六七，殆拾经楼、华鄂堂收藏，初未分彼此也。《小识》中各篇，最早者民国十一年(1922)壬戌，最晚者迟至民国三十四年(1945)，同年勒定成编，分卷撰序以待梓。在此二十三年间，叶启发曾四次携书避难，除民国十六年(1927)、十九年(1930)两次外，又有民国二十八年(1939)、三十三年(1944)两次，均避居乡间。长沙大火之后，叶启发曾重建华鄂堂，但次年即再次遇火被毁。避乱期间，叶氏闲居无事，乃考订所携各书，故《小识》中收录者，以此数年所作为伙。

二叶藏书凡数万卷，历经劫难，毁失者居其大半，如元刻《纂图互注荀子》二十卷，即因长沙大火而“仅存其半”。两家书录，《拾经楼细书录》断于1937年，收书一百又九种，其中宋刻十种、元刻五种、稿本五种；《华鄂堂读书小识》断于1945年，收书一百零六种，其中宋刻七种、元刻六种、稿本六种，其余多为名家抄校本及明清精刻本。两书均系陆续撰成，随得随写，虽非藏书之全部，却可窥见其菁华之一斑。其藏书得自湘中故家为主，如道州何氏、湘潭袁氏、巴陵方氏、永明周氏等各家旧藏，皆有归之二叶者，其中尤以道州何氏东洲草堂之物最为可观。叶启勋于旧抄本《玄牍纪》书录中称，得书于何绍基后人何诒恺，并云“太史之书，得之顺天者为多，大抵朱文正家物也。余先后得其所藏宋元精抄本甚伙，其藏书目录亦在余家，故知之颇详”，盖考订版本之余，兼及湘中藏书家故实也。

叶氏昆季藏书，颇有叶德辉郎园所未收者，叶启勋《拾经楼细书录》自序云“凡先世父观古堂中所无者，辄以重值得之”是也；亦有郎园旧藏而归二叶者，叶启发《华鄂堂读书小识》自序“世父逝世，藏书为从兄鬻于估人，数十年之所聚，散如云烟。间有先世父举赐之书，则余兄弟什袭珍藏，不敢或失”是也。二叶书录中，有与

《郋园读书志》重出者凡数十种，大抵为叶氏昆季收书后呈请鉴定者，如今藏湖南省图书馆之毛氏汲古阁影宋抄本《重续千字文》一书，叶德辉明言“从子定侯于丙寅岁尽以重值得之，呈予鉴定，因书其后”；又如《拾经楼䌷书录》中影宋抄本《自堂存稿》十三卷，即叶德辉所记之宋元明活字参杂本《自堂存稿》十三卷，据民国九年（1920）庚申九月十七日叶德辉致孙毓修函，称其侄于“去年春间得宋陈杰《自堂存稿》足本十三卷，其板宋、元、明三朝递刻，中又有活字板羼入其中。《四库》著录只四卷，系从《永乐大典》本辑出，此乃两倍之。王雪丞、朱古微均欲快睹，舍侄坚不允借。近已令其抄出一部，将来或列入涵芬楼丛书中，亦足广流传也”，可见此书确系叶启勋弱冠时所得书，叶德辉著录之而未明言书非己有，《郋园读书志》中所收类此者不少也。至于叶氏昆季两家书录所收，相同者多至十之六七，若再与《郋园读书志》合观，一书之形制、内容，版本之源流，刊刻之优劣，无不可概见焉。

叶氏昆季撰写书录，直承世父叶德辉《郋园读书志》之旨。叶启发尝自言“《读书志》《䌷书录》《小识》体裁悉同。家藏书籍，先世父及余兄弟二人有题志者甚多，亦可借以觇渊源家法，且示余之不敢忘所自也”。今观其体例，或有详审过于叶德辉处。由于两家著录之书，相同者居其泰半，故书录之撰写，角度互有不同，而能相辅相成，相得益彰。书录之特点，大抵有以下数端：

一曰客观记录。举凡收得一书，无论稿、抄、校、刻，均逐一记录其版本、行款、纸张、印记、校跋者姓名、收藏者姓名，天头地脚，卷端纸尾，书衣书根，朱笔墨笔，句读符号，巨细靡遗，读其书录，可想见原书之面貌。

一曰博考版本。私家藏书，多秘不示人，借阅匪易，比对版本，往往参考公私书目为主。叶氏昆季生于清末民初，历代藏书目搜罗完备，一书入手，遍检各家著录，排比勘定，虽未目验异本，而能见人所未见，揭橥一书版本之源流、刻印之先后、印本之优劣，并缕析各家著录之是非得失，读书得间，尤为可贵。

一曰实事求是。叶氏昆季所见，有出于叶德辉之外者，亦不为亲者讳，宛转指示，并不稍贷。如海昌吴骞、朱型手校旧抄本《云麓漫钞》，叶德辉误会陈仲鱼所录手跋，以此为陈氏抄本，叶启勋谛玩各家题记，辨其实非。袁芳瑛、庄世骥传录校通志堂刻本《经典释文》一书，后有庄世骥录叶石君等跋语，叶德辉因未见后抄跋语，误定为叶石君抄本，叶启发亦为纠正之。

一曰情文并茂。叶氏昆季于考订版本之余，兼及身世经历，于世道之日非、藏书之散亡、先人之遗泽、世父之亡故、子女之殇逝，随笔附记，近于黄荛圃之漫识，而可觇见其身世离乱。人情书事，沧桑之感，跃然纸上。

此外，因叶德辉曾参与编印《四部丛刊》，《丛刊》又以选印精审名世，故叶氏昆季每以新得善本，与《丛刊》本相较，赏奇析疑，颇为可观。尤其叶启勋曾随侍叶德辉于苏州，并往来苏沪间，观涵芬楼藏书，饫闻绪论，见于《拾经楼紬书录》中。如宋刻小字本《说文解字》一条，述《四部丛刊》选印大徐本《说文》，借照日本静嘉堂藏本，先印入《古逸丛书续编》，再印入《丛刊》；小徐本《系传》借用适园张氏所藏为底本，乃以宋本《容斋五笔》出让为条件始成议，多未经人道及。又如明天顺六年黑口本《居士集》，辨《丛刊》承袭《天禄琳琅》之误，定为元刻等，足备书林掌故。

《拾经楼紬书录》于民国二十六年（1937）铅字排印，因抗战爆发，流传未广，兹据铅印本整理。《华鄂堂读书小识》曾四易其稿，至民国三十四年（1945）写定，未及刊印，兹据湖南省图书馆藏稿本整理。两稿排印、抄写，或有讹字，略作校正，并出校记。原文讹误或为衍文的文字用（ ）标出，改正后的文字或补字则用［ ］标出，以供参考。至文中避清讳，如以“玄”作“元”、“弘”作“宏”之类，径予回改，不再说明。全书后附编书名四角号码索引，以便使用。本书整理过程中，曾获南京图书馆沈燮元丈帮助，并由吴格先生审阅全稿，在此并致谢忱。个人学识有限，谬误之处，知所不免，尚祈读者教正是幸。

壬辰秋，谨识于吴门声闻室

《吴门贩书丛谈》跋

依稀还记得十多年前的一个大热天，初次慕名寻到临顿路南头的文学山房旧书店，第一次与江澄波先生见面的场景。当时他正倚靠着书架，随手翻看朱家溍的《故宫退食录》。彼时的旧书店还叫文育山房，在临河的小太平巷，距老店重开已有五六年时间。不久之后，据说因小太平巷要拆迁，文育山房搬至钮家巷九号，至今又过了五六年，仍每天开门迎客，店名也终于恢复了江氏祖上所创的名号——文学山房。

2008 年九月，我进入上海复旦大学古籍所攻读博士学位，导师吴格先生与江翁交情甚深，每年都会来苏州为复旦大学图书馆采购一些古籍线装书，拾遗补缺。因我是苏州人，又与江翁相熟，于是不时充当信差的角色，居中传递书目、信函等。吴师到苏看书时，也常作陪，得以在一旁饫闻书林掌故（图 26）。2009 年，恰逢文学山房旧书店创设一百一十周年，我利用历年搜集的资料，撰写了《三世云烟翰墨香　百年丘壑腹笥藏——江氏文学山房创设百十周年纪念》一文，刊于中华书局《学林漫录》第十八集。在此文末尾，附录了江澄波先生著述简目，将二十世纪九十年代江苏人民出版社已刊的《古刻名抄经眼录》《江苏活字印书》两书之外，江翁历年所撰写的文稿，无论长短、已刊未刊，均网罗其中，分类编排，陆续复印，汇集于一处，成为这部《吴门贩书丛谈》的最初稿。在此过程中，得到吴师、江翁本人及其子女、孙辈等大力支持，故而十分顺利。同年暑期，我用一天时间，到江翁府上，扫描、拍摄了一批老照片、友人投赠书画与信札等，以备他日出版之用。

这部文稿于十年前搜集、编排完成之后，我曾在复旦北区打印店将之复印成五份，其中两份分别交予江翁、吴师。至2011年六月从复旦博士毕业，回到故乡，入职苏州博物馆后的数年间，曾陆续联系北京中华书局、国家图书馆出版社，以及山东齐鲁书社等出版机构，将此文集复印件寄去审查，可惜一段时间之后，都被告知未能通过选题论证。浙江古籍出版社一度有意出版古旧书从业者的贩书录系列，将严宝善、雷梦水、江澄波诸家著作，汇集起来，但因首选的杭州严宝善先生后人不同意重版《贩书经眼录》，出师未捷，也就无果而终了。在此期间，还有一段小的插曲，台湾书友陈逸华兄到大陆寻访旧书店，与我通电邮过程中，获悉江翁有这样一部文稿，热心为之联络北京从事出版业的朋友，将它纳入计划，于是我再次将一份复印件寄京。大约过了一年时间，迟迟没有音讯，我忍不住与陈兄联系，结果被告知，稿件进入文字录入阶段后不久，其友人的事业因故中辍，出版计划遂尔搁置，功败垂成，听闻之下，不无遗憾与惋惜。

直到去年，偶然与当时供职于北方联合出版公司的夏艳女士（现已调入北京燕山出版社）结识，聊天中提及江翁有这样一部文稿，她当即决定将之列入出版计划中，给予的条件也较为合适，很快与江澄波先生签订了出版合同，《吴门贩书丛谈》的出版事宜至此终于尘埃落定。尽管前后经历十年之久，当年八十三岁的江澄波先生今已经九十三岁高龄，所幸此书最终得以顺利面世。庆幸之余，我可以说是如释重负。

环顾当今中国，南北各地古旧书从业前辈中硕果仅存者，只有苏州的江澄波、臧炳耀二老。与此同时，经过二十多年的发展壮大，古籍拍卖已取代古旧书店，成为古旧书销售的主要渠道。而无论是旧时贩书者，还是今之古籍拍卖从业者，一生经手古书无数，有著作传世者却十分稀少。一生经历了继承、经营祖传文学山房旧书店，公私合营后成为苏州古旧书店职工，退休后以古稀高龄重新开店的江澄波先生，能利用余暇记录、研究经手古书，撰写数十万字的文稿，保护、传播祖国优秀传统文化，其难能可贵之处，不言自明。

《吴门贩书丛谈》中所收录的文章，无论是纪事，还是记人，都与古书有着千丝万缕的关系。从撰写时间上看，最早的是二十世纪八十年代初，江先生应邀赴北京中国书店，为新从业人员授课时的油印本讲义。这份讲义虽此后曾经用铅字重新排印过一次，但一直在内部流通，外间不易见到。全书较为简易，对于刚从事古书收藏、古书经营者而言，是一部简明的入门教材；最近者是他所撰写的黄裳、赵万里两位先生纪念文章，类似者还有他与郑振铎、顾颉刚、李一氓、阿英等的交往回忆，从中不难窥见他丰富的经历。

最后，要感谢曾为此书出版提供过帮助的陈逸华、李天飞、南江涛、武良成、况正兵诸君，更要感谢夏艳女士、责编张永奇先生在此书编校过程中所花费心力。江澄波先生以耄耋之年，仍使用放大镜逐字逐句校阅全部书稿，尤其令人钦佩不已。希望不久之后，我们有机会看到已经绝版多年的《古刻名抄经眼录》《江苏活字印书》两种重印面世。

二〇一八年岁次戊戌天贶节后三日，李军记于吴门声闻室

《古刻名抄经眼录》《江苏活字印书》跋

中国古旧书业历史悠久，买卖双方中的贩书者，与藏书家相互依存，又暗自角力，两者的地位、境遇迥殊。自古以来，私人藏书家多为学识渊博的文人、学者，往往勤于著述，无论刊刻与否，率有著作传世，其生平事迹可稽而考之。与之相反，贩书者在古代地位较低、大多文化水平不高，一般被称为书商、书估或书贾，江南水乡有以小舟为交通工具从事经营活动者常被呼为飞凫人，至于洪亮吉（1746—1809）口中的“掠贩家”实在已属美称了。他们毕生业书，经眼过手旧籍无数，尽管书目、版本烂熟于胸，优劣高下多可悬判，却志在贩售获利、养家糊口，鲜有将经眼之物笔之于书、传之后世者，故书林人物一旦故去，遂多湮没无闻。吾乡先贤叶昌炽的《藏书纪事诗》，收录五代至清末数百年间与藏书有关人物七百余家，其中为贩书者立传者不过百之一耳。如乾嘉间在苏州山塘街设萃古斋的钱听默（时霁），被黄丕烈（1763—1825）称为“书贾中之巨擘”，为书林传奇人物，其事迹虽播之众口，求诸文献记载反不足征，这或许是历代贩书者共同的遭遇。

直到民国年间，北方先后有通学斋孙殿起（耀卿）的《贩书偶记》（1936）、文禄堂王文进（晋卿）的《文禄堂访书记》（1942）出版，贩书经眼录始渐有作者。“二卿”记录甚为实用，遂成为近世贩书者、藏书家案上必备的参考书。《贩书偶记》出版那年，南京萃文书局的朱长圻（甸卿）有《珍书享帚录》（1936）一种也同时问世，所记颇有珍善之本。在此之前，苏州博古斋的柳蓉春（？—1924）父子有《旧书经眼录》一册，较南北“三卿”之作均早成稿，收录《宋元旧本书经眼录》作者莫友芝旧藏不少，然篇幅不大，迄未印行，知者无多。“文革”以后，孙殿起外甥、北京中国书店雷梦水的《古书经眼录》（1984），杭州古旧书店严宝善的《贩书经眼录》（1994）踵武前修，陆续出版。1997年，江澄波先生《古刻名抄经眼录》出版，收录其半生贩书经眼之善本300种。尽管2000年以后，各种刻本、旧平装以及专题文献经眼录层出不穷，然总体质量不容乐观。以本人亲身贩书所见、经手之善本为对象，将实物记录、版本源流、批校题跋、鉴藏印记、递藏关系、收卖经历、书林掌故等内容融为一炉者，至《古刻名抄经眼录》似已成绝响。

对于江翁生平与《古刻名抄经眼录》的学术价值，业师吴格先生在序言中已详加揭示，兹不复赘。《古刻名抄经眼录》与《江苏活字印书》初版问世距今已逾二十三年，压库之书早由江澄波先生从江苏人民出版社购回，作为爱书人过访苏州的最佳纪念品，插在文学山房旧书店架上签名出售，十几年下来，久已告罄，旧书网上所售，溢价数倍，再版之事自应提上日程。

2019年初，《吴门贩书丛谈》杀青时，我曾在后记中对江澄波先生《古刻名抄经眼录》《江苏活字印书》的修订再版充满信心。其实，早在《吴门贩书丛谈》看校样期间，就有位上海来的王先生专程到苏州拜访江翁，主动承揽《古刻名抄经眼录》《江苏活字印书》的再版事宜，可惜之后由于种种主客观原因，两书重版一事波折不断。2019年6月，我因病住院二十余天，月末出院后看到《吴门贩书丛谈》新书，效果很好，反响更佳，有点出乎大家的预料。《古刻名抄经眼录》《江苏活字印书》重版事仍迟迟未落实，在征得当事双方一致同意后，我即联系张永奇兄，希望能将两书交由北京联合出版公司出版，承他们不弃，慨然接受了这一建议。

之所以会选择继续与北京联合出版公司合作，原因有二：一方面，通过之前《吴门贩书丛谈》一书的合作，对出版社及责编永奇兄均有所认知，相信他们必能将两书做得很出色；另一方面，《吴门贩书丛谈》当初作为单种出品，未将之纳入“江澄波文集”作整体考虑。倘若《古刻名抄经眼录》《江苏活字印书》交同一家出版社来做，它们的开本尺寸、装帧设计、整体风格均可与前者保持一致，即使无法在《吴门贩书丛谈》上添印“江澄波文集”之类的标题，却可在具体操作中实现该项目标，自然再好不过了。这三种书，凝聚了江翁毕生的心力，借此机会，能以相对统一的形制和读者见面，对于九十五岁高龄的江翁而言，无疑是极大慰藉。

《古刻名抄经眼录》初版收录善刻精抄本300种，目前分别庋于中国国家图书馆、南京图书馆、南京博物院、上海图书馆、复旦大学图书馆、浙江省图书馆、厦门大学图书馆、苏州图书馆、苏州博物馆、无锡图书馆、苏州古旧书店等单位，这批善本入公藏后，均已重新编目，间有一小部分著录与《经眼录》记载有出入处。如归浙江省图书馆之元刊本《汉隶分韵》，现改定为明刻本。鉴于以上记录均为二十余年前之判断，窃以为毋庸追改，保留旧貌亦未尝不可，至于最新的版本鉴定意见，参考各馆之编目记录即可。兹谨将书中涉及时间变化、字句讹夺者改削一过，唯恐扫叶未能净尔，读者鉴之。与此同时，以全彩书影替换旧版书前的黑白小图，让人更赏心悦目。在此，要感谢北京芷兰斋主人韦力先生提供《佳趣堂书目》稿本书影、上海枫江书屋主人杨崇和先生提供《三家宋版书目》抄本书影，为新版增色不少。

需要说明的是，值此重版之际，江翁费数月之力，手录近二十年来所见之善本116种，增入《古刻名抄经眼录》，使全书篇幅扩充三分之一弱。不过，正因此番焚膏继晷伏案工作，江翁目力竟大为衰退，以致他看《吴门贩书丛谈》校样时，在借助放大镜的情况下仍倍感吃力。此次新版校对命我代劳，书中若有脱校处，责任皆在于我，特此说明。另外，《经眼录》初版按四部分类法排序，而目录中每书后未标页码，查检颇为费力，此次除将增入的116种书分门别类插入300种内外，并将各篇的页码补出，以便读者翻检、阅读。

《江苏活字印书》与《古刻名抄经眼录》情况近似，此书系江翁利用二十余年前目录学成果，编辑的专题目录，于今看来，自然有不少可商可补之处，但已得明清两代江苏地区活字印书之大概，纲领具在，鉴于江翁年高，不再小修小补，仅就旧版加以校订，配以新书影，庶在保存原貌的基础上，达到图文并茂的效果。

最后，感谢北京联合出版公司、责编张永奇兄一如既往的支持与帮助，江澄波先生及其家人的信任与理解，是大家共同的努力，才促成两书在短期内顺利问世。

己亥岁杪，时疫猖獗，门庭萧索，日以校稿消遣。

越十日，庚子立春，斯役粗毕，因识。李军于吴门声闻室

《鹤庐画赘　鹤庐题画录》前言

《鹤庐画赘》二卷《鹤庐题画录》二卷，顾麟士撰。

顾麟士（1865—1930），字谔一，又作鹤逸，号西津，江苏元和（今苏州）人。顾文彬之孙、顾承（原名廷烈）之子。少时濡染家风，妙于丹青，精于鉴别，一生未入仕途，以布衣终老，而画名日隆，影响远及海东。生前著述颇丰，然多未及刊行（图27）。

是书每半页九行，行二十一字、小字同，左右双边，单黑鱼尾，下黑口，版心上方题书名。书前有民国三十年（1941）惊蛰常熟杨无恙序，末有同年夏顾公雄跋。《鹤庐画赘》二卷，收录顾麟士本人画作上题跋、署款，卷上散文，卷下韵文，卷末有“三男则坚谨录”字样。《鹤庐题画录》二卷，收录顾麟士题古今人画之跋文、诗词，亦以韵、散分卷，末有“次孙笃琳谨录”字样。据顾公雄跋称，此书先由其弟公柔（1899—1929）辑录，未竟事而卒，继由其子顾笃璜赓续之，稿成而未及见之梓行也。

众所周知，顾麟士祖父顾文彬于清末官至浙江宁绍台道，中年以后百计搜求书画、碑帖，收藏之富，名震江南，于苏州铁瓶巷顾宅内筑过云楼储之。其四子之中，顾廷熏、顾廷熙、顾廷廉均早逝，三子顾承遂为唯一传人。可惜，光绪八年（1882）七月廿六日，顾承因触暑引发旧疾，不幸病故。是年，顾麟士年甫十八岁，在绘画创作与书画赏鉴上已崭露头角，因此被祖父选为过云楼收藏之继承人。七年之后，顾文彬去世。顾麟士乃将家族收藏汇聚一处，并在祖、父基础上续加搜集，又择书画、碑帖中精善者，撰为《续过云楼书画记》《因因盦石墨记》。与此同时，他将收藏范围扩展至古籍善本，乃至于近年因过云楼藏书拍出天价，后人径以藏书家目之。其实，顾麟士最为珍视者，乃本人画家之身份。他早年与前辈吴大澂、陆恢、顾沄、吴谷祥、倪墨耕、王同愈等在怡园结画社，晚年对吴湖帆、吴子深、王季迁等均有所奖借与汲引，画名为大江南北藏家所推重，更有东人慕名渡海来访。惟顾氏所作文字，随手散去，未留底稿，其子若孙历时数年，陆续搜集整理，编辑成《鹤庐画赘》《鹤庐题画录》。内容涉及他个人绘画创作与古画赏鉴之心得，与亲友交往之细节，对元配谢夫人之悼念、子孙辈之培养，观其书可以想见其人。

顾麟士著作中，《因因盦石墨记》未见成稿，《续过云楼书画记》至二十世纪五十年代，顾公雄遗属将家藏文物捐赠上海博物馆后，始由馆方出资排印问世，以志谢忱。惟有《鹤庐画赘》《鹤庐题画录》一书于1941年，由顾公雄、顾公硕兄弟筹资，请常熟铁琴铜剑楼瞿氏后人瞿熙邦、瞿凤起居中介绍，交杭州刻工谢渭泉刊刻成书。在此期间，由于写样工人患病猝逝，部分稿件遗失，顾公雄又重新抄寄底稿，谢氏觅人补写赶刻，逾期方始告成，可谓一波三折。此书雕版竣工之际，恰适逢抗战中物价腾贵，顾氏固未能多印，仅刷三十部蓝印本分赠友好。尽管二十世纪八十年代，上海古籍书店曾用原版重刷墨印本若干部，但其流传未广，仍十分罕见。

五年前，笔者编辑顾公硕先生遗稿为《题跋古今》，交海豚出版社印讫，面谒顾笃璜先生于沈德潜故居，承以蓝印本《鹤庐画赘》《鹤庐题画录》二册见假，复嘱加以整理。此后牵于俗事，未能速成，仅影副一本，而将原书缴还，深负所托。延宕至今，忽忽数载，客岁因筹办“烟云四合——清代苏州顾氏的收藏”特展，遂请志愿者陈树芳女士协助录入，以资同仁参考。兹又经年，乃重校一过，施以标点，并辑吴昌硕、章钰、冒广生等怀念顾麟士之诗文为附录，以飨同好。个人学力有限，容有讹误，尚祈方家不吝赐教。

丁酉嘉平朔日，谨识于吴门声闻室

《遐庵清秘录　遐庵谈艺录》前言

《遐庵清秘录》二卷《遐庵谈艺录》一卷附《论书画绝句》一卷，叶恭绰撰。

叶恭绰（1881—1968），字裕甫，又作玉甫、玉虎、誉虎，号遐庵、矩园等，广东番禺（今属广州）人。叶衍兰（南雪）之孙、叶佩琮（叔达）之子，出嗣二伯叶佩玱（1853—1916，字云坡，号仲銮）后。叶氏祖籍浙江余姚，因六世祖叶谦亨（号枫溪）游幕粤中，定居番禺，遂为岭南人。而其远祖可追溯至宋人叶梦得（1077—1148，字少蕴，号石林居士），因此叶恭绰于抗战前一度侨居苏州，与张善子、张大千昆弟结邻网师园，后又购得西美巷汪钟霖（甘卿）十亩园，修葺园林屋舍，准备长期居住。因抗战爆发，不得已避走香港，而仍眷眷于此，遂请吴湖帆绘图，名曰《凤池精舍图》，殆叶梦得旧居在吴县凤池乡，故名焉。此图于二十世纪五十年代，由叶氏捐赠苏州博物馆，并录之于《遐庵谈艺录》。

清光绪七年（1881）十月初三日，叶恭绰出生于北京米市胡同叶衍兰寓邸，次年随父、祖等南下返乡。五岁时由祖父启蒙，后从表兄任世杰（穆臣）学。十二岁随父入都，旋侍父往江西任职。十八岁，入庠。二十一岁，肄业京师大学堂，入仕学馆，同年冬赴上海，任职广雅书局，主编译事。次年，改任湖北农业学堂教员。光绪三十二年（1906）十一月，二十六岁的叶恭绰调入清廷新设立之邮传部文案处，自此步入仕途。辛亥革命以后，历任北洋政府交通部次长、总长，孙中山陆海军大元帅大本营财政部长，国民政府铁道部长等职，为“交通系”要员。民国十七年（1928）五月，叶氏息影南下，移居上海，频繁往来于江浙两省。抗战爆发，不得已避居香港。珍珠港事件后，香港沦陷，叶恭绰因预定飞机座位为豪强夺去，未能离港，以致遭日军逮捕，次年被押往上海软禁，至日本投降后，始获自由。是时，叶氏年逾花甲，藏品历次大劫，多有流散，返乡两年后，再次迁港。1949 年三月，应邀赴京，历任中央文史馆副馆长、北京中国画院院长。1968 年八月六日，病逝于北京。叶氏一生著述颇丰，已刊行者有《遐庵汇稿》《矩园余墨》《遐庵谈艺录》《遐庵清秘录》等，其生平可参看俞诚之《叶遐庵先生年谱》、杨雨瑶《叶遐庵先生年谱补编》。

叶恭绰从政期间，于我国之交通事业贡献尤多，在教育、文化方面，亦积极参与，成绩颇为可观。如与同人集议影印《四库全书》《大藏经》，呼吁保护山西云冈石窟、苏州角直保圣寺唐塑、北京袁崇焕墓等，至今犹为人所称道。叶氏本人酷爱收藏，且范围广泛，涉及青铜器、陶瓷、书画、古籍善本、碑帖、钱币、竹刻、古墨、砚台等门类。叶氏之收藏，大抵可分为四个时期：民国十七年（1938）之前任职故都，二十余年间大肆搜罗各种藏品，是为遐庵收藏之积累期；移居上海至抗战爆发约十年间，遐庵藏品继续增加，研究日渐深入，走向鼎盛期；八年抗战中，叶氏历经劫难，藏品多有散失，可称为流散期；1945 年至 1968 年，叶氏陆续将劫余藏品捐存公立机构，是为捐赠期，亦可视作流散期之延续。遐庵所藏古物中，最著名者有潍县陈介祺旧藏之毛公鼎，仅此一器，便可使之留名后世。特其收藏观念颇为开放，曾将古籍捐存私立上海合众图书馆，碑拓捐存苏州包山寺（今存南京博物院），书画捐存故宫、上海、广州、苏州等地博物馆。在诸多藏品中，叶氏于书画之整理、研究用力独多，留有《遐庵清秘录》二卷，另外《遐庵谈艺录》亦有很大篇幅谈及。

对于中国古代书画之搜集、整理与研究，最早源于家庭之影响，《遐庵清秘录》自序称“少嗜名家书画，中年搜采颇多”，书中所著录各件，就有其祖叶衍兰之旧藏，如明赵左《雪窦山图》卷；《谈艺录》著录大伯父叶佩瑗（字伯蘧）携京，因负债售去者，如清韵香《空山听雨图》册之属。清末任职京师期间，适逢收藏家完颜景贤（朴孙）、溥儒（心畬）、颜世清（瓢叟）等出让藏品，叶恭绰斥巨资收获一批名画剧迹。移居上海后，他又与庞莱臣（虚斋）、吴湖帆、蒋祖诒（谷孙）、张大千等交往密切，时有雅集，赏奇析疑。避居香港时，前期专心整理、研究，后期则不得已以藏品易米。在此期间，遐庵所藏书画，曾历割裂大劫。日军陷香港后，叶恭绰于准备离港前夕，为随身多携书画，乃忍痛截去各件之首尾，俾减轻行李负担，不料飞机座位被人夺去，不克成行，而割断之件不能恢复，遂造成叶氏切肤之痛。如今藏上海博物馆至元雪庵和尚草书《草庵歌》卷，其后原有清人题跋一段，近年现身拍场，即叶氏截断此卷以致分散两地之结果，尤令人叹惋。抗战胜利后，叶氏惩于前事，决定将藏品部分捐献，部分留赠子孙，就目前所知，遐庵所藏书画之菁华，主要归藏北京故宫博物院、上海博物馆、美国旧金山亚洲艺术博物馆等处。

今日欲窥叶恭绰所藏书画之概貌，《遐庵清秘录》《遐庵谈艺录》两书无疑为最重要的记录。前者体例较为纯粹，书系手写影印，凡二卷：卷一书法，共计四十件；卷二绘画，共计七十九件。除一件日本藤原皇后写经外，其余均为中国文物。每卷略按时代排列，始于东晋，终于清中期（书法断自明代），而唐宋元三代之物居强半。叶氏自言此非其所藏书画之全部，但精华想已囊括殆尽，则毋庸置疑。

此书著录形式仿照清内府所编《石渠宝笈》，详记书画之时代、作者、名称、形制、尺寸、内容、藏印、题跋等，并用小字补充说明，而不加评骘。书法部分多录其文，绘画记其署款，更将藏印按原式摹出，实属难得。尽管《清秘录》中所载遐庵藏品，间有持不同鉴定意见者，然此书作为研究中国美术史、收藏史之文献，至今仍具有不可忽视之价值。之所以叶恭绰不惜耗费半生、竭尽资财搜集、记录这些藏品，其目的亦正如是。

《清秘录》正式印行于 1961 年，系诸亲友生为祝其八十大寿而怂恿实现者。惟此书稿本之杀青，早在十余年前。据 1948 年叶氏所撰《论书画绝句》开篇自注云："余别有《遐庵清秘志》，纪述较详，堪以互证也。"是彼时稿本已就矣，十二年后印行时，仅书名改易一字耳。叶氏《论书画绝句》所咏之物，泰半与《清秘录》相重出，偶有溢出者，数量不多。绝句之体，限于形式，大抵情胜于质，幸有叶氏自注，内容可与《清秘录》互证，故不惮繁，附录于后，以供参考。

《遐庵谈艺录》排印本一卷，篇幅转较《清秘录》略大，内容相对驳杂，主要收录叶恭绰历年所作讨论有关艺术、鉴藏之文章，附载一小部分文学创作。时间上，从抗战前开始，直至二十世纪六十年代。谢蔚明在《高山仰止叶老》一文中回忆，为《文汇报》向叶氏约稿，若干文章后即收入《谈艺录》。此书内容除了记录书画之外，旁及古籍、青铜器、石刻、冢墓、古琴、竹木牙角、文房四宝、印章、文字改革、工艺美术、藏书家，乃至自作别号图、粤曲、集句等。其中书画部分，《谈艺录》不单收录自藏之品，亦收如王希孟《千里江山图》、苏轼《寒食帖》、王蒙《青卞隐居图》等经眼之物，与《清秘录》仅收遐庵藏品有所不同。不过，二者重复著录者不少，而体例有所差别，内容往往可互补。

《遐庵清秘录》《遐庵谈艺录》均于二十世纪六十年代在香港出版，流传未广，觅读不易。二十世纪九十年代，施蛰存曾呼吁重印《遐庵谈艺录》，惜终未果。今值叶恭绰逝世五十周年之际，据香港原版重新标点整理，并附索引，以飨读者。整理过程中，责编雍琦先生匡我不逮，教正尤多，并志谢忱。

戊戌仲秋，谨记于吴门声闻室

《苏州博物馆藏古吴莲勺庐戏曲抄本汇编》序

本书所收为苏州博物馆藏古吴莲勺庐抄本戏曲文献一百十九种，均用苏州张玉森所制“古吴莲勺庐抄存本”红格竹节稿纸，与北京国家图书馆所存郑振铎藏古吴莲勺庐抄本戏曲文献相同，两者可相互配合来研究。正如最早发现它们的郑振铎先生所说，这是一个“大可惊奇的发现”。

早在1931年四五月间，郑振铎从苏州来青阁发现了数百种传奇抄本，可惜他并未悉数购下，而是选择其中罕见者近百种购藏，以致这一大宗抄本从此分散，南北暌隔。七十年后，西谛藏书中这批九十七种抄本，于2010年结集汇编为《郑振铎藏古吴莲勺庐抄本戏曲百种》出版。

关于抄本的所有人张玉森的生平，《郑振铎藏古吴莲勺庐抄本戏曲百种》出版说明中已作介绍，兹不赘述。

二十世纪五十年代，已影印于《郑振铎藏古吴莲勺庐抄本戏曲百种》卷前的《传奇提纲》八卷原稿（图 28—30），与另外一百余种古吴莲勺庐抄本入藏苏州博物馆。郑振铎当年很可能未见《传奇提纲》，否则想必会将之一并收入囊中。不过，可以肯定，他所寓目的那批张氏莲勺庐钞本，有一部分留在了苏州，另有一部分则不幸散失。据《郑振铎藏古吴莲勺庐抄本戏曲百种》出版说明：

比对当年郑振铎先生在《钞本百种传奇的发现》一文中所认真罗列的一百一十一种细目，我们发现目前国家图书馆所藏缺失了《双忠记》（姚茂良撰）、《孤儿记》（元传奇）、《牧羊记》（无名氏撰）、《渔家乐》（朱佐朝撰）、《朝阳凤》（朱素臣撰）、《长命缕》（乐胜道人撰）、《太平钱》（李玄玉撰）、《千钟禄》（李玉撰）、《花筵赚》（范文若撰）、《鸳鸯棒》（范文若撰）、《宵光剑》（徐复祚撰）、《凤求凰》（澹慧居士撰）、《忠孝福》（黄兆森撰）、《碧天霞》（徐昆撰）、《喜逢春》（清啸生撰）、《十二金钱》（谢堃撰）、《鸳鸯绦》（海来道人撰）等十七种，以及范希哲所撰《偷甲记》《鱼蓝记》《拾醋记》等八种（应是指《传奇八种》之《十醋记》二卷、《鱼蓝记》二卷、《四元记》二卷、《补天记》二卷、《万全记》二卷、《偷甲记》二卷、《双瑞记》二卷、《双锤记》二卷），共二十五种；同时却又多出了《西厢记后传》、《西游记杂剧》、蒋士铨撰《鸳鸯镜》、《采

> 蕉图》、《采石矶》、濑江浊物撰《金凤钗传奇》、林纾撰《蜀鹃啼传奇》以及清人杂剧四种（即《香桃骨杂剧》《碧血花杂剧》《落花梦杂剧》《沈家园杂剧》）等未见于郑氏所列细目的十一种作品。

以上所罗列国家图书馆缺藏的书目中，如《双忠记》《花筵赚》《鸳鸯绦》《偷甲记》等，现均藏于苏州博物馆。由此可见，郑振铎《钞本百种传奇的发现》一文中所开列的细目，并不能等同于他购藏的书目。尽管合并北京、苏州两处所藏的张氏莲勺庐抄本，共计有二百十六种之多，但较之《传奇提纲》著录的二百八十二种仍有不少缺失。更何况二百十六种内，见于《传奇提纲》者仅有一百七十二种，尚有一百十种传奇下落不明。另外，北京、苏州南北两处所藏，又有《传奇提纲》未著录者。因此，我们有理由相信，张氏古吴莲勺庐抄本戏曲文献的总数必然超过《传奇提纲》著录的二百八十二种，按北京、苏州两地现存已溢出四十四种来推测，其总数必定在三百种以上，张玉森从中选择重要、稀见者，撰写提纲，编成《传奇提纲》。时至今日，在陆续发现郑振铎旧藏、苏州博物馆所藏这两大宗之后，想来还有更大的一宗存于天壤间，可惜下落不明，有待于我们继续追寻。

苏州博物馆藏张氏莲勺庐抄本，除这一宗戏曲文献一百七十三册外，还有一种清代苏州的《青衿录》四册，用莲勺草庐绿格稿纸，足见张氏家中藏书也有非戏曲文献之属。苏州博物馆所藏古吴莲勺庐戏曲文献一百十九种，包含元、明、清三代以及民国间作品，内中著录于《传奇提纲》者凡九十四种，与郑振铎旧藏重复者有三种。从内容的稀见程度来看，较之北京国家图书馆所藏略微逊色，收录了一些近代常见的传奇或杂剧，但也有清乾隆四十一年（1776）遭到禁毁的明人路迪《鸳鸯绦》等，值得引起研究者重视。

从苏州博物馆藏的这批抄本中，可以发现张玉森搜集戏曲文献的某些特点。

首先，从形式上看，抄本的抄写字迹显然不止出于一人之手，张氏本人参与其事，并且抄写了很大一部分，但也有一部分的字迹各不相同，可能是源于坊间不同的抄手。而一般非张氏自抄之本，往往是由抄手缮录正文部分，首尾的扉页、序跋、目录等则由张氏亲手抄录，然后合并装订。但也有例外，如《侠女记》《烈女记》两种合装一册，其扉页题“味兰簃散套两种，容光署”，并钤“余容光印”朱文方印；《自怡轩词谱》扉页题“自怡轩词谱，甲子冬，心盦书眉”，并钤“徐瑞征印”白文方印，余容光、徐瑞征应该都是张玉森在京任职时结交的同道好友。

抄本之中，张氏加盖藏印者并不多，苏州博物馆藏本里，仅见《偷甲记》《董解元西厢》《鱼篮记》卷端钤有“玉森长寿”朱文方印，《芝龛记传奇》卷首钤“自求多福”

朱文方印（与《传奇提纲》卷一《四友记》、卷二《朝阳凤》两条标题下所钤印相同），《师针记》钤有“菜根滋味长”白文长方印，《侠女记》卷末“主人杂记”后钤“紫绶金章”白文长方印。此外，有很少一部分抄本有眉批出现，如《还魂记》、《级兰佩》四种、《宴金台》等天头有朱笔批注，《琵琶记》一种天头则有朱、蓝二色笔批校。

其次，《传奇提纲》主要记述各书之内容，对于抄录时所使用的底本，涉及不多，如《白兔记》等提及据明《富春堂传奇》本，余多阙如。而各本中偶有张氏题跋，对于底本之认定，具有一定参考价值，然张氏本人也不轻易在书中作跋。如《白兔记》一种，从抄写字迹看，并非出自张氏本人，书后有其手书题记：

明刊《富春堂传奇》搜罗宏富，多至百种，间入元人名作。此种即其一也。胎息与《六十种》内《白兔记》迥异。毛氏弃此取彼，意者当时此本未见。《琴心》《灌园》诸种，由单刻本采入，非选自《富春堂》也。

最后虽未落款，但据字迹，可认定为张氏手题。又如《扬州梦》一种，末有张氏题记：

案此本为清初无锡嵇留山所著。留山名永仁，又号抱犊山农。著有《双报应》《扬州梦》等传奇。以《扬州梦》

为最佳。留山与瞿式耜、张同敞等为友，死于耿藩之难。其人忠节，曲亦叶律，固可宝也。乙丑春，知许君守白藏有此种，假归钞录一过。

许守白即张氏友人许之衡，乙丑为民国十四年（1925），可见此书之抄成距《传奇提纲》成书不过早四年时间。《红梅记》一种卷末题记云：

《红梅记传奇》刊本久经兵燹，间有抄本，亦渺不易觏。于嘉禾刘凤叔案头得光绪戊寅年秋仲文诚之录本，爰假抄写一过，惜鲁鱼亥豕，舛误不免，因略为修正。

末尾亦未署名，字迹则出于张玉森之手，据此可知，此本系借刘富樑藏光绪抄本过录。《师针记》一种，卷末张氏题跋云：

清芜湖王墅著有《拜针楼传奇》，见于王国维《曲录》。觅而未得，近睹《师针记》，情节似之。坊间射利，动易名称，《眉山秀》易名《女才子》，即其例也。是也非也，容俟识者证之。乙丑七月，玉森志。

这是仅见有张氏署名的一条题跋。

再次，从抄本中张氏亲自抄录的序跋等内容，可以推出某些抄本的底本。如《杨东来批评西游记》末有日本学者盐古温（字节山）跋，署“昭和三年二月纪元节日本东京节山学人书于砾溪全归庵中”，按昭和三年为1928年，距《传奇提纲》成书仅一年，然则《提纲》的最终编定，应在1928—1929年之间。更值得注意者，张氏抄本所依据的底本，显然就是昭和三年盐古温主持排印、斯文会发行的《杂剧西游记》，可以说完全是一部崭新的出版物。与之类似的还有《杂剧十段锦》，元刻原本为黄氏士礼居、顾氏过云楼递藏，民国元年（1912）被日本学者岛田翰从过云楼骗去日本，旋为董康购得，于1913年在日本影印出版，张氏抄本所用底本就是董康影印本，盖其卷首留有影印本新序。原书十集，今张氏抄本存前七集，很有可能是最后三集一册散失的结果。另如《锡六环》，据其卷末有民国五年（1916）孙锵跋，知其底本为民国五年奉化湖澜书塾刻本；据《杨忠愍蚺蛇胆表忠记》卷末有清同治十一年（1872）冬月丁守存跋，可知此本从同治十一年壬申湖北崇文书局重刻本抄出。结合前文所述，进入民国以后，张玉森似乎才大量抄录戏曲文献，不免让我们怀疑多达三百多种的古吴莲勺庐抄本戏曲文献，是民国二年（1913）张氏入京供职至二十世纪三十年代退居吴门之间的产物，尽管有些抄本中“玄”字出现避讳现象，这很可能源于张氏所据的底本本身。

这批抄本中，除了出版时间逼近《传奇提纲》成书之日本影印本《杨东来批评西游记》外，还有几种都留有近代曲学家吴梅的题跋，这并不是巧合。如《风流棒》吴秉钧序之后，有民国八年（1919）吴梅题跋：

红友诸作，皆酷似粲花主人吴石渠，何无忌似刘牢之，古今人多似此者，且律度尤细。余既得粲花五剧，因红友三作行箧未曾带来，遂属刘君凤叔购之，留置案头一月归之。民国己未孟冬下旬，长洲吴梅。

这一则从口吻看，似是吴梅随手所题之跋文，与《绿牡丹》末民国四年（1915）吴梅跋、《吟风阁》末民国八年（1919）九月吴梅跋之长篇累牍略异。以上三种吴梅题跋本，给人以张玉森与吴梅熟稔的感觉，实际上却可证明他在底本的选取方面，不仅使用异域的新出版物，也利用国内质量好的新刻本，《绿牡丹》就是最好的证据。从其卷末楚园（刘世珩）、吴梅的题跋来看，张氏抄录所用的底本应是民国八年（1919）贵池刘氏所刻《暖红室汇刻传奇》本。以此类推，苏州博物馆藏本中的吴炳“粲花五种曲”之底本，很可能就是《暖红室汇刻传奇》本。

苏州博物馆藏古吴莲勺庐抄本戏曲文献，原无题名，编目时拟作《各种传奇》，但实际上含有一部分杂剧、戏曲选本、词谱等。此次影印，仍以《传奇提纲》居首，并依照《传奇提纲》著录顺序，将张氏选录的传奇九十四种按原序排列，其余未著录各种按体裁、时间先后排列。其中，《北西厢》一种应是杂剧，但张玉森将之列入《传奇提纲》，兹沿而未改。原抄本共计一百七十三册，今重排成四十八册：第一册为《传奇提纲》，第二至三十七册为传奇，第三十八至四十七册为杂剧和清末民国传奇杂剧，第四十八册为戏曲选本和词谱。同时，书前重新编制目录，以方便读者使用。

二〇一八年元宵节，谨识于苏州博物馆

凤凰枝文丛

三升斋随笔　荣新江　著

八里桥畔论唐诗　薛天纬　著

跂予望之　刘跃进　著

潮打石城　程章灿　著

会心不远　高克勤　著

硬石岭曝言　王小盾　著

云鹿居漫笔　朱玉麒　著

老营房手记　孟宪实　著

读史杂评　孟彦弘　著

古典学术观澜集　刘宁　著

龙沙论道集　刘屹　著

春明卜邻集　史睿　著

仰顾山房文稿　俞国林　著

马丁堂读书散记　姚崇新　著

远去的书香　苗怀明　著

汗室读书散记　王子今　著

西明堂散记　周伟洲　著

优游随笔　孙家洲　著

考古杂采　张庆捷　著

江安漫笔　霍巍　著

简牍楼札记　张德芳　著

他乡甘露　沈卫荣　著

释名翼雅集　胡阿祥　著

壶兰轩杂录	游自勇　著
己亥随笔	顾　农　著
茗花斋杂俎	王星琦　著
远去的星光	李　庆　著
梦雨轩随笔	曹　旭　著
半江楼随笔	张宏生　著
燕园师恩录	王景琳　著
鼓簧斋学术随笔	范子烨　著
纸上春台	潘建国　著
友于书斋漫录	王华宝　著
五库斋清史存识	何龄修　著
蜗室古今谈	丰家骅　著
平坡遵道集	李华瑞　著
竹外集	朱天曙　著
海外鄉嬛录	卞东波　著
耕读经史	顾　涛　著
南山杂谭	陈　峰　著
听雨集	周绚隆　著
帘卷西风	顾　钧　著
宁钝斋随笔	莫砺锋　著
湖畔仰浪集	罗时进　著
闽海漫录	陈庆元　著
书味自知	谢　欢　著
三余书屋话唐录	查屏球　著
酿雪斋丛稿	陈才智　著
平斋晨话	戴伟华　著

朗润舆地问学集	李孝聪　著
夏夕集	李　军　著
瀛庐晓语	王晓平　著
知哺集	宁稼雨　著
莲塘月色	段　晴　著
我与狸奴不出门	王家葵　著
紫石斋说瓠集	漆永祥　著
飙尘集	韩树峰　著
行脚僧杂撰	詹福瑞　著